명왕성은 왜

명왕성은 왜

김연경 연작소설

강

차 례

명왕성은 왜

서울시 관악구 N동에 사는 김광석은 한밤중에 방바닥이 흔들흔들, 좌우로 진동하는 것을 느꼈다. 비몽사몽간에 몸부림치다가 이부자리가 궤도에서 이탈한 것이 아닌가 생각했다. 피곤한 탓인지 지진의 감각은 금방 사라졌고 그는 다시 깊은 잠에 빠져들었다.

다음 날, 간밤에 경주에서 지진이 발생했고 서울에서도 미약한 진도의 지진이 관측되었다는 뉴스가 떴다.

2016년 9월 *일 첫 지진 체험 이후 김광석은 간헐적으로 지진을 경험했다. 정도는 심하지 않았고, 소담한 이층짜리 건물의 이층이라, 근거가 있는지는 모르겠지만, 안전하다고 생각되었다. 그럼에도 야밤의 여진은 평생 불면증을 모르고 살아온 김광석에게 수면 장애의 고통을 가르쳐주기에는 충분했다. 최근 들어 잠들기 힘든 날이 잦았다. 그때마다 온몸이 부들부들 떨리고 살갗 위로 자잘한 벌레들이 기어 다니는 것 같은 느낌이 동반되었다. 그러다 느닷없이 발작이라도 난 듯 온몸이 움찔하며 통째로 위축되었다가 활시위를 튕겨 나간 활처럼 탁 펴지며 꼬꾸라지듯 잠들었다.

*

언제부터인가 낮에도 이상한 기운이 감지되었다. 가만히 서 있어도 지축이 비틀거리고 땅바닥이 수면처럼 어른어른, 가볍게 요동쳤다. 다행히 도로 주행 수업 두 타임을 끝낸 뒤였다.

"이봐, 박현석 씨, 방금 땅 흔들렸어?"

"예? 멀쩡히 잘 있는 땅은 왜요?"

"나만 그런가? 요즘 지진이 자주 나서 그런가, 걸핏하면 땅이 흔들려."

"지진 안 났어요. 형님, 괜히 시간 끌지 말고 얼른 병원 가봐요."

젊은 동료의 충고에도 불구하고 김광석은 계속 더 버텼다.

대낮의 지진이 두번째로 찾아온 것은 수업 중, 그것도 하필이면 장내의 기능 교육도 아니고 도로 주행 중일 때였다. 그

날 김광석의 수강생은 중고생 아이 둘을 둔 중년 여성이었다. 남편이 최근 위암 수술을 받는 바람에 뒤늦게 면허를 따려는 것이었다. 워낙에 운동신경도 둔하고 방향감각도 없는 데다가 이런 정황과 자신의 나이에 위축돼 진도가 무척 느렸다. 학원 홈페이지에 쓰인 "현저한 운전 능력 부족"이 어떤 것인지를 여실히 보여주는 예였다. 기능 교육 시험에는 지난주에 합격했는데, 무려 스물두 시간의 수업을 들은 뒤였다. 이런 수강생의 첫 도로 주행 수업을 김광석이 맡은 것이다.

10월 말, 완연한 가을, 수강생을 태우고 과천으로 차를 몰았다. 화창한 날, 파란 하늘 위로 샛노란 낙엽, 새빨간 낙엽이 어지럽게 날렸다. 이 어지러운 질서정연함에 너무 혹한 건지, 김광석은 속이 메스껍고 머리가 어질어질해졌다. 노면도 고른 편인데 차체도 조금씩 흔들리는 것 같았다. 한산한 거리 한쪽에 차를 세우고 간단한 설명을 한 다음 수강생을 운전석에 앉혔다. 쉰다섯 살의 아줌마, 이정미는 참 수다스러웠다.

"연례행사처럼 내시경을 했는데, 우리 남편 뱃속에 암 덩어리가 들어앉아 있는 거예요! 그래서 내가……"

"차가 또 오른쪽으로 기울잖아요. 핸들은요, 계속 긴장하면서 조금씩 움직이셔야 해요."

그녀의 핸들을 돌려주는 동안에도 김광석은 차체가 부들부들 떠는 것이 느껴졌다. 눈앞에서는 빨강, 주황, 노랑이 메마른 낙엽의 형상을 한 채 현란하게 떨어지고 있었다.

"이렇게요?"

"그렇게 세게 돌리면 안 되고요, 살살요. 이제 차선 변경 한번 해봐요."

김광석은 얼른 핸들을 돌려주었다. 그 이후 과천과학관 쪽으로 우회전할 때는 김광석의 온몸이 부들부들 떨리며 차체도 같이 요동쳤다. 순식간에 자잘한 벌레들이 전신의 살갗 위를 와르르 훑고 지나갔다. 누나의 외손녀가 보던 그림책의 한 장면이 떠올랐다. 개미핥기가 볼썽사납게 툭 튀어나온 주둥이로 일사불란하게 움직이는 일개미 무리를 후루룩 집어삼키고 있었다.

한 시간이 훌쩍 지났고 차는 학원 쪽으로 향했다. 경사가 심하지는 않은 오르막과 내리막이 번갈아 이어졌다. 마침내 학원 입구, 시멘트 바닥의 가파른 오르막길이었다.

"여기서는 액셀을 조금 세게 밟아주세요."

이정미의 '조금'에는 너무 힘이 들어갔고 차는 갑자기 위로 쑥 올라갔다. 조수석의 김광석이 다급하게 브레이크를 밟았고 그 바람에 차체가 앞으로 휙 쏠렸다. 전형적인 급정거에 차체가 박살 날 듯 진동하고 어지럼증과 메스꺼움이 한꺼번에 확 쏟아졌다. 지진이다. 여진이 아니라 이제야 시작인 지진이다.

지진에도 불구하고, 놀랍게도, 점심 메뉴로 나온 얼큰한 콩나물국밥은 맛있었다. 하지만 오후에 도로 주행 두 타임을 마친 직후 또다시 어지럼증과 메스꺼움이 시작되었다. 전에 없던 증상도 나타났다. 귓속이 울린 것이다. 라디오 주파수를 맞추는 동안 채널들 사이에서 들려오는 고장 난 기계음과 비슷한 울림이었다. 하지만 아무리 돌려도 어떤 채널도 잡히지 않았다. 그나마 구원이라면 잠시나마 소음이 잦아들 때가 있다는 정도였다.

2016년 11월 *일 토요일, 전에 없이 지독한 지진을 경험한 다음 날 김광석은 병원에 갔다. 동네의 좀 큰 이비인후과였다. 비교적 이른 오전, 대기실과 진료실은 중년과 노년으로 가득했다. 기본적인 청력 검사에 이어 간단한 진료를 끝낸 의사는 냉정한 한마디를 던졌다. 문자 그대로 새파랗게 젊은 의사의 얼굴과 맑고 카랑카랑한 목소리, 윤기가 흐르는 새카맣고 풍성한 머리카락만큼이나 충격적인 말이었다.

"모르겠어요, 뭔지."

"예?"

"진료의뢰서 써드릴 테니 큰 병원 가보세요."

'큰 병원'이라는 말에는 숫제 아연실색했다.

"저어기, 그럼 약도 안 주시나요?"

"원인을 모르겠으니까 약을 드릴 수가 없죠."

김광석 뒤로 즐비하게 늘어선, 코와 귀와 목이 불편한 환자들이 쇠사슬을 만들었다. 김광석이 받은 '요양급여의뢰서'에는 오늘 날짜와 함께 이런 문구가 적혀 있었다.

"상태 : dizziness / not specific symptoms로 고진 선처 부탁 드립니다."

간호사에게 해석을 부탁하려다가 그냥 병원을 나왔다. 자신의 상태가 심각하다는 것만은 이해가 되었다. 이 '이해'가 '오해'로 판명된 것은 한참 뒤 기어코 '큰 병원'을 가서 몇 가지 번거로운 검사를 받아본 이후였다. 문제는 그다음이었다. 아무런 이상도 발견되지 않았건만 증상은 더 심해졌다.

"형님 정신과 가봐야겠는데요."

박현석의 이번 충고에는 버럭 화를 냈다. 진심이었다.

"아니, 내가 미친놈도 아니고 정신과를 왜 가?"

"무슨 구닥다리 같은 소리예요? 요즘 정신과 많이 가요. 돈도 별로 안 비싸고."

나날이 심해지는 어지럼증과 박현석의 거듭된 권유 끝에 김광석은 결국 정신과를 찾을 용단을 내렸다. 정신병이란 말 그대로 '정신'의 병인지라 머리를 많이 쓰는 사람이 걸리는 줄 알았는데, 지금까지 몸 쓰는 일만 해온 자기 같은 사람도 걸릴 수 있다니, 좀 억울하기도 했다.

'김여운 신경정신과' 대기실. 지금 이 순간 땅바닥이 흔들리고 온몸으로 진동이 전해져야 할 것 같았다. 하지만 이런 당위적인 불안에도 불구하고 아무렇지도 않았다. 얇은 실내화 밑의 바닥은 차갑고 무엇보다도 견고했다. 최근에 지진이 너무 잦았기 때문에 이 견고함이 이상했다. 심지어 야속했다.

진료라는 것은 더 썰렁했다. 의사는 만약 학원에 나타난다면 '사모님' '여사님'이라는 호칭에 꼭 맞는 모습이었다. 쉰언저리는 족히 됐을 법한데 예쁘고 고상했다. 의사니까 당연하지만 말 한마디만 해도, 아니, 아무 말도 안 해도 배운 사람티가 났다. 아무리 그렇기로서니 청진기 한 번 대보지 않고 키보드만 두드리는 것이 무슨 진료인지, 그런 일을 하는 것이 무슨 의사인지 이해되지 않았다.

다시 대기실로 나온 김광석은 간호사가 건네주는 종이를 읽어가며 성실히 표시했다. 피를 뽑는 것도, 뱃속이나 머릿속을 찍는 것도 아니고 이런 것도 검사였다. '나는 의욕이 없고 우울하고 슬프다.' '나는 하루 중 아침에 가장 기분이 좋다.' 이런 애매한 항목들 사이사이 답을 금방 고른 것도 있었다. '나는 유익하고 필요한 사람이라고 생각한다.' 거의 항상 그랬다. '내가 죽어야 남들이 편할 것 같다.' 여기서는 아니거나 거의 그렇지 않았다. 그는 자신이 누나와 여동생에게 '유익'하고 '필요'한 사람이고 자기가 살아 있어야 그들이 편할 것 같다고 생각했다.

김광석이 체크리스트를 작성하는 동안 여자 한 명이 병원 안으로 들어왔다. 한창때는 지났지만 그의 눈에는 여전히 젊고 그래서 예뻐 보였다. 조용히 접수대로 갔다가 김광석 맞은편 빈자리로 가서 앉는 모양새가 단골의 느낌을 주었다. 짧은 진료 이후 처방받은 약이 나오자 금방 병원을 나갔는데 얼굴도, 몸가짐도 차분했다. 그녀가 안정민이었다. 그들은 내년 초여름 학원에서 만나게 될 것이었다. 안정민은 아예 김광석의 존재를 인지하지 못했고, 김광석은 그녀의 존재는 인지했고 모종의 인상도 받았으나 그녀의 얼굴을 전혀 기억하지 못할 것이었다.

그날 김광석이 최종적으로 들은 진단은 '심각하지 않음'이었다. 물론 약도 없었다. 그런데 참 웃겼다. 그사이 이명이 사라진 것이다. 어지럼증과 메스꺼움도 없어지고 지진도 사그라졌다. 어느 날, 그는 세상이 아주 조용하고 이 땅이 아주 견고하다고 확신하기에 이르렀다.

*

김광석은 보통 쉬는 날이면 누나 집에 갔다. 누나는 세월호 참사 때문에 졸지에 유명해진 안산시 단원구 W동에 살았다. 환갑도 안 된 나이지만 두 아이 모두 다 컸고 하나는 결혼도 했다. 누나의 손녀 연암은 일곱 살이었는데, 김광석이 오면 위층에서 아래층으로 내려왔다.

"삼촌 할아버지, 우주 하면 뭐가 제일 먼저 떠올라요?"

"우주? 그건 뭐냐, 새카만 하늘 아니니?"

"음, 나는 우주 하면 명왕성이 제일 먼저 떠올라요. 삼촌 할아버지, 그럼, 연암아, 명왕성이 뭐야, 하고 물어보세요."

명왕성? 명왕성이라…… 정말 이건 뭐였던가.

"연암아, 명왕성이 뭐야?"

"명왕성은 태양계의 마지막 행성인데요, 이제 아니에요."

"그건 또 무슨 소리야?"

여기서 막힌 건 연암도 마찬가지였다.

그즈음에 저녁상이 차려졌다.

"요즘 겨울이 따로 있냐. 마트 가면 널린 게 싱싱한 채소, 과일인걸."

그래서 김장의 양을 줄였다고는 하지만 배추김치와 총각김치, 깍두기에 파김치, 갓김치까지 참 푸짐도 했다. 나이 터울이 열 살 이상 나는 자매 둘이서 옥신각신 함께 담근 것이었다. 여기에 튼실한 돼지고기 수육 한 덩어리만 곁들여도 만찬이 따로 없었고 남녀노소가 복닥대는, 사람 사는 온기가 입맛을 자극했다.

"승옥이는 어때?"

"민주가 수능이 코앞인데 무슨 정신이 있겠어? 걔는 그 스트레스 풀려고 지난주에 김장하러 온 거야. 일은 저 혼자 해 놓고 많이 가져가지도 않았어. 요즘 애들이 김치 잘 먹냐, 어디. 광석이 너도 좀 가져가."

누나는 여러 종류의 김치를 크지 않은 반찬 통에 나눠 담고
몇 겹의 비닐봉지로 싸주었다. 딱히 김칫값은 아니지만 김광
석도 봉투 하나를 내밀었다. 사실 지난봄에 빌려준 오백만 원
도 못 받은 상태였다. 누나는 식구가 많은지라 항상 돈이 부
족했다. 김광석은 혼자 사니까 돈이 별로 필요 없었다. 그렇
다는 것이 누나의 생각이었고 그것이 어느새 그의 생각이 되
었다. 실은 그 반대가 더 맞을 수도 있었다. 즉, 김광석은 처
자식이 없으니 노후를 대비해 더 많은 돈을 모아두어야 한다.
그럼에도 누나는 요즘은 자식 때문에 노후가 더 힘들다며 수
시로 하소연했고 그때마다 내미는 그의 도움을 마다하지 않
았다. 홀아비 남동생에게 시쳇말로 빨대를 꽂은 격이었다. 김
광석 역시 그것을 모르지 않았다. 하지만 누나의 밥상 앞에서
는 모든 죽어가는 것을 대신하여 어린것, 젊은것이 한껏 자라
고 피어났다. 살아 있음의 따스한 온기가 가득했다.

"삼촌 할아버지, 오늘 음악 감상은 비숍의 「즐거운 나의
집」입니다, 하하하."

"또 오세요, 해야지."

모방과 학습의 귀재답게 연암은 금방 자기식의 변주를 곁
들여 반복했다.

"즐거운 나의 집에 또 오세요! See you later, uncle grandpa!"

"네 덕분에 애가 이렇게 영어를 잘하잖니. 재롱잔치 얘기는

안 하니?"

"아참! 삼촌 할아버지, 연암이 재롱잔치는 12월 **일 *요일 **시, ** 강당입니다!"

저녁 늦게야 집에 도착한 김광석은 텔레비전을 켜놓고 조그만 밥상 앞에 앉아 혼자 소주잔을 기울였다. 밥상은 플라스틱 앉은뱅이책상이었다. 김광석이 지난봄에 빌려준 돈으로 주문한 연암의 프뢰벨 은물, 준은물 세트에 새 책장과 공부책상이 딸려온 덕분에 낡은 책상이 이리로 온 것이었다. 그가 원래 쓰던 묵직한 원목 밥상은 저 한쪽으로 밀려났다. 소주 반병을 마시는 동안 익숙한 나뭇결 대신 뽀로로, 크롱, 포비, 루피 등이 얼핏 보였다. 고속버스 안에서 잠깐 눈을 붙였던 탓에 잠은 오지 않고 문득 세 글자로 이루어진 낱말이 생각났다. 스마트폰을 놓고 네이버에서 검색을 해봤다.

"태양계에 있는 왜소 행성. 1930년 발견 이후 태양계의 아홉번째 행성으로서 명왕성으로 불렸으나, 2006년 국제천문연맹(IAU)의 행성 분류법이 바뀜에 따라 행성의 지위를 잃고 왜소 행성(dwarf planet)으로 분류되었다."

영어 이름은 Pluto. 태양 주변을 도는 아홉 행성 중 제일 마지막 혹은 제일 먼 행성. 그나마도 못 붙어 있어 퇴출. dwarf. 드워프. 역시 귀에 익은 말이다. 김광석은 어릴 때부터 또래보다 작았고 항상 꼬꼬마, 땅꼬마, 땅콩, 난쟁이 같은 별명이 있었다. '플루토'는 '명부의 신'을 뜻한단다. 저승사자. 그런 이름에 어울리지 않게 소행성 134340호로 전락했지만, 그 작은 반경과 질량에도 위성을 다섯 개나 거느리고 있다고 한다. 일종의 처자식이랄까. 왠지 김광석은 코끝이 시큰해지는 것 같았다. 감기에 걸린 모양이었다.

*

마흔을 코앞에 둔 김광석은 제대한 직후부터 다닌 병원에서 이십 년 가까이 간호조무사로 일하고 있었다. 인근 동네에서는 제법 알아주는 중급 수준의 병원이었다. 김광석이 당직 서던 어느 날, 한밤중에 한 환자가 응급실로 실려 왔다. 맹장염이었다. 그 자리에서 수술을 받은 그녀는 1박 2일 동안 입원했다. 그 짧은 시간 동안 그들은 서너 번 얼굴을 마주쳤고 의례적인 몇 마디를 주고받았다. 퇴원할 때 그녀는 전화번호를 건넸다. 주니까 받았지만 874-****이라는 숫자가 적힌 종이쪽지를 만지작거리기만 할 뿐, 전화를 걸지는 않았다. 숫자는 수도 없이 되새김질되고 종이쪽지는 마모되었다. 이런 상황에서 김광석은 병원으로 걸려온 전화를 받으며 심장이 터질 것처럼 흥분하는 자신의 모습에 깜짝 놀랐다. 그는 오래전부터 스스로를 용도 폐기된 수컷으로 여겨왔다. 숫기. 젊어서부터 숫기 없다는 말을 많이 들어왔고 또 바로 이 말만 들어도 괜히 얼굴이 후끈거리고 온몸이 불편해졌다. 이런 느낌마저 잊은 지 오래였는데, '숫기'라는 말의 '숫기'에 달떴다.

　윤미영은 결혼한 뒤 아이도 없이 이 년 만에 이혼한 여자였다. 나이는 김광석보다 세 살 아래였다. 설마 이 모든 것이 거짓말이었을까. 돌이켜보면 그녀의 존재 자체가 거짓말 같은 데가 있었다. 하긴 우리의 인생 자체가 회상과 복기의 작업을 거칠 때는 어딘가 거짓말 같지 않은가. 꼭 내가 겪는 일이 아닌 것 같은 느낌, 그 장면의 주인공인 과거의 나는 현재의 나와는 전혀 다른 존재인 것 같은 느낌. 윤미영은 사귀던 그때도 그런 느낌을 주는 여자였다. 화창한 날 가로수 길에서 손도 잡아보고 팔짱도 껴보고 김광석의 집 안에, 심지어 후텁지근한 방 안에 단둘이 있어보기도 했다.

　"아, 더는 안 되는데⋯⋯"

　정확히 뭐가 안 된다는 것인지 짐작은 되지만 경험적으론, 실제적으론 알 수 없는 어느 지점이 있었다. 누나가 좋아하는 TV 연속극, 그것도 주로 여덟시, 아홉시 뉴스 이후의 프로그램에나 나올 법한 대사였다. 회상 속의 그 대사는 약간 웃기지만 그 장면 속의 김광석은 '더는 안 되는' 어떤 것에 대한 설레는 기대감으로 가득 찬 늦깎이 총각, 진정한 노총각이었다.

　그가 생각한 다음 단계의 모습은 응당 새신랑, 애 아빠였다. 그래서 엄연한 애인인 윤미영을 누나 집으로 데려갔다.

상견례나 다름없었다. 누나가 정성껏 차린 밥상을 사이에 두
고 앉은 김광석 커플과 누나 부부 사이에는 어색한 기운이 흘
렀다. 마침내 애인을 바래다주고 다시 돌아온 김광석을 보자
마자, 누나는 짧은 만남 동안 꾹꾹 눌러놓은 말 보따리를 터
뜨렸다.

"아니, 서점에서 캐셔로 일한다며? 그 형편에 루이비통 들고
있는 거 좀 봐. 화장은 떡칠 수준이고. 자기 얼굴에 그렇게 자
신이 없대? 카드빚도 산더미일걸. 워낙 닳고 닳은 여자라 첫
눈에 네가 호구인 걸 알아본 거야."

옆에서 매형이 말렸다.

"거참, 동생이 결혼할 여자를 데려왔으면 축하해줘도 모자
랄 판에 무슨 헛소리야?"

매형은 더 하고 싶은 말이 있지만 참는 눈치였다. 아닌 게
아니라 난생처음 마음에 드는 여자가 생겼는데, 그동안 엄마
처럼 의지해온 누나한테 이런 품평을 들으니 서운한 마음이
들었다. 그는 의기소침해졌다.

원군이 없다는 느낌이 연애를 부채질했을까. 윤미영 쪽에
서 상당히 적극적이기도 했다. 사실 그녀가 적극성을 발휘한
건 연애보다는 결혼이었다. 이 점은 누나 말이 맞았지만 김광
석은 오히려 더 뿌듯했다. 윤미영은 서둘러 예식장을 예약하
고 신혼집까지 알아보았다. 김광석의 생각으로는 지금 집도

나쁘지 않았다. 병원, 즉 직장도 가까웠고 방도 두 칸이라 신혼집으로는 안성맞춤이었다. 아이도 둘은 거뜬히 키울 수 있을 법했다. 하지만 윤미영은 아파트 제일주의자로서 곧 죽어도 아파트를 고집했다.

"광석 씨, 이건 불변의 진리야. 대한민국은 아파트 공화국이거든. 내가 모아놓은 돈도 있으니까 합쳐서 아파트를 하나 사자, 응? 대출도 조금 끼고, 응?"

구구절절이 맞는 말이었다. 김광석은 윤미영과 함께 팔짱을 끼고 쉬는 날, 혹은 퇴근 시간을 맞추어 집을 보러 다녔다. 보금자리를 찾아 즐거운 비행을 하는 한 쌍의 잠자리 같았다. 둘의 직장 모두에서 멀지 않은 곳에 적당한 집이 나타났다. 문제는 아파트 명의를 어떻게 하느냐였다. 김광석은 집은 응당 남자의 명의여야 한다고 생각했다. 누가 봐도 굉장히 유순한 성격의 소유자였지만 남자는 곧 가장이요 집주인이자 바깥양반이라는 의식만은 뿌리 깊게 박혀 있었다. 게다가 윤미영이 아파트값에 보태겠다던 '모아놓은 돈'도 막상 뚜껑을 열고 보니 별로였다. 혼수와 예단, 예식비, 신혼여행 경비 등의 명목으로 얼마간의 금액이 빠지자 집값의 이십 프로 정도가 남았다. 누나는 기고만장, 얼씨구나 언성을 높였다.

"거봐라, 내가 뭐라던! 결혼하고 나면 어디서 숨겨놓은 애가 튀어나올지도 모른다니까!"

누나의 와자지껄한 저주 때문은 아니었겠지만, 아파트 계약까지 해놓은 상태에서 결혼은 무산되었다. 예식장이니 호텔이니 각종 예약금도 날렸다. 그뿐인가. 상투적인 표현이지만, 마음의 상처가 무척 컸다. 어쨌거나 윤미영은 사십 평생 김광석에게 유일한 여자였다. "아, 더는 안 되는데……" 이후 오랫동안 그는 '더는 안 되는' 어떤 것에 대한 동경을 간직했다. 그가 윤미영과 함께 경험한 '되는' 어떤 것에 대한 아쉬움도 컸다. 시나브로 흘러가는 일상 속에서 그런 인연은 좀처럼 다시 생겨나지 않았다. '되는' 어떤 것은 고사하고 일분 남짓 서로의 눈을 응시할 수 있는 상대조차 없었다.

이후에도 몇 년 동안 김광석은 연일 수술실과 응급실을 드나들며 피와 고름과 토사물과 분비물과 배설물을, 그런 오물로 뒤범벅된 의료 폐기물을 처리했다. 이십 년이 훌쩍 넘도록 해온 일이 어느 날 별다른 계기도 없이, 하루 종일 목구멍에 박혀 있던 고등어 가시가 밥 한 숟가락에 꿀꺽하며 뱃속으로 쑥 내려가듯, 그의 인생에서 썩 물러났다. 그는 인지하지 못했으나 사직서를 낸 날은 윤미영이 응급실에 실려 온 그날이었다. 어차피 퇴직이 몇 년 남지 않은 시점이기도 했다.

퇴직금을 보태 지금의 집을 장만한 김광석의 다음 직업은 마을버스 기사였다. 군대에서 운전병을 한 게 큰 도움이 되었다. 무슨 일을 해도 사람 몸속의 내용물 치다꺼리보다는 나을 것이라는 생각이 들었다. 하지만 그건 이십여 년 동안 다른 직업을 가져보지 못한 탓이었을 뿐, 막상 부딪쳐보니 이 역시 만만치 않았다. 경미한 접촉 사고 끝에 불미스러운 일을 겪고 그 여파로 김광석은 일을 접었다. 그런 다음 운전면허학원 기능 강사가 되었다. 근무 조건은 버스 기사보다 좋지 않았지만 쉰 살을 넘긴 나이니 퇴로가 차단되었다. 적어도 그렇다고 그는 생각했다. 여자는 나이 들어도 식당 일이나 애 봐주는 일을 할 수 있으니 참 좋을 것 같았다. 이런 투정도 했지만 역시나 그가 여자가 아니기 때문이었다.

*

밥상 앞에 놓인 낡은 텔레비전이 저 혼자 지분거리는 흔한 풍경이 연출되었다. 그 속의 주인공은 술기운에 잠시 곯아떨어졌다가 추워서 눈을 떴다. 머리도 지끈거렸다. 그는 텔레비전을 끄고 네발로 기다시피 방으로 들어갔다.

하루 종일 펴져 있는 이불 속으로 들어가, 얼마 전 동네의 의료기기 상점에서 헐값으로 산 찜질 매트를 배에 얹었다. 온기가 온몸으로 스며들면서 뱃속이 사르르 풀렸다. 찜질 매트를 어깨에 갖다 대거나 어깨 밑에 깔아보기도 했다. 목덜미부터 어깨, 팔뚝까지 따뜻해지고 몸 구석구석 뻣뻣하고 뭉친 곳이 풀어지며 몰랑몰랑, 부드러워졌다. 요즘처럼 추울 때 입안을, 목구멍을, 뱃속을 데우는 뜨거운 해장국의 느낌, 몸의 해장이었다. 김광석은 해장국을 좋아했다. 황태해장국, 콩나물해장국, 뼈다귀해장국, 선지해장국, 순댓국, 설렁탕, 돼지국밥, 장터국밥…… 내일 구내식당에서도 얼큰한 국물에 푸짐한 건더기가 나오길 바랐다.

　다음 날은 도로 주행으로 시작했다. 여덟시 반 수업을 끝낸 직후 열시 반, 또 그 수다쟁이 아줌마가 나타났다. 그녀가 대단한 상찬을 늘어놓으며 김광석을 지정했다고 한다. 어딘가 음란한 느낌이 들었다. 하루 두 시간, 더욱이 대낮에 운전을 가르쳐주는 일이다. 그럼에도 하룻밤 수청의 상대로 점찍힌 것 같은 비루한 느낌이 드는 건 왜일까.

　비좁은 차 안, 이정미의 수다 폭력이 시작되기가 무섭게, 뚝딱 멎은 지진이 다시 시작되었다.

　"포항에도 지진이 났잖아요? 종말이라는 것이 별거예요, 어디? 여기서 산불에 지진, 저기서 폭풍에 홍수, 지구 전체가 엉망인걸요."

　"핸들에서 손 떼지 마세요. 또 밟았네."

　정차했을 때를 제외하면 숫제 김광석이 그녀의 핸들을 잡고 있는 꼴이었다. 정차라고 쉬운 것도 아니었다. 기어 변경이 원활하지 않았다. 신호대기 혹은 차가 막힐 때는 기어를 N, 즉 중립으로 넣으라고 매번 주의를 주었지만 단 한 번도 제대로 하지 못했다. 액셀과 브레이크 사이 발의 움직임도 엉성하고 브레이크를 밟을 때마다 무릎이 꺾였다. 덜렁대고 부산스럽고 칠칠하지 못했다.

"한 달 동안 운전대 앞에 앉지 않았더니 다 까먹은 거예요. 실은 시아버지가 혈액암으로 투병하시다가 퇴원하셨어요. 한시름 덜었죠. 그런데 며칠 뒤 시어머니가 심장마비로 돌아가신 거예요. 어, 어!"

김광석이 브레이크를 대신 밟았다.

"왜 신호등을 안 보세요? 다음, 유턴 구간인데 차선 바꾸시고요."

"아, 핸들 잡아주셔야 해요, 무서워요!"

당황한 이정미는 핸들 안쪽으로 두 손을 쑤셔 넣어 꽉 잡았다. 참 기상천외한 방식이었다. 김광석의 지시에 따라 핸들을 바로 잡은 뒤에도 거북이 목에 힘이 잔뜩 들어간 어깨를 치켜세우고 몸을 움츠렸다.

B코스를 돌고 학원으로 들어가는 길, 여전히 쉬지 않던 그녀의 입이 새 먹잇감을 덥석 물었다.

"어, 저건 뭐죠? 노란 시루떡 쌓아놓은 것 같아요."

그녀의 핸들을 오른쪽으로 돌려주는데 김광석은 갑자기 왼쪽 어깨에 담이 탁 걸렸다.

"저건 잔디예요. 핸들 놓으시면 안 돼요. 우측 깜빡이 켜시고요, 상황 봐서 차선 변경하시고요."

이번에도 핸들을 돌려 오른쪽 차선으로 들어간 건 김광석이었다.

"트럭 옆에 붙지 마세요, 무서워요! 날도 추운데 말라빠진 잔디를 어디다 써요?"

"나 참, 저 잔디가 왜요?"

김광석도 잠깐 발끈했지만 금방 또 직업적인 자제력이 발휘되었다.

"이제 우회전요. 오르막이니까 액셀을 살짝 밟고요, 한 번 더요."

구내식당, 담의 후유증이 이제 막 생겨난 생채기의 통증처럼 퍼져갔다. 어깨의 뻑적지근한 느낌에 덧붙여 왼팔도 묵직하니 아팠다. 식탁 위로 식판을 내려놓았을 때는 왼손의 손가락 끝까지 저릿한 느낌이 뻗쳤다. 게다가 오늘 점심은 어젯밤의 얼큰한 기대와는 달리 뻑뻑한 볶음밥에 싱겁고 희멀건 뭇국이 다였다.

"박현석 씨, 그때 왜 담 약 먹는다고 하지 않았어?"

"예, 담도 혈액순환과 관련 있는데 약이 알아서 뭉친 데를 풀어준대요. 신통하게 잘 듣더라고요. 왜요?"

김광석은 퇴근길에 약국에서 담 약을 샀다. 하지만 나이 탓인가, 박현석에게는 잘 들었다는 약이 그에게는 별로였다. 어깨 통증은 점점 심해지고 왼팔의 힘은 쭉쭉 더 빠져나갔다. 저릿함도 더 심해졌다. 김광석은 찜질 매트를 어깨 밑에도 깔아보고 모로 누운 자세에서 왼쪽 팔뚝에도 감아보았다. 이리 꿈틀 저리 꿈틀, 이곳저곳 누르고 주무를수록 온몸이 구석구석, 속속들이 망가지고 삭고 녹는 느낌이 생생했다. 그 와중에 찜질 매트가 애인이나 다름없었다. 하지만 애인도 통증을 막지는 못했다. 설상가상으로, 오른손 가운뎃손가락의 마디가 욱신거렸다. 어디에 부딪혔거나 접질린 기억도 없는데 말이다.

아픈 일상의 어느 밤, 김광석은 악몽에 시달렸다. 운전학원이 아니면 절대 운전대를 잡지 않는 그가 꿈을 꾸면 낯선 곳에서 차를 모는 일이 더러 있었다. 어둠이 자욱하게 내린 으슥한 국도를 달리는 촌스럽고 허름한 연두색 경차, 터널을 연거푸 지나 고속도로를 달리는 무거운 트럭, 한밤중 뻥 뚫린 8차선 시내를 질주하는 말쑥한 외제차…… 어떤 차를 몰든 그는 혼자였다. 이 점만은 굳건했다.

그날 밤도 그는 달리는 차 속에 혼자였고, 이번의 좌표는 서울의 어느 못사는 동네였다. 2차선과 4차선이 복잡하게 꼬여 짜증 나는 길, 커브도, 신호등도, 사람도 많았다. 도로 양쪽으로 하나같이 단층이나 다름없는 야트막한 집들, 가게들이 닥지닥지 붙어 있었다. 낡고 비루한 간판 위로 떡집, 족발, 반찬, 통닭, 분식, 김밥, 포차, 이불, 사주·궁합·작명 같은 낱말이 보였다. 대부분 자음과 모음의 일부가 빛바래거나 지워진 상태였다. 그 틈새로 어떤 영어 문자의 조합이 눈에 들어왔다. SEX TOY. 음란하거나 적어도 민망해야 할 것 같지만, 떡집과 김밥 사이에 처박힌 대문자들은 차라리 불쌍했다. 문득 텔레비전에서 아프리카 난민 아이들을 보며 혀를 끌끌 차던 기억이 났다. 저렇게 못살고 덥고 물도 없는데 저렇게 서로 들러붙어 아기를 만들고 참……

바로 그런 찻길, 김광석이 모는 트럭에는 주황색 망에 갇힌 양파가 빼곡히 쌓여 있었다. 으악! 갑자기 브레이크가 말을 듣지 않았다. 이것을 인지하기도 전에 쿵쿵쿵, 트럭이 야트막한 집들을 들이받는 소리가 났다. 가뜩이나 약한 것들이 연거푸 쾅쾅 부서지고 사람들은 나 살려라 소리치며 뛰쳐나왔다. 양파마저 입추의 여지가 없는 공간에 감금된 채 터지고 뭉개지느라 비명을 지르는 것 같았다. 김광석의 트럭은 도무지 몇 채인지 알 수 없는 집들을 들이받은 다음에야 전신주에 꽂히듯 틀어박혔다. 다시 한번, 으악!

잠이 깬 김광석이 제일 먼저 감지한 것은 목덜미에서 어깨를 거쳐 손끝까지 순식간에 전해지는 통증이었다. 또, 담에 걸린 모양이었다.

*

김광석이 연차를 내고 병원을 찾은 것은 연암의 재롱잔치

날, 오전이었다. 증상을 듣자마자 신경외과 전문의의 입에서 튀어나온 말에, 그냥 담인 줄 알았던 김광석은 대경실색했다.

"목 디스크 같은데요?"

"아, 그럼 수술해야 하나요?"

"예? 너무 겁먹지 마시고요. 일단 확인부터 해보고 치료법을 찾도록 합시다."

디스크 진단은 곧바로 확증되었다. 의사는 엑스레이와 CT 사진을 보여주며 몇 번 경추와 추간판에 대해 이야기했다. 김광석은 엄연히 자신의 목임에도 그것이 너무 낯설어서 놀랐고 또 무서웠다. 약물치료와 물리치료가 처방되었다. 디스크라면 모조리 수술하는 줄 알았던 김광석에게는 은총이나 다름없었다. 오른손 약지의 중간 마디의 통증에는 류머티즘성 관절염 의심 소견이 나왔다. 엑스레이에 덧붙여 채혈도 했다. 류머티즘성이든 퇴행성이든 관절염에는 우선 약이 처방되었다. 소염(消炎). 염증을 없애는 약. 원인을 제거하면 증상은 사라진다. 정체불명의 지진과는 비교할 수 없을 만큼 통쾌했다.

물리치료실은 넓고 환자로 가득했다. 김광석은 그들처럼 침대 위에 누웠고 찜질 치료부터 시작했다. 그다음은 목에 가까운 등과 어깨에 붙은 물체를 통해 전기 자극이 전해왔다. 병원에서 흘러간 청년기, 장년기의 파노라마 중에 윤미영의 형상이 얼핏 지나갔다. 아담하고 가느다란 몸매가 도드라지는 원피스 차림에 자잘한 문자가 그려진 반질반질한 가방을 들고 있었다. 얼굴은 뽀얗고도 화사했으며 속눈썹이 외국 영화배우처럼 길고 짙었다. 참 예뻤다, 그녀는. 하지만 그 역시 엑스레이 사진 속 목뼈, 손뼈, 손가락뼈와 별반 다를 바 없었다. 내 몸인데 내 몸 같지 않고 내 인생인데 내 인생 같지 않았다. 하지만 몸은 엄연히 내 몸인 반면 과거의 인생은 전혀, 조금도 내 인생이 아니었다.

아무 감각도 없는, 그래서 더 무서운 마이크로 치료가 끝났다. 이어, 넓적하고 납작한 밧줄 같은 것이 턱을 감은 채 천천히, 조금씩 턱을 위로 당겼다 풀었다 하는 견인 치료를 받았다. 이런 식으로 경추 사이로 삐져나온 디스크를, 다시 넣지는 못해도, 더 새어 나오지 못하도록 막아준다고 했다. 치료 과정이 단순무식하고 그 느낌이 적나라해서 마음이 편해졌다. 마지막, 상의를 조금 내린 어깨의 맨살에 싸늘한 스프레이가 쏟아지는 화살 무더기처럼 꽂혔다. 살갗을 뚫을 것 같은 냉기가 통감으로 바뀌었다. 김광석의 입에서 신음이 터져 나왔다.

"조금만 참으세요, 거의 다 끝났거든요. 안쪽에 손상된 조직이 많으면 통증이 더 심할 수 있습니다."

손상된 조직. 언젠가 김광석도 입에 달고 살았던 말이다. 통증보다 이 말이 더 무서웠다.

십오 분 안팎씩 다섯 가지 치료가 제법 효과가 있었다. 아기자기한 과자 봉지들이 종이 상자 안에 옹기종기 들어 있는 종합선물세트가 떠올랐다. 어린 조카는 항상 노총각 외삼촌의 과자 세트를 기다렸다. 조카가 학교 들어갈 때는 가방과 실내화, 빨간 티셔츠와 남색 바지를 선물했다. 그다음 해인가는 생일 선물로 연필깎이와 자석 필통을 사주었다. 그다음 해인가는 어린이날 선물로 큼직한 벨크로가 달린 빨간 월드컵 운동화를 사주었다. 선물의 종류와 규모가 바뀌는 동안에도 어느 해든 한 번도 거르지 않은 것이 종합선물세트였다. 조카는 썩은 대여섯 개의 유치가 다 빠지고 영구치가 나도록 종합선물세트를 달고 살았다. 이제 늙은 외삼촌 할아버지가 된 김광석은 그 조카의 아이인 연암에게 말하자면 종합선물세트를 사주는 사람이었다. 지금 김광석의 상념 속에서 그 자신은 다정한 젊은 삼촌에서 청승스러운 늙은이 시혜자로 탈바꿈하는 중이었다.

　생색도 유분수지. 궁상도 유분수지. 얼핏 이런 말이 머릿속을 스치는 가운데 김광석은 병원을 나섰다. 발걸음이 가벼웠다. 한편으론 난생처음 경험해본 통증이 이토록 쉽게 사라지다니, 약이 좀 올랐다. 간을 덜 한 해장국처럼 밍밍하고 싱거운 맛이었다.

　병원 옆 약국, 앞서 병원에서 봤던 환자들이 계산대 앞 비좁은 소파에 반쯤 구겨지듯 줄줄이 앉아 있었다. 인생이 물리치료와 약물치료의 종합선물세트 단계로 들어섰다. 빼곡히 들어찬 약들 사이로 늙음과 죽음의 냄새가 스며들었다.

"어머님, 처방전이 없어서 약을 못 드린다니까요. 아침에도 말씀드렸잖아요?"

"내가 분명히 주지 않았어, 그 처방전인가 뭔가?"

"저는 받은 적이 없거든요."

손님이 많아지자 약사도 슬슬 짜증이 나는 눈치였다. 다행히도 그때, 가방 밑바닥을 뒤적이던 할머니의 어눌한 손놀림에 구겨진 종잇장 하나가 걸려들었다.

"아줌마, 이게 그 처방전인가?"

"맞아요, 이리 줘보세요. 먼저 드릴게요."

주변에 정형외과, 신경외과, 안과 등이 많아서인지 고령 환자를 상대하는 '아줌마' 약사의 기술이 도드라졌다.

"두 번 걸음하시고 오래 기다리셨으니까 이것도 가져가세요."

조제약에 박카스에 대추차까지 서비스로 내놓았다. 종합선물세트에 알사탕, 별사탕까지 얻은 손님은 그 바람에 지팡이를 옆에 세워두고 아예 소파에 죽치고 앉아버렸다. 그런 손님이 대여섯 명이었다. 내용물이 싹 빠진 박카스, 대추차, 쌍화차 병이 쓰레기통을 채웠다. 김광석은 앉을 자리가 없어 십오 분 남짓 머쓱하게 서 있다가 약을 받아 나왔다.

"일단은 이쪽으로 와. 챙겨서 같이 가게. 좀 넉넉히 와."

누나와 짧은 통화를 한 다음 진짜로 넉넉히 안산에 도착했다. 하지만 시간이 넉넉한 건 김광석뿐이고 연암과 연암의 육아에 관여하는 어른들은 모두 초 단위의 인생을 살고 있었다.

"삼촌 할아버지, 금성에 대해 읽어줄게요."

연암은 벽에 붙은 태양계 그림의 한 곳을 뚫어지라 바라보며 읽기 시작했다.

"금성은 지구와 비슷한 크기에…… 새벽에는 샛별, 저녁에는 개밥바라기, 태백성이라 불린다……"

"연암아, 이제 슬슬 출발해야지. 차도 막힐 테고……"

행사장은 유치원이 아니라 근처 강당이었다. 게다가 금요일 초저녁, 이십 분이면 충분할 거리인데 한 시간은 족히 걸렸다. 가뜩이나 막히는 도로를 달리는 동안 누나는 계속 떠들었다. 연암의 엄마는 운전하는 중에도 시어머니의 말에 일일이 대꾸를 해주었다. 연암도 가만히 있지 않았다. 비좁은 차 안이 여자 삼대의 수다와 웃음으로 가득 찼다. 김광석은 너무 시끄러워 귓속, 아니 머릿속마저 먹먹해졌다.

"승옥이는 지난주부터 활보 일 시작했대. 걔가 원래 우리 중에서 제일 부지런했잖니. 아무래도 막내지, 딸 있는 집에 또 딸이지, 부모님도 빨리 돌아가셨지, 생활력이 보통이 아니야."

"활보가 뭐야?"

김광석은 진짜 몰라서 묻는 것인데, 지금껏 자기 말에만 열중한 누나는 퉁명한 어조로 반문했다.

"아니, 그것도 몰라? 장애인 활동 보조 도우미를 그렇게 부르잖아. 처음 맡은 아이가 초등학생이라고 하더라. 걸음도 간신히 걷고 말은 아예 못한대."

"눈이 안 보이면 시각장애인, 귀가 안 들리면 청각장애인, 말을 못하면 무슨 장애인이야, 할머니?"

"그런 사람은 언어장애인라고 할 거야. 하지만 장애인이라는 말을 함부로 쓰는 건 좋지 않아, 연암아."

연암의 엄마의 이 말은 실은 시어머니를 향한 것이었다. 길도 막히는데 쓸데없는 소리까지 하니 며느리는 터지기 일보 직전이었다. 고부간의 신경전이 첨예해지는 것을 김광석만 모르고 있었다. '고'는 내 집에 공짜로 얹혀살면서 각종 세금과 생활비와 딸아이 교육비까지 챙겨가지 않느냐, 하고 생각하는 반면 '부'는 장성한 외아들 옆에 끼고 살며 며느리한테 생색내고 손녀도 실컷 보지 않느냐, 하는 식이었다. 출발할 때만 해도 원활했던 관계가 그사이 치졸하게 악화한 것은, 원래 딸의 재롱잔치에 참석하기로 했던 연암 아빠의 부재 탓이었다.

"걔는 짬짬이 요양보호사 자격증 준비도 하고 있어. 아직 사십대니까 칠십 전까지는 끄떡없지. 자식 키워봤자 무슨 소용 있어? 돈 없으면 자식도 남이고, 돈 있으면 남이 자식보다

나아."

한번 물꼬가 터진 수다는 호미는커녕 가래로도 막을 수 없었다.

점점 더 먹먹해지는 귓속과 머릿속을 달래는 김광석의 눈앞으로 어스름이 내린 다문화거리가 펼쳐졌다. 언젠가 꿈에서 본 듯한 야트막한 상점들이 즐비한 풍경이었다. 간판이 대부분 중국어, 혹은 그 비슷한 느낌을 주는 동남아 쪽 문자였다. 영어 철자를 좌우, 상하로 뒤집어놓은 것 같은 괴상한 철자도 더러 보였다. 러시아어라고 했다. 이곳에는 고려인도 많았는데, 주로 우즈베키스탄 출신이었다. 타임머신을 거꾸로 돌려놓은 듯 척박하고 후줄근한 기운이 골목 구석구석까지 스며 있었다.

지난 초여름 누나 가족과 함께 걸어본 거리의 느낌이 그랬다. 날이 더운데도 생선을 얼음 한 조각 없이 판매대 위에 그냥 펼쳐두었다. 잉어는 핏물이 시뻘겋게 배어 나오는 아가미를 파닥거렸고 물컹해 보이는 가물치는 대야 밖으로 나가려고 버둥댔다. 특히, 근처에서 잡아 왔을 잉어는 몸집도 너무 크고 비늘도 큼직한 것이 연암의 동화책 속에서 막 기어 나온 것 같았다. 저 민물고기들이 아직 숨이 붙어 있다는 사실이 더 징그러웠다. 다른 쪽 가판대에는 큼직하고 기름진 꽈배기, 부위별로 큼직하게 잘라놓은 닭고기, 돼지 다리 하나를 통째로 떼낸 것 같은 족발이 가득 쌓여 있었다. 또 다른 한쪽에는 푸성귀들이 명색이 상품임에도 모조리 축축 늘어져 있었다.

그렇게 후텁지근한 날씨였음에도 김광석은 왠지 춥다고 느꼈다. 지금은 더했다. 어딘가 을씨년스럽고 허허로운 시베리아 벌판이고 사람은커녕 개미 한 마리 없고 먹을 것이라곤 꽁꽁 언 감자밖에 없는 그런 곳 같았다. 비슷한 느낌을 주는 한 건물이 연암 가족의 목적지였다.

야트막한 건물의 일층, 강당 안, 뷔페와 원탁이 마련되어 있고 무대 위에는 올록볼록 모양을 잡아놓은 알록달록 도톰한 질감의 풍선들이 붙어 있었다. 김광석, 그의 누나, 그녀의 며느리는 '박연암'이라는 작은 푯말을 중심으로 둘러앉았다. 좀 머쓱해진 김광석은 화장실 다녀오는 길에 초밥 몇 개를 담아 왔다. 원장의 인사말이 끝난 직후 앞으로 불려 나간 연암은 한참 뒤에야 친구들과 함께 무대 위에 나타났다.

"어머, 연암이 너무 예쁘다!"

연암의 엄마만 그런 것이 아니었다. 아이들이 무대에 올라가자 다들 스마트폰을 들어 올리는가 싶더니 우르르 무대 쪽으로 달려갔다. 연암을 비롯한 여자아이들은 모두 노란색 원피스를 입은 '미녀'였다. 남자아이들은 머리에 동물 모자를 쓴 야수, 베이지색 체크무늬 모자를 쓴 모리스, 빨간 옷을 입은 가스통, 또 멜빵바지를 입은 마을 사람 등이었다. 선생님이 무대 밑에 쪼그리고 앉아 대사를 불러주었음에도 아이들은 대사를 까먹기도 하고 뒤바꾸기도 했다. 조용해질 만하면 음악이 흘러나왔다.

"아이고, 우리 연암이 점프하는 것 좀 봐, 어쩜 저렇게 잘 뛰니!"

옆에서 손뼉 치며 환호하는 누나가 우스워 보였다. 억지나 과장이 아니라 정말로 손녀의 재롱이 예뻐서 그러는 것이 보여서 더 우스웠다. 손녀를 키우면서 누나는 숫제 일곱 살 아이로 퇴행한 것 같았다.

아이들과 가족들이 열광할수록 공기는 더 갑갑해지고 두통과 현기증은 더 심해졌다. 분명히 연암을 무척 예뻐하고 그래서 연암의 재롱을 보는 것이 즐거울 것이라고 생각했다. 그런데 정작은 속이 메스꺼워지면서 뱃속에서 초밥이 원형 그대로 살아나는 것 같았다. 새우, 문어, 소라, 광어, 연어…… 양념한 꼬들꼬들한 밥알도 하나하나 흩어지고 마지못해 뭉쳐져 있던 연녹색 와사비 가루도 초미세먼지처럼, 황사 가루처럼 흩어졌다. 맵싸한 미세먼지 때문인지 콧구멍이 막히고 목구멍이 칼칼해지고 머릿속이 어질어질해졌다. 갑자기, 발을 딛고 있는 바닥마저 심하게 흔들렸다. 다시 시작됐다, 그 지진이. 한번 흔들린 바닥의 진동은 점점 더 심해졌다. 오래간만에 신어본 구두는 두 발을 꽉 죄었고 피가 잘 돌지 못하는

지 발바닥이 저릿해졌다. 오전에 받았던 치료의 효과는 온데간데없고 목덜미, 왼팔, 손가락 마디의 통증이 한꺼번에 그를 덮쳤다. 김광석은 눈앞이 아뜩해져 잠깐 눈을 감았다. 그때 아이들의 왁자지껄 날카로운 고성이 그의 귀를 찔렀다.

"Watch out, watch out, watch out for the beast!"

김광석은 감았던 눈을 번쩍 떴다. 아니, 두 눈이 흡사 자신의 신체가 아닌 것처럼 번쩍 떠지는 것이 느껴짐과 동시에 갑자기 눈앞이 번쩍했다.

"옳지, 야수를 조심해, 아이고, 예뻐라!"

옆에서 누나가 추임새를 넣으며 까불고 있었다. 얼굴과 몸은 쭈그렁바가지인데 말투와 표정은 아이 흉내를 내니 기괴하기 짝이 없었다. 김광석의 눈에는 꽃단장한 아이들이 아니라 어른들이 연극을 하는 것 같았다. 어쩌다 아이를 낳아버려 졸지에, 또한 평생 엄마 역할을 맡아버린 이 무대에서 도망칠 수도 없는 잔혹극.

잠깐 무대 위가 비는가 싶더니 빨간 옷을 입은 남자아이와 머리에 동물 뚜껑을 쓴 남자아이가 나타났다. 빨간 옷과 야수 뚜껑은 은박지로 싸놓은 길쭉한 칼을 휘두르며 싸웠다. 격투 끝에 빨간 옷이 야수 뚜껑을 찌르자 야수 뚜껑이 쓰러지고 빨간 옷은 은박지 칼을 높이 쳐들었다. 김광석은 눈앞이, 무대가 다시 캄캄해지는 것을 보았다. 미녀는 언제 나타날까.

느닷없이 나타난 미녀는 파닥거리는 연어의 모습이었다. 한평생을 살아낸 다음 몸에 밴 강의 냄새를 더듬어 귀향한 연어는 가파른 벼랑의 거친 폭포도, 아가리를 벌린 곰의 위협도 이겨낸 다음 짝짓기와 산란에도 성공했다. 녹초가 된 채 최후의 용트림을 한 큼직한 연어 세 마리. 역시나 연암이 보던 자연책의 한 장면이던가. 은빛 비늘로 뒤덮인 두툼한 연어가 회칼로 얇게 저민 주황색 살점으로 바뀌었다. 눈앞이 노래지고 속이 출렁이더니 뱃속에서 꼬들꼬들한 밥알과 함께 연어 살점이 식도 앞까지 기어 올라왔다. 연어의 회귀 경로는 꾸불꾸불, 물렁물렁하고 컴컴한 긴 터널이었다. 터널을 통과하자 거무스름하고 평평한 우주가 나타났다. 태양, 수성, 금성, 지구, 화성, 목성, 토성, 천왕성, 해왕성, 명왕성. 콩처럼 동글동글한 행성들이 넓적한 궤도를 따라 빙빙 돌고 있었다. 엉거주춤, 어기적어기적 그 흐름에 동참하던 명왕성이 갑자기 저 멀리 변방으로 획, 밀려났다. 지축이 지구 깊은 곳에서부터 통째로 흔들리는 것 같은 격한 진동이 일었다. 우—웩.

김광석은 화장실로 달려갔다. 연어는 환상이 아니었다. 눈앞의 변기 속에는 초밥들이 밥알과 생선 살과 연녹색 와사비로 분리되어 둥둥 떠 있었다. 화장실을 나온 김광석은 그냥 밖으로 나왔다.

*

"못 오신다고요? 당일 취소는 위약금 무셔야 합니다. 김광석 강사님! 오늘 두 건 다 취소인데요?"

이정미는 성격이 급한 수다쟁이인 만큼이나 지각하는 일이 없었다. 그리고 오후에는 다른 일이 많다고 항상 오전 타임을 예약했다. 웬일로 저녁 타임을 두 타임이나, 즉 네 시간이나 예약한 것부터 수상쩍었다. 게다가 사만 원 이상을 날리면서까지 당일 취소를 하다니. 남편의 와병과 수술, 시아버지의 와병과 쾌유, 시어머니의 급사…… 쉰 살을 넘긴 여자 사람한테 그다음에 일어날 수 있는 흔한 일은 뭘까. 친정이거나 이정미 자신이거나, 그렇다, 아이이거나. 무자식이 상팔자. 자유. 이런 단어가 얼핏 떠올랐다.

"잘됐네요, 더러 이런 날도 있어야죠."

이번 타임이 비어 있던 박현석이 말했다.

"저녁이나 같이 먹을까?"

하지만 박현석은 이런 상황에 으레 나올 법한 유감의 말도 없이 담백하게 응수했다.

"어휴, 일주일에 애들 얼굴 몇 번이나 본다고요? 이럴 때라도 얼른 들어가야죠."

최근에 늦둥이나 다름없는 둘째를 본 박현석은 네 입을 먹여야 살려야 하는 가장의 행복한 사명감에 사로잡혀 있었다.

괜히 멋쩍어진 김광석은 챙길 것도 없는 짐을 주섬주섬 챙기는 척, 학원을 나왔다.

추웠다. 학원의 비탈길을 덮은 하얗고 거친 시멘트가 추위를 더 부추겼다. 김광석은 오리털 점퍼의 지퍼를 꼭꼭 여미고 너구리 털을 둘러놓은 모자를 덮어쓴 채 길게 이어지는 아파트 단지 옆을 걸었다. 마땅히 갈 곳이 없었다. 누나 집은 지난 주에 다녀오지 않았나. 사당역 지하도의 원형 벤치에 앉아 스마트폰의 주소록을 만지작거려봤지만 마땅한 사람이 없었다.

밖으로 나온 다음에는 매서운 칼바람을 맞으면서 하릴없이 담배 한 대를 피웠다. 유명한 커피 전문점 세 개가 들어선, 닥지닥지 붙어 있는 건물들 바로 앞 공터에 작은 공원이 마련되어 있었다. 해는 진작 떨어지고 찬바람이 콧구멍을 뚫을 것 같은 저녁에도 서너 명이 보였다. 김광석은 잠깐 몸도 녹일 겸 커피숍에 들어가 달콤한 밀크커피 한 잔을 샀다. 한 손에 뜨거운 기운이 담긴 종이컵을 쥔 채 담배 한 대를 천천히 피웠다. 커피숍에 들어가기 전에 있던 서너 명은 이미 사라졌다. 대신, 또 다른 서너 명이 싸늘한 벤치 몇 개와 앙상한 나목 몇 그루 사이를 띄엄띄엄, 무심한 오브제처럼 장식하고 있었다. 그들 틈에 조금이라도 더 오래 머물기 위해 김광석은 담배를 한 대 더 꺼내 물었다. 세번째 담배가 타들어가는 동안 날은 점점 더 추워졌다. 더 머무를 명분도 없어 김광석은 집으로 걸음을 재촉했다. 바깥에 오래 머물렀던 탓에 집안의 공기가 훈훈하게, 고맙게 느껴졌다. 즐거운 나의 집.

저녁 일곱시를 넘기자 참을 수 없어졌다. 역시 먹고 들어왔어야 했다. 김광석은 이맛살을 잔뜩 찌푸린 채 스마트폰을 만지작거렸다. 속도가 느렸다. 스마트폰의 속도가 아니라 그의 손가락 움직임이 굼떴다. 최근 들어 선택 장애 혹은 결정 장애라고 부르는 증상까지 생겼다. 띵*이냐, 배*이냐, 또 무슨 메뉴냐. 해장국을 좋아하지만 배달 음식으로 먹기에는 별로였다. 오늘 그가 마음에 둔 메뉴는 보쌈과 족발이었는데, 제법 오랜 고민 끝에 전자로 낙착되었다. 낙점의 근거는 바로, 보쌈에 따라오는 맛 좋은 묵은지였다. 한편 냉장고 안에서는 누나의 소중한 김치가 발효되다 못해 푹푹 썩어가고 있었다.

배달 예정 시각은 여덟시 십분으로 찍혔지만 여덟시도 안 된 시각, 젊고 기운찬 잰걸음이 계단을 올라왔다. 몇 초 뒤 벨 누르는 소리가 들렸다.

"누구세요?"

"배달이요!"

"문 앞에 두고 가세요."

"예!"

"감사합니다."

철문을 사이에 둔 두 사람의 대화는 항상 이런 식이었다.

이 세 토막의 대화 중 바깥에서 "배달이요!" 대신에 "배달 왔습니다!" "음식 두고 갑니다!" "배민입니다!" 하는 식의 변주가 있을 뿐이었다. 현관의 철문 너머에서 울리는 젊은 발소리와 목소리, 그 생기로움이 좋았다. 집 안에 혼자 앉아 있는 허함을, 그 짧은 활기가 잠깐이나마 채워주었다.

바깥의 사람이 좁고 짧은 복도를 지나 계단 밑으로 사라진 것이 확실해진 순간, 안쪽의 사람은 슬그머니 문을 열었다. 맑고 싸늘한 겨울날, 저녁 공기가 매트 찜질을 즐기고 있던 김광석을 덮쳤다. 문 옆, 초인종 밑에는 빠닥빠닥한 질감의 노란 봉지가 놓여 있었다. 김광석은 봉지를 풀고 내용물을 밥상 위에 펼쳐놓았다. 연암의 뽀로로 책상을 저리로 제쳐놓고 원래 쓰던 목제 밥상을 가져온 지 꽤 되었다. 무겁고 두툼하고 볼썽사나웠지만 편했다.

얼큰한 맛이 든 묵은지에 잘 삶아낸 돼지고기 조각을 싸서 입안에 넣었다. 육질도 부드럽고 적당히 섞여 있는 비계가 씹는 식감과 미감을 자극했다. 어제 새로 딴 소주병도 기울였다. 하루 묵힌 소주는 그 나름의 그윽한 맛이 있었다. 무심코, 마침 리모컨이 멎은 채널의 프로그램에 눈이 갔다. '검정고무신'인데, 왠지 불쌍하고 청승스럽게만 느껴졌다. 김광석은 속이 쓰려서 채널을 돌려보았다.

고독사의 증가를 이야기하더니 유품정리사 혹은 스위퍼스

라는 직업을 소개했다. 반쯤 감기던 눈이 번쩍 뜨이다 감기길 반복했다. 그때마다 전신이 부들부들 떨리고 살갗 위로 자잘한 벌레들이 오가는 예의 그 불쾌한 느낌이 재생되었다. 리모컨을 찾았지만 어째 손에 잘 잡히지 않았다. 고독사에 덧붙여 자살, 강력범죄 현장이 나왔고 혈흔과 부패의 흔적이 모자이크 처리되었다. 하지만 그보다 더 무서운 것은 무심하고도 한가로이 널브러져 있는 이부자리, 옷가지, 세간살이 같은 물건이었다. 지금 이 순간도, 적어도 그 직전까지도 사람이 살았음을 보여주는 적나라한 표지였다. 유품정리사들이 여덟 시간 동안 각종 화학 약품을 사용하여 각종 흔적을 말끔히 제거하고 유품을 싹 정리한 방은 더 무서웠다. 살았던 흔적, 죽었던 흔적이 저토록 허무하게 사라진다니. 하지만 사람이 혼자 살다 혼자 죽는 것이 그렇게 불쌍한가.

배 위의 찜질 매트는 너무 뜨겁다 싶으면 알아서 적절히 따뜻해졌다. 참 기특하고 갸륵했다. 잠이, 구더기가 방치된 시체의 살을 파고들 듯, 김광석의 의식 속을 스멀스멀 기어들어 마침내 점령했다. 꿈속으로 한참 들어간 다음에야 김광석은 약 먹는 것을 깜박했음을 상기했다. 어쩐지 왼쪽 어깨와 팔이 묵직하고 손끝이 저릿저릿하다 싶었다. 꿈속에서 김광석은 벌떡 일어나 약을 가지러 갔다. 열다섯 평짜리 집이 망망대해처럼 넓어져 좀처럼 쉽게 찾아지지 않았다, 그 약이. 한편, 그가 사라진 그의 꿈속, 태양계에서 밀려난 작은 명왕성이 다섯 개의 위성과 함께 유유자적, 태양의 저 먼 바깥에서 공전을 거듭하고 있었다.

모르핀의 법칙

0-1 들어가며

3월 말, 중앙선의 봄이 완연하다.

회기역, 작은 우엉김밥 한 줄과 고추장 국물을 살짝 바른 어묵 한 꼬치를 먹어 치운다.

등교 시간의 마을버스, 여느 때처럼 누가 누구인지 구분도 안 되는 후줄근한 중년 남자가 운전석에 앉아 있다. 버스 바깥에서는 누구인지 분명히 알겠지만 만만치 않게 후줄근한 또 다른 중년 남자가 교통정리를 하는 중이다. 뒷문까지 열어 승객을 태운 다음 차체를 한 번 친다. 문이 닫히자 이번에는 문을 주먹으로 쾅쾅 두들긴다. 그 신호에 맞추어 운전기사는 차를 몰기 시작한다. 멀지 않은 거리임에도 복작대는 낡은 마을버스 안의 시간은 불쾌하기 짝이 없다. 갑자기 전화 한 통이 걸려와 그 의례적인 불쾌함을 순식간에 날린다.

"김지훈 씨 가족이시죠?"

"그런데요?"

"김지훈 씨 지금 거제도에서 인근 병원으로 이송 중인데요……"

정신이 너무 아뜩해 다음 내용은 잘 접수되지 않는다. 운을 맞춘 듯 네 글자의 단어가 머릿속에 콕 박힌다. 교통사고, 고속버스, 의식불명. 아빠가 이 시간에 왜 고속버스를? 거제도, 해저터널? 이 애매한 좌표는 또 무엇인가.

자, 그리하여.

소설가를 꿈꾸는 스물한 살짜리 의대생 김흔재의 이야기가 되었을 이 글은 그런 딸이 재구성한 한 중년 남성과 그의 아내인 한 중년 여성, 그 밖에 그들과 엮인 몇 명이 포함된 이야기로 바뀐다.

1 김지훈―전락을 꿈꾸다

1-1 아빠의 청춘과 예뻤던 너

작년에 김지훈은 창원지법 거창지원으로 발령받았다. 늘그

막, 귀양살이, 좌천…… 이런 말이 쉴 새 없이 귓전을 맴돌았지만 속으로는 대놓고 반겼다. 거창은 그의 첫사랑의 고향이었다. 거창행은 그러니까 청춘의 고향으로의 귀향이었다.

청년 김지훈이 동갑내기인 유경인과 처음 만난 것은 1988년 3월의 어느 날, 문학회 동아리에서였다. 학번과 학과를 묻는 짧은 통성명 뒤에 그녀가 나지막이 내뱉은 말은 오랜 세월이 흐른 지금도 김지훈의 뇌리에, 절대 가라앉지 않는 망망대해의 외딴섬처럼 또렷이, 다보록하게 남았다.

"세상에는 두 부류의 사람이 있어. 소설을 쓰는 사람과 소설을 안 쓰는 사람. 아니, 소설을 쓰고 싶어 하는 사람과 그런 욕망을 한 번도 느껴본 적이 없는 사람."

이런 말을 내뱉으며 유경인은 담배를 간신히 꼬나물고 서툴고 어설픈 손놀림으로 라이터를 켜고 불을 붙였다. 그녀의 작은 체구와 왁살스러운 사투리에서 촌스러움과 그악함이 뿜어져 나왔다. 김지훈은 강렬하고도 친근한 흥분이, 어떤 동류의식이 생겨나는 것을 느꼈다. 그들을 에워싼 비좁은 동아리방은 볕이 좀처럼 들지 않아 반지하나 다름없었다. 공간의 서늘함을 매캐한 담배 연기가 데워주고 있었다.

"너는 뭐 쓰고 싶은데?"

"나?"

여기서 김지훈은 잠시 주춤하다가 되는 대로 말을 이어봤다.

"나는 시. 아니, 나도 소설. 아니, 나는 시나리오."

자기 입에서 튀어나온 마지막 단어를 듣고 보니, 그렇다, 정말 시나리오를 쓰고 싶은 것도 같았다. 교양 강의를 들으러 인문대 쪽에 왔다가 우연히 마주친 이 방이 마음에 들었다. 한 건물과 다른 건물, 복도와 복도가 'ㄱ'자로 만나는 모서리. 두툼하고 동그랗고 싸늘한 은색 손잡이를 돌리니 문이 열렸다. 길쭉한 모양새의 방이었다. 안에는 서너 명이 앉아 있었는데 다들 그를 한번 힐끔 보더니 하던 일을 계속했다. 이 무심함이 좋아 그도 구석 어딘가로 가서 앉았다. 그들이 하던 일이란 진지하게 담배를 피우며 멍하니 책장을 뒤적이는 것이었다. 김지훈은 매캐한 담배 연기가 좋았다. 언제부터인가 외국의 명문대 건물을 흉내 낸 것 같은 법대 도서관보다 이곳에 머무는 시간이 많아졌다. 정말로 시나리오를 써볼까 하는 마음도 생겼다.

"영화 많이 봤나 보네. 우리 동네에는 영화관이 없어서……
집에 텔레비전도 없고."

유경인의 심드렁한 말이 김지훈의 귀에는 웃기지도 않는 황당한 괴담처럼 들렸다.

유경인은 거창군 읍내도 아닌 깊은 산골, 산간벽지에서 태어났다. 버스도 하루에 두 번밖에 다니지 않았고 그나마도 집에서 버스 정류장까지 삼사십 분은 걸어야 했다. 읍내로 나온 건 고등학교 입학을 한 해 앞두고 있을 때였다. 마당이 깊은 집, 서양식 유리문이 있는 집에서 하숙을 시작했다. 마당 한쪽에는, 감나무가 우거진 고향 집의 마당과는 달리, 목련이 자라고 수돗가 옆에는 앵두나무가 소담한 가지를 드리우고 있었다. 주인집 마루에는 텔레비전도 있어 간혹 연속극이나 주말의 명화를 볼 수 있었다. 면서기였던 주인아저씨의 5단짜리 책장은 둘 다 소설로 차 있었다. 한수산 『바다로 간 목마』, 이문열 『사람의 아들』, 박완서 『나목』, 박경리 『김약국의 딸들』…… 여중생 유경인은 급속도로 소설의 세계로, 통속의 세계로 빠져들었다.

산간벽지에서 상경한 농부의 딸이 소설을 꿈꾼다, 라…… 김지훈은 이런 꿈에 냉소를 날렸다. 그녀의 이상하고 집요한 오기도 그랬다. 오직 쓰는 것 외에 다른 생각은 하나도 없었다. 다른 생각이 있다면, 그것은 쓰기 위해 더 많이 읽고 더 치열하게 사는 것이었다. 그런 촌스러움과 그악함에 그는 이끌렸고, 어느 날 유경인의 손을 이끌어 자기 집으로 데려갔다.

김지훈의 집은 봉천동 달동네의 꼭대기에 있었다. 그 안에 완전히 자기만의 공간이 있었다.

"여기가 내가 말한 창고야."

"이건 그냥 홀이잖아?"

그녀는 실망을 감추지 않았다. 그의 창고는 그가 떠벌린 것과는 달리 너무 비루했다. 척박하고 거친 시멘트 바닥의 넓은 홀 한 귀퉁이에 누가 갖다 버린 낡은 나무 책장 세 개를 빙 둘러 세워놓고 가운데 의자 하나를 놓아둔 것이 전부였다. 여기 앉아 낡아빠진 라디오를 틀어놓고 시집이나 뒤적이다니. 그는 그 홀과 홀에 딸린 작은 방에 살았고, 부모와 동생은 비좁은 길 맞은편에 살았다. 그들은 앞 두 글자가 지워진 '만복쌀상회'라는 후줄근한 간판 밑에서 쌀과 각종 잡곡을 팔았다. 툇마루 바로 뒤에 붙은 방 두 칸이 거처였다. 길 건너 맞은편 홀에 창고를 만든 것은 그들을 피하기 위해서였겠지만 덕분에 그는 더 비루해졌다. 그 비루함이 좋아, 그녀는 그를 자신의 삶 속으로 들였다.

김지훈과 유경인은 동아리방과 도서관, 그녀의 기숙사와 그의 창고를 오갔다. 창고 속 작은 의자에 쪼그리고 앉아 처음 입을 맞추었고 그 창고가 보이는, 홀의 쪽방에서 두 마리의 앳된 짐승처럼 처음 사랑을 나누었다. 서로의 몸에 익숙해지듯 비루한 창고에도 익숙해졌다.

"몇 년 지나면 재개발될 거야."

"재개발? 그게 뭔데?"

유경인의 눈에는 천진난만한 호기심과 궁금증이 담겨 있었다.

"그런 말 처음 들어? 달동네 집들을 싹 허물고 이 자리에 아파트를 짓는 거야."

"그동안 사람들은 어디 사는데?"

"일단은 다른 집을 얻어야지. 그렇게 좀 살다 보면 우리한 테 아파트가 하나 생겨. 이 자리에."

"서울은 그런 것도 있구나……"

유경인은 잠깐 재미있어하는 성싶다가 이내 심드렁해졌다.

"나중에 거기서 같이 살자. 결혼도 하고."

이불을 뒤집어쓰고 함께 꼼지락대는 그들은 어린 큐피드와 프시케 같았다. 젊음의 냄새와 열기가 뿜어져 나왔다. 그들 의 대화 속에 든 '결혼'은 어느 날 유치원에서 돌아와서 대뜸 "엄마, 우리 결혼하자! 그런데 결혼이 뭐야, 엄마?" 하고 천 진하게 묻는 여섯 살짜리 사내아이의 말 같았다.

사실주의 소설 속의 낭만적인 동화는 끝이 좋지 않았다. 재 개발이 한창 진행 중일 때 그들은 헤어졌다. 유학 간 유경인 은 박사학위를 받았고 사법고시에 합격한 김지훈은 사법연수 원을 우수한 성적으로 졸업했다. 좋은 헤어짐이었다. 헤어져 서 서로의 인생이 더 잘 풀렸다. 그들이 수많은 사랑을 나누 었던 창고의 자리에는 200*년 관악드림타운이 들어섰다. 그 들의 드림도 실현되었기 때문에 그곳에는 그들 중 아무도 살 지 않았다. 김지훈은 봉천고개를 넘어 상도터널을 지나고 한 강대교를 건너 용산구 이촌동에 자리 잡았다. 한강이 내려다 보이고 지척에 전철역이 있는 아파트였다. 불편한 오기로 똘

똘 뭉친 69년생 가난뱅이 소녀의 자리를, 재색을 겸비한 또 다른 69년생이 대체한 덕분이었다. 거침없이 뚫린 고속도로처럼 성공 가도가 펼쳐졌다.

1-2 아빠의 중년, 기억의 접점에 서다

별천지. 서울 토박이의 눈에 이만한 별천지도 없었다. 거창읍의 모든 것이 아담한 군청을 중심으로 반경 오백 미터, 아무리 넓게 잡아도 일 킬로미터 안에 다 몰려 있었다. 김지훈의 근무지인 법원, 그 옆의 중학교와 고등학교, 적십자병원이 읍내의 대표 기관이고 그 언저리에 '고봉민ㅅ 김밥', '아딸', '배스킨라빈스', '롯데리아', '김밥천국' 등이 듬성듬성, 띄엄띄엄 들어서 있었다. 유경인의 이야기 속에 등장하던 장터는 지방 중소도시 어디서나 볼 수 있는, 재정비된 시장의 모습이었다. 이 중심가는 금방 끝나고 작은 강이 나왔다. 읍내 자취 시절 유경인의 산책로였던 곳이다. 강을 기점으로 북쪽에는 군청과 법원이, 남쪽에는 고등학교 하나와 도립전문대학이 있었다. 어지간한 종합대학의 단과대 규모밖에 안 되는 소박한 학교였다. 눈앞에 보이는 건물 안, 깔끔한 화장실에는 비데까지 설치돼 있었다. 김지훈은 그곳에 차를 세워두고 최대한 오래 머물렀다. 벤치에 앉아 군데군데 서 있는 나무들을 보며 추억에도 잠겨보았다.

다시 차를 타고 오던 길을 톺아갔다. 아무리 서행해도 군청 건물까지 오 분 남짓 소요되었다. 거창로터리에 이르자 다행히 허기가 느껴졌다. '고봉민ㅅ 김밥'과 '아딸'을 놓고 고민하다가 김밥 한 줄과 라면 한 그릇을 택했다. 그 옆에는 'BC800 COFFEE'라는 이름의 커피숍이 하나 있었다. 아메리카노, 바닐라라테, 시나몬 가루를 뿌린 카푸치노를 놓고 일부러 최대한 오래 고민했다.

"아이고, 판사님, 걱정하지 마세요, 여기도 있을 건 다 있으니까!"

부임 첫날, 이십 년이 넘도록 법원 건물을 청소해온 아주머니의 말 그대로였다. 과연 있을 건 다 있는 곳이었다. 장고 끝에 김지훈이 주문한 것은 따뜻한 아메리카노였다. 주문을 넣고 한참 뒤에야 나온 커피는 샷을 추가했음에도 싱거웠다. 그래도 있을 건 다 있는 셈이었다.

거창의 봄이 완연해졌다. 5월 어느 휴일, 김지훈은 추억 답사를 떠났다. 유경인의 출발점이 그의 도착점이자 목적지였다. 그는 안으로 더 깊숙이, 위로 더 가파르게 들어갔다. 읍내에서 오 분 남짓 달리자 초등학교가 나왔다. 마리초등학교, 그녀가 외사촌들과 함께 마지막 학년을 다닌 곳이었다. 넓은 운동장 안쪽, 교사 바로 앞에 풀밭이 있고 그 위에 조잡한 모양의 기린, 코끼리 등의 동상이 서 있었다. 그 옆, 그녀의 기억 속의 흙먼지가 뽀얗게 이는 작은 운동장에는 이제 우레탄이 깔려 있었다. 커다란 미끄럼틀도 갖다 놓았다.

그 옆 이층짜리 건물의 입구에 길쭉한 푯말이 붙어 있었다.

"웃자, 꿈을 찾자, 감사하자."

그 문구 밑의 문을 열자 신발장이 보였다. 세로로 5칸, 가로로 6칸, 총 30칸. 맞은편에는 학교 약사(略史)와 사진이 붙어 있었다. 인근 학교를 통폐합하고 201*년에도 살아남았으니 정녕 명문이다. 학교의 내부는 연갈색에 반질반질 윤이 나는 나무 복도로 시작됐다. 복도 한쪽, 교실이 닥지닥지 붙어 있고 맞은편에는 작은 화장실이 있었다. 낡았지만 깨끗했다.

교사의 뒤쪽, 그녀가 자랑했던 조그만 깡통처럼 생긴 문방구는 없었다. 분수도 없었다. 학교 뒤로 논밭이 펼쳐졌다고 했는데, 지금은 높다랗고 두툼한 담벼락이 세워져 있었다.

잠시 뒤 김지훈의 차는 아스팔트를 달려 넓은 평지 옆을, 그 끝에 자리 잡은 마을 곁을 지나갔다. 맞은편에는 강처럼 넓고 긴 시냇물이 흐르고 그것을 가로지르는 다리 너머로 큰 마을이 보였다. 마을 어귀, 연회색 화강암 위에 각각 '월화마을', '영승마을'이라고 쓰여 있었다. 강가에는 수양버들과 억새가 풍성하게 자라 있었다. 열린 차창 밖으로 청량한 시냇물 소리가 들려왔다.

차는 점점 더 높이 올라갔다. 고제면 면사무소와 우체국에
이어 보건소가 나왔다. 어느덧 아스팔트가 사라지고 꼬불꼬
불한 시골길이었다. 저편 구석의 비좁은 단층 건물은 그녀가
다녔던 초등학교였다. 폐교된 지 오래, 무슨 연구소로 사용되
다가 지금은 아예 문을 닫았다. 계기판의 숫자가 해발 팔백
미터에 육박했다. 비탈길 위로 차를 천천히 몰아가자 오른쪽
에 넓적하게 썰려 있는 바윗돌이 보였다. 가느다란 물줄기가
졸졸 흘러내리는 모양새가 과연, 유경인의 비유대로, 호랑이
가 오줌을 누는 것 같았다.

GPS가 드디어 목적지의 도착을 알렸다. 5월, 더군다나 한
낮임에도 한기가 느껴졌다. 길이가 십 미터는 넘을까 싶은 조
그만 돌다리에 '수내교'라는 이름이 새겨져 있었다. 돌다리보
다 아래쪽, 유경인의 할아버지가 실족사한 다리가 걸쳐져 있
었다. 말이 다리지, 시냇물 위에 걸쳐놓은, 난간도 없는 납작
한 돌판이었다. 수내교 너머, 침엽수림이 늘어선 가파른 길
위로 드문드문 집들이 보였다.

비탈과 비탈 사이, 집과 집 사이 조그만 정자가 있고 정자
옆에 플라타너스 한 그루가 서 있었다. 정자 앞의 집이 유경
인이 태어난 곳이었지만, 외양간 딸린 허름한 흙집이 아니라
완전히 개축한 신식 가옥이었다. 맞은편 사과나무 밭에는 풋
풋한 초록색 아기 사과들이 동글동글 가득했다. 옆쪽, 조그만
비닐하우스의 빠끔히 열린 문 안쪽에서는 후텁지근한 공기가

확 끼쳐 나왔다. 다섯 채의 집으로 이루어진 마을 저쪽, 까마득히 높은 언덕 위에 외딴집이 한 채 더 서 있었다. 유경인 집의 논밭과 계곡이었다. 그냥 올려다보기만 해도 봉천동의 달동네와는 비교할 수도 없는 가파름과 높이였다. 수내마을 바로 옆이 유경인 집의 탱자 밭을 없애고 만든 '빼재로'였다. 그 고개만 넘으면, 그 터널만 지나면 곧장 전라북도 무주 스키장이었다.

읍내로 돌아가는 길은 간결했다. 녹음으로 넘어가기 전 찬란함이 극에 달한 신록을 만끽하며, 콸콸대는 시냇물 소리와 살랑대는 바람 소리를 듣고 또 뺨으로 느끼며 김지훈은 차를 몰았다. 이번에는 올 때와는 달리 주상면을 가로질러 곧장 거창읍으로 달렸다. 산길을 오르느라 고생한 차는 신이 났다.

아무리 길게 잡아도 왕복 사십 킬로 남짓, 소요 시간은 길어야 세 시간. 그럼에도 삼십 년에 가까운 시간의 강을 건너온 기분이었다. 관사로 들어서자 기억 속의 유경인과 함께 되살려본 청춘의 시간이 몽땅 사라졌다. 김지훈은 현재의 시간대로, 거창의 일상으로 들어섰다.

단층짜리 소담한 건물이었다. 안방이든 거실이든 서재든 심지어 욕실이든 창밖으로 보이는 건 가파른 비탈에 늘어선 소읍의 나지막한 집들뿐이었다. 강이 보이는 근처 아파트로 옮길까 하는 생각도 들었다. 아무리 천천히 걸어도 출퇴근 거리가 삼 분도 되지 않았다. 행동반경이 너무 좁아서 숨이 턱턱 막힐 것 같았다. 어느 날은 정말로, 문자 그대로 숨이 턱 막히기도 했다. 마침 퇴근 시간이었다. 관사 안으로 들어가기까지 삼 분 안팎의 시간이 너무 소중했다. 닫힌 문이 보였다. 벌써 불면과 불안이 덜커덩거렸다. 덜커덩. 그것은 침대 위에 엎힌 그의 몸이 부들부들, 벌벌 떨리는 소리이기도 했다. 처음에는 지진인 줄 알았다. 하지만 그것이 자기 몸 안에 진앙을 둔 지진임을 깨닫는 데는 그리 오래 걸리지 않았다. 약의 도움을 받아가며 참 엉뚱한 곳에서 활로를 찾았다. 그 이후에는 적어도, 거의 매일 밤 반복된 관사의 지진은 사라졌다.

1-3 아빠의 거창, 친구를 사귀다

김지훈의 종착지는 항상 빼재터널 앞 빼재로였다. 막다른 골목의 느낌이 계속 그를 이끌었다. 어느 초여름 날, 그는 수내마을 정자에 앉아 김밥을 먹고 있었다. 마을 사람들은 모두 논밭에 나가 있어 사방이 쥐 죽은 듯 조용했다. 그때 점심을 먹으려고 잠시 집에 들른 한 중년 남자가 외지인에게 호기심을 보였다.

"저어기, 처음 보는 분이신데⋯⋯"

전직 영어 교사 유종현이 김지훈의 삶 속으로 들어온 순간이었다. 그는 수내마을에서 한참 더 높은 산 중턱, 외따로 서 있는 집에 살았다. 별것도 아닌 우연에 김지훈은 나름대로 달떴다.

"어떻게 저렇게 외딴곳에 집을 지으실 생각을 다 하셨습니까?"

"아, 예. 저기가 원래 우리 형님 땅이거든요."

이어진 사연인즉, 유종현 부부는 각각 영어 교사, 국어 교사였고 아이가 둘이었다. 큰아이가 중학교 들어갈 무렵, 아내가 거창으로 발령을 받았다. 그 참에 그도 전근을 신청했고 거창읍에 자리를 잡게 되었다. 두 아이가 대학에 입학하고 아내가 일터를 경기도로 옮긴 뒤에도 그는 혼자 거창에 남았다. 얼마 뒤 연금을 받을 수 있는 근무 연한을 채우자 오랜 꿈을 실현에 옮겼다. 위암 진단을 받은 것도 결단을 내리는 데 도움이 됐다. 발병 위치도 나쁘지 않고 1기였음에도 그는 암 선고와 수술을 꿈을 이루러 떠나라는 계시로 받아들었다. 그 꿈이란, 보다시피, 자기가 나고 자란 이 산골의 가장 으슥한 곳에 들어가되 냉장고, 텔레비전, 컴퓨터, 인터넷 등 모든 편의시설이 갖추어진 외딴집에 완전히 고립되는 것이었다. 김지훈의 눈에 허물어져 가는 폐가, 심지어 흉가로 보였던 집이 유종현에게는 이상향이었던 것이다.

"평생 너무 많은 사람을 만나왔어요. 말도 너무 많이 했고요. 이제는 사람도 안 만나고 최대한 조용히 살고 싶어요."

말은 이렇게 했으나 그는 사람을 만나고 싶어, 또 말을 하고 싶어 안달이었다. 농장에 다니는 것도 생계 때문이 아니라 사람을 만나고 싶어서인 것 같았다. 평생 말로 먹고살았고, 더욱이 땅바닥보다 한 칸 높은 교단 위에서 칠판을 등지고 혼자 떠들어왔으니 오죽하랴. 이제 유종현은 사시사철 오디, 오미자, 배추와 무, 사과 등 거창 고산지대의 고랭지 농업과 각종 친환경 식품 생산에 이바지하고 있었다. 이런 그에게 부장판사 김지훈은 지적인 대화를 나눌 수 있는, 더할 나위 없이 좋은 친구였다.

오십 줄에 접어들어 벽촌에 떨어진 김지훈은 거의 주말마다 유종현의 일터에 따라갔다. 여기에는 사소한 계기가 하나 더 있다. 알고 보니, 유종현은 유경인의 숙부였다. 유경인 가족은 옛날 옛적부터 고제면에 살았고 결혼도 산 너머 마을 출신과 했기 때문에 어지간한 친인척은 모두 근방에 살았다. 김지훈은 한 번의 추억 답사 이후 수시로 거창의 산골을 쑤시고 다녔다. 이건 운명의 장난도, 기막힌 우연도 전혀 아니었지만, 권태의 끝자락에서 만난 두 중년 남자에게는 의미심장한 공통분모로 여겨졌다.

6월 초, 머릿수건, 모자, 목장갑으로 중무장한 농부들이 뽕나무 사이를 누비며 오디를 땄다. 초록색 잎들 사이로 오디가 붉은빛, 자줏빛, 보랏빛, 검푸른 빛으로 촉촉한 아름다움을 뽐냈다.

"옛날에는 여기서 양잠을 많이 했어요. 뽕잎은 누에가 먹고 오디는 우리가 먹었지요. 그런 걸 요즘은 이렇게 재배해서 팔고 있으니…… 인터넷 카페에 올려서 판대요. 김 선생(그는 '판사님'이라는 호칭을 싫어했다), 그렇게 하는 게 아니고요, 저를 좀 봐요, 가지를 이렇게 들어 올려서……"

말만 그렇지 일솜씨는 정말 젬병이었다. 워낙에 타고난 손재주도 없거니와 평생을 샌님으로 살아온 것이 훤히 보였다. 모든 것이 굼뜨고 어설펐다. 그의 손을 거친 오디는 군데군데 섬세하게 망가져 있었다. 겸사겸사 운도 따라주지 않았다. 햇볕이 따가워질 무렵, 유종현은 그만 실수로 오디 한 옴큼을 손에서 놓쳤는데, 하필 그 자리에서 굼벵이가 꿈틀대고 있었다. 깔끔하게 포기하거나 장갑으로 냉큼 닦아 광주리에 추려 담으면 될 것을 안절부절, 어쩔 줄 몰라 했다. 그 참에 형이상학적인 고민이 끓어올랐다. 나는 누구인가, 나는 어디서 와서 어디로 가는가, 나는 왜 이곳 오디 밭에서 중년을 보내며 노년을 맞이하는가, 싹 도려낸 암세포는 언제 또 발현될 것인가. 이렇게 수시로 손을 놓고 있는 유종현을 농장주는 하는 수 없이 그냥 봐주던 터였다. 그래도 오늘만은 일을 끝내고 가는 김지훈의 귀에다 대고 한소리 했다.

"요즘은 워낙 일할 사람이 없어서요."

그러곤 혼잣말처럼 웅얼대는 소리가 따라왔다. 죄다 중늙은이만 남았어, 어째 데려와도 저랑 비슷한 놈만 데려왔나.

그 '비슷한 놈'이 김지훈이었다.

"오늘은 같이 읍내 나가서 시원한 커피나 한잔하시죠."

김지훈의 제안에 유종현은 흔쾌히 동의했고, 두 중년은 함께 읍내로 나왔다.

거창로터리, 커피숍 안으로 들어선 다음에는 아이스로 하되 아메리카노와 카페라테를 두고 고민했고, 끝으로 시럽을 탈지 말지가 문제였다.

"아휴, 읍내만 나와도 머리가 터질 것 같네요."

유종현은 얼음이 가득 들어간, 그의 개념으론 냉커피를 한 모금 들이켜며 껄껄 웃었다.

"거봐요, 커피 종류도 얼마나 많아요? 여간 복잡하지가 않아요."

"예, 그렇죠."

김지훈은 고개를 주억거렸는데, 주억거리는 몸짓을 하다 보니 유종현의 말에 어마어마한 진리라도 들어 있는 것 같았다.

"보통 영국 음식을 simple, humble, tasteless 이 세 단어로 요약을 하거든요? 수내 들어온 뒤로 제 삶이 딱 그래요. 그동안 너무 반대되는 인생을 살아서요."

커피를 거의 다 마셨을 무렵, 유종현은 지금까지와는 다른 어조로, 나지막이 운을 뗐다.

"김 선생 같은 분은 잘 모르겠지만 요즘 이런 게 있어요."

무심하게, 무덤덤하게 듣던 김지훈은 어느덧 유종현의 얘기에 몰입하고 있었다.

"어때요? 김 선생도 한번 해보실래요?"

친구 따라 강남 가듯, 쉰 살을 코앞에 둔 김지훈은 예순 살을 코앞에 둔 유종현을 따라 통영에 갔다. 첫 관광버스 여행이었다. 그는 이 한없는 비루함에 자극되었다. 간헐적으로 관광버스를 타는 동안에도 한두 달에 한 번쯤은 상경, 자신의 역할에 따라 맡은 바 임무를 성실히 이행했다. 한여름에는 유종현과 함께 사과 농장에서 일했다. 말마따나 일손이 없어 '이놈'도, 이 '비슷한 놈'도 놉의 대상이 되었다. 솜씨 좋은 놉들이 열 개 딸 동안 둘은 예닐곱 개도 겨우 땄고 꼭지가 너무 짧거나 긴 사과가 수두룩했다.

"김 선생이야 이제 겨우 오십이고 판사지만 인생이라는 게 말입니다……"

뙤약볕이 내리쬐는 사과밭, 한번 운을 떼면 어디서든 암 얘기가 꼭 나왔다. 결론은 우리가 죽을 존재임을 '명심하고' '노세, 노세, 젊어서 노세'를 실천하자는 것이었다. '메멘토 모리'와 '카르페 디엠'의 이중주였다. 앞으로도 늙을 일만 남았으니 지금이 제일 젊었다. 이듬해 3월까지 이어질 관광버스 여행의 한가운데에서 사건이 터졌다.

1-4 사이다에 농약을 타다

사건일지는 익히 알려진 바와 같다. K군 S마을, 지난 5월 8일 어버이날, 마을회관에서 조촐한 행사가 있었다. 행사 이후에도 남은, 평소 친분이 있던 다섯 명의 노인이 여느 때처럼 백 원짜리 화투를 쳤고 판을 접을 때 즈음 사이다를 나눠 마셨다. 그 직후 다섯 명 모두 복통을 호소하며 병원에 이송되었다. 그중 한 명은 병원에 도착하자마자 사망, 나머지 세 명은 아직 입원 중이었다. 나머지 한 명은 증세가 호전되어 다음 날 퇴원했다. 제삼자가 개입된 정황이 없었고 상태가 제일 양호한 87세의 박모 할머니가 유력한 용의자가 되었다. 그녀의 집에서 뚜껑을 딴 농약병(피해자들의 몸에서 검출된 성분과 같았다)이 발견된 점, 사건 발생을 전후하여 수상쩍은 행동을 보인 점(CCTV 녹화) 등 그녀의 범행을 입증할 증거가 적지 않았다.

공판을 앞두고 김지훈은 자료를 다시 훑어보았다. 농약, 사이다, 밀실처럼 닫힌 시골 마을, 더더욱 밀실인 다섯 명이 모인 마을회관, 음독 살인 사건, 팔십여 년을 묵혀온 원한……이 년 전, 경남 S군의 '농약 막걸리 화투 사건'과 너무 유사해 패러디의 의혹마저 불러일으켰다. 수사 과정에서도 줄곧 무죄를 주장한 박모 할머니의 항변도 그랬다.

"내가 안 그랬어, 안 그랬다니까! 사이다만 같이 먹었지,

아무 짓도 안 했어. 여기 방바닥에 누워 있으나 저기 뒷산에 누워 있으나 똑같은 몸이여, 뭐 하러 그런 짓을 했겠어? 게다가 다들 고추 친구라고!"

할머니의 고성방가가 조금만 더 이어졌어도 강제 퇴장감이었다. 하지만 구순을 코앞에 둔 어르신은 제풀에 지쳐 갑자기 털썩 주저앉아버렸다. 변호사의 변론에 이어, 배심원들은 "사전에 범죄를 꼼꼼히 계획하고 치밀한 준비"를 했고 "살해 의도가 명백"하고 "죄질이 매우 나쁜" 이 범죄에 대해 거의 일말의 정상참작도 없이 유죄를 선고했다. 할머니는 내용을 잘 못 알아듣는 눈치였지만, 갑자기 벌떡 일어났다. 항상 지팡이를 짚고 꾸부정하게 걷던 몸이, 그 정도로 굽었던 허리마저 갑자기 활짝 펴진 것 같았다.

"아이쿠, 이 양반들이 생사람 잡네! 이날 이때까지 남한테 못할 짓 안 하고 살았어요. 내 죄라면 정말 이날 이때까지 열심히 산 죄밖에 없어요. 선생님들, 이 늙은이 좀 봐주세요. 내 새끼들도 좀 봐주세요. 내가 사십에 서방 여의고 이날 이때까지(이 말은 공판을 통틀어 열 번 이상은 족히 반복된 듯했다) 이렇게 고생하고 살아왔는데, 이제야 좀 밥 먹고 살게 됐는데, 선생님들, 우리 좀 봐주세요."

막바지에 이르러 박모 할머니는 이렇게 비굴을 연기하며 동정 작전으로 빠졌다.

사람 목숨을 넷이나 앗아간 사건을 두고 이런 표현을 쓰기는 죄스럽지만 요즘 참 보기 드물게 수더분하고 촌스러운 사건이라고 김지훈은 생각했다. 당시 병원에 입원했던 나머지 세 명도 재판이 진행되는 동안 사망했다. 한 명은 음독의 여파였지만 두 명은 퇴원한 다음 밭일을 나갔다가 일사병으로 죽은 것이었다.

"피고가 고령인 점, 그로 인해 판단력이 온전하지 않은 점을 고려하여 법정 최고형인 사형이 아니라 무기징역을……"

판결문을 읽는 동안에도 김지훈의 머릿속에서는 몇몇 어구가 생성되었다. 만 87세. 전혀 손보지 않은 허름한 시골집, 뙤약볕 아래 밤낮없는 노동, 여느 채식주의자 못지않은 메마른 식생활. 무기징역은 오히려 자유와 해방의 의미였을까. 자식들 역시 슬슬 치매의 조짐이 보이는 부모에게서 해방되는 셈이다. 하지만 그건 오로지 그의 생각이었다.

"아니, 돈 줘요, 돈! 저 할망구한테 땅이 얼마나 많은데요! 가족 같은 사람들 죽여놓고서 감방에서 놀고먹겠다고? 돈 떼주라고 해요!"

이런 소리가 터져 나왔다. 박모 할머니는 거창군청에서 오 킬로쯤 떨어진 마리면에 밭도 아닌 논을 몇천 평이나 갖고 있었다. 사망한 네 노인의 유가족이 한목소리로 요구하는 것이 이 노른자위 땅이었다. 한편, 박모 할머니는 할머니대로 극구 자신의 무죄를 주장하며 항소의 뜻을 밝혔다.

농약 사이다 사건의 공판이 마무리된 후 김지훈은 유종현과 함께 관광버스를 탔다. 내륙에서 내륙으로 더 내달려 서해의 태안반도까지 갔다. 가족과 함께 휴가철에 서너 번 가본 휴양지를 이렇게 남루하고 추레한 무리와 떠난다는 사실에 살짝 흥분되었다. 아니, 조금이라도 그러고 싶었다.

관광버스 안에서 그의 옆에 탄 여자는 후덕하고 푸짐한 중년 여성으로서 '아줌마'라는 단어의 청각 영상에 딱 부합하는 모습이었다. 몸집뿐만 아니라 얼굴형도 펑퍼짐했다. 피부도 거뭇거뭇하고 질감 역시 어딘가 느끼하고 부담스럽게 번들거렸다. "오빠, 넘 잘생겼다!" 앵앵거리는 목소리에 눈웃음까지 치자 한창때 그녀의 얼굴이 얼핏, 찰나적으로 보였다가 사라졌다. 김지훈은 불현듯 그녀의 젖가슴을 만져보고 싶었는데, 순전히 호기심 때문이었다. 저건 어떤 느낌, 어떤 질감, 어떤 양감, 어떤 촉감일까? 저런 것도 딴에는 젖가슴이라고 만지면 성욕이 느껴질까? 호기심은 계속 커졌지만 정작 진짜로 만질 만큼의 용기는 생기지 않았다. 그 때문인지 그는 이후 상당히 오랫동안 펑퍼짐한 아줌마의 큼직하고 축 늘어진 젖가슴을, 심지어 그보다 더 부풀었을 엉덩이를 만지고 그 사이에 깊숙이 숨은, 분명 악취를 풍기고 쭈글쭈글할 성기를 만지는 불쾌한 상상에 시달렸다.

항소심 공판 이후, 이듬해 본격적인 봄을 맞이하기에 앞서 또 탔다. 연차까지 내서 금요일에 출발, 2박 3일 일정이었다. 이번에 유종현이 고른 목적지는 거제도였다. 한 시절에는 포로 수용소가, 또 한 시절에는 휘황찬란한 조선소가 있던 곳이었다. 이제는 관광지로 연명하는 몰락한 왕국의 느낌을 주었다.

금요일 이른 아침, 버스는 길쭉하고 비좁은 룸살롱으로 변신했고 '물이 좋지 않다'는 말에 딱 걸맞은 구정물과 똥물 냄새를 풍겼다. 오늘 옆에 앉은 여자는 얼굴이 터질 것처럼 오동통했다. 키도, 몸집도 너무 작아 창문과 등받이 사이, 밑으로 푹 꺼져버렸다. 그녀의 첫마디는 다른 여자들과 조금도 다르지 않아 구닥다리 타임머신을 탄 것 같은 착각을 불러일으켰다.

"오빠 넘 잘생겼다!"

날카롭고 높은 음성조차 시끌벅적 떠들썩한 버스의 소음에 묻힐 정도였다.

"그쪽이야말로 새끈한데?"

'오빠' 김지훈의 입에서는 이런 말이 튀어나왔다. 정말 자기 입에서 나온 말인지 의심스러울 정도로 낯설었다. 김지훈이 아는 공적인 김지훈과 사적인 김지훈을 통틀어 이런 발화는 불가능할 법했다. 어조도 너무 저속했다. 모든 것이 음란해서가 아니라, 차라리 그랬다면 오히려 양해될 법했지만, 과장, 심지어 가장된 음란이라서 역겨웠다. 김지훈은 원래의 김지훈으로부터 유체 이탈하여 버거운 자유 속에서 허덕이듯

작고 통통한 여자의 몸을 더듬었다. 길고 가는, 곧잘 뼈마디가 날카롭게 불거진, 그래서 자극적인 아내의 몸과는 정반대였다. 젖가슴도 큼직하고 뱃살도 두둑하고 허벅지도 푸짐했다. 손에 와 닿는, 또 잡히는 양감과 질감이 물렁물렁했다. 낯선 여자의 살덩어리 속을 헤적이면서 자신이 뭉개지고 망가지는 느낌이 들었다. 원래의 김지훈이 문드러지자 그 자리에 또 다른 김지훈이 스멀스멀, 꿈틀꿈틀 생겨나는 것 같았다. 벌레, 그것도 곤충이 아니라 곰벌레 같은 벌레로 변신하는 중이었다. 처음에는 절규했으나 어느덧 너무 편안해지는 느낌 속에서 그는 점점 더 벌레 속으로 들어갔다.

오뉴월도 아닌 3월 말의 보타니아라니. 아무리 남쪽 섬나라라도 쌀쌀하고 썰렁하리라. 그럼에도, 외딴섬에 가꾸어진 식물 천국이라니. 낙원의 향내에 갑자기 시큼하고 짭짤하고 꼰질꼰질한 성기 냄새가 섞여들었다. 손끝에서는 물컹하고 축축한 살덩어리가, 까슬까슬하고 푸석푸석한 짧은 털이 만져졌다. 고속버스는 거제대교를 지나 해저터널로 들어섰다. 어딘가 오싹하고 짜릿한 느낌에 오금이 저리고 오줌도 찔끔 나올 것 같았다. 오백 미터도 안 되는 길이에 최고 깊이 역시 오십 미터도 안 되는 해저터널이었다. 오십 킬로에 육박하는 영국과 프랑스 간 해저터널도 곧잘 오가지 않았던가. 이 경악의 느낌이 너무 촌스러웠다.

터널 속에서 각성이 극대화되는 찰나, 터널의 출구가「큐

브」의 마지막 장면처럼 한 줄기 햇살로 환해지고 서너 번에 걸친 단속적인 굉음이 들려왔다. 아득한 암전과 함께 그동안의 인생에서 쌓인 피로감이 순식간에 쏟아졌다. 김지훈은 이제 비로소 휴식다운 휴식을 맛보며 다시는 깨어나지 않을 줄 알았다. 자기가 그러기를 바랄 줄 알았다. 하지만 웬걸, 정반대였다. 햇빛과 암전이 교체되는 찰나의 순간, 그가 바란 것은 단 하나였다. 앗, 죽기 싫은데! 살고 싶다, 살고 싶다……

0-2 흐린 날, 경의중앙선

11시 13분 경의중앙선을 타기 위해 시간을 달리는 소녀처럼 뛴다. "미래에서 기다릴게." 저 멀리서 이런 소리가 들리는 듯하다. 에스컬레이터를 후다닥 뛰어가 간신히 탑승에 성공한다. 오늘따라 기차가 2분 연착해준 덕분이다. 금요일 4교시 수업은 항상 이 모양이다.

회기역 역사 안, '김말자'에서 우엉김밥 한 줄과 어묵 한 꼬치 먹을 시간도 없다. 편의점 안으로 후다닥 들어가 우유 한 팩과 빵 한 봉지를 산다. '정통 보름달', 갈색 테두리에 흰색 글자. since 1976. 이 문구 앞에 문득 엄마의 트렌치코트에 달린, 버펄로 뿔로 만든 단추에 새겨진 글자가 떠오른다. established 1856. 아무 쓸모 없는 발견이지만 첫 자리 수와 끝자리 수의 운율이 맞다. 아빠와 아빠의 첫사랑이 어린 시절에 좋아했을, 어쩌면 즐겨 사 먹었을 보름달 빵을 씹으며 마을버스 정류장 앞에 선다.

정차한 버스는 앞문을 열어둔 채 승객을 기다리고 있다. 비가 온다. 자주 보아온 중년 남자가 우산을 든 채 교통정리를 한다. 이 버스와 도로만큼이나 후줄근한 아저씨. 사람이 많은 시간대가 아님에도 얼굴에는 벌써 피로와 짜증이 역력하다.

"자, 타세요, 얼른!"

앞문으로 들어가자마자 운전대 앞 운전기사의 얼굴이 눈에 확 들어온다. 젊다. 앉아 있는 모양새만 봐도 키도 훤칠하게 크고 전체적으로 늘씬한 윤곽에 힘이 있으면서 가는 목선은 잘생긴 턱과 얼굴로 이어진다. 쌍꺼풀 없이 옆으로 길고 큰 눈, 날렵한 코의 선과 얇은 입술 선, 그리고 이발할 때가 된 듯 살짝 긴 생머리. 그가 버스 바깥의 중년 남자를 향해 입을 열자 청량한 목소리에 비루한 마을버스가 회춘하는 것 같다.

"그럼 11시 49분에 출발하면 되는 겁니까?"

듣기 유쾌한 중저음에 깍듯한 어조다. 중년의 무성의한 대답을 열심히, 또박또박 파일에 받아 적는 모습도 젊고 예쁘다. 그사이 바깥의 중년은 뒷문을 열고 버스 안으로 들어가는 승객을 위해 우산을 받쳐준다. 사람이 다 차자 뒷문을 닫고 한 손으로 버스를 툭툭 친다. 비마저 내려 콩나물시루가 따로 없다.

팔다리가 길고 늘씬한 청년 기사는 운전을 잘한다. 그 와중에도 신중하고 조심스럽다. 종점까지는 이 킬로미터도 안 되지만 수시로 모퉁이를 돌아야 하고 비좁고 구불구불한 골목길 도로의 연속이다. 주변의 건물은 오층 이상을 찾아보기 힘들 만큼 나지막하고 야트막하다. 아빠의 추억 속의 예스러운 풍경이 연상된다. 흙먼지 날리는 신작로, 그 위를 덜커덩거리며 달리는 먼지 자욱한 시골 버스, 차장 아가씨, 버스 안에 앉아 담배를 태우는 할아버지, 큰아이는 걸리고 작은아이는 등에 업은 아줌마…… 앗, 이건 아빠가 아니라 아빠 첫사랑 유경인의 추억 속 풍경인가. 저 젊은 미남 기사 역시 그렇게 상경한 것일까.

　부슬부슬 내리는 봄비를 느낄 겨를도 없이 후다닥 강의실로 뛰어간다. 병원과 C관 사이에 건물을 새로 지어 비를 긋기 안성맞춤이다. 어느덧 5월 둘째 주, 지루한 악몽 같던 『전쟁과 평화』가 끝나고 『안나 카레니나』로 들어온 지도 벌써 오래다. 몇 주지? 부디 오늘이 마지막이길 바란다. 나는 항상 오른쪽 첫 행, 세번째 열에 앉는다. 작년 이맘때는 정확히 이 자리에서 도스토옙스키의 『악령』 수업을 들었다. 담당 교수는 똑같이 고은영이다. 절대 지각하지 않고 강의도 열심히 한다. 하지만 왜소한 몸매, 거무스름한 민낯과 거침없는 사투리 때문인지 요즘 보기 드문 촌닭, 촌스러움의 극치로 여겨진

다. 실제로도 촌에서 올라온다. 회기역 경의중앙선에서 출발, 용산역까지 간 다음 그곳에서 기차를 타는 것이리라. 해묵은 '무궁화호'가 좋겠다. 그녀는 완행열차의 창 쪽 자리에 앉아 『전쟁과 평화』를, 『안나 카레니나』를 읽었을 것이다. 이제는 『부활』을 읽을 것이다.

"자, 이렇게 소설을 에필로그까지 다 읽은 다음 맨 처음으로 갑니다. 복수는 나의 것, 내가 갚으리라. 소설 전체를 아우르는 이 제사가 의미하는 것은……"

안나 카레니나는 톨스토이의 육적인 자아, 즉 욕망의 육화이다. 도덕군자 톨스토이의 정신과 육체의 변증법에서 전자를 살리기 위해 후자는 결국 죽을 수밖에 없다. 안나의 자살은 불가피하다. 이런 얘기를 하는 그녀를 아빠의 첫사랑과 연결하고 싶은 유혹이 인다. 정말로 동일인인 것은 아닐까? 설마?

비는 그쳤지만 여전히 희끄무레한 오후다. 흐린 날 경의중앙선은 더 묘한 운치가 있다. 중랑천 주변, 기차 창문 밖으로 펼쳐지는 음산한 터키블루 느낌의 하늘, 녹음으로 넘어가기 직전, 신록의 마지막 풍경이 싱그럽다. 한산한 객차 안은 그레이시 블루, 회청색에 가깝다. 나는 전철 안에서는 절대 스마트폰을 보지 않는다는 원칙이 있다. 앉은 자리에서 단테의 『신곡』을 꺼낸다. 책을 펼치지는 않고 뒤표지를 본다. 갑자기 옆자리의 남자가 말을 걸어온다. 경의중앙선을 타면 일주일에 한 번은 신기한 사람을 만나는데, 오늘은 이 사람인가 보다. 입을 열자마자 불콰한 색감의 술 냄새가 확 풍긴다.

"천국, 지옥, 선, 악, 이거 다 교회에서 하는 얘기인데, 교회 다니세요?"

아무 대답도 하지 않고 그냥 책을 편다. 남자는 잠깐 가만히 있다가 또 말을 건다.

"이거 뭐예요? 시예요? 사람이 교회를 나가야지, 교회에 가면……"

결국 나는 벌떡 일어나 맞은편으로 자리를 옮긴다. 그 참에 잠깐 얼굴을 보니, 완전히 멀쩡한 얼굴이다. 제대로 다듬어놓으면 아까 오전에 본 젊은 마을버스 기사처럼 미남 소리도 듣겠다. 하지만 며칠 동안 술만 퍼마신 듯 얼굴이 팅팅 불어 있다. 머리카락은 도무지 며칠을 감지 않았는지 기름때가 앉아 서로 뭉쳐진 데다가 막 일어난 듯 헝클어져 있다. 이런 느낌에 걸맞게 운동복을 입고 있는데 거의 내복 느낌에 무릎 부분이 헐렁하게 늘어나 있고 땀과 때에 전 쿰쿰한 냄새까지 풍긴다. 약간 무섭기도 하다. 하지만 '회기'부터 '청량리', '왕십리', '응봉', '옥수', '한남', '서빙고'까지 역 하나하나를 지날수록 안심이 된다. 남자는 여전히 혼잣말처럼 뭐라고 응얼대지만 더 이상 나를 쳐다보지도 않고 그저 멍하니 앞을 응시하다가 고개를 떨어뜨린다. 여전히 딴 세상에 가 있는 양, 딴 존재와 대화하는 양 말은 계속 흘러나온다. 혹시, 미친?

이촌역, 내리자마자 화장실부터 간다. 집이 지척임에도 항상 이곳이 쉼표이다. 몸속의 찌꺼기 수분을 싹 빼낸다. 오늘은 창자까지 깨끗이 비워내고 계단을 올라간다.

4번 출구, 양쪽으로 아파트가 쭉 늘어서 있다. 기차가 달리는 이십여 분 동안 날이 갰다. 아파트 담벼락 앞, 여느 때와는 너무 다른 풍경, 아니, 대상 하나가 눈을 끈다. 저건 뭐지? 아니다. 누구지? 엷은 회색을 배경으로 구겨지듯 앉아 있는 허름한 형상은? 거지 혹은 노숙자임이 분명하다. 그 옆에는 벌써 거의 다 마신 소주병이 있다. 굵직한 오징어 튀김 서너 개는 안주인 것 같다. 요즘은 회기역 근처 포장마차에서도 보기 힘들 만큼 두툼한 튀김옷에 싸구려 식용유를 잔뜩 머금은 것이다. 저런 걸 어디서 샀을까. 행색은 또 얼마나 초라한지. 검은색 머리는 오징어튀김 못지않게 기름때로 뭉쳐져 있고 얼굴은 불그죽죽하고 눈은 풀려 있고 눈빛은 흐리멍덩하다. 썩은 생태, 마른 명태, 녹은 동태. 방금 경의중앙선에서 본, 조용한 광기에 찬 알코올중독자 혹은 정신질환자와는 사뭇 다른 느낌이다. 거지의 자리에 앉아는 있지만 아쉬운 것이 별로 없어 보인다.

"한 푼만 줍쇼."

이런 글귀가 쓰인 작은 판자 쪽을 앞에다 세워두긴 했다. 그러나 한 푼을 주든 말든 전혀 개의치 않는 눈치다. 그 대책 없는 오만함이 아니꼬워서 나는 오백 원짜리 동전 하나를 끈 질끈질한 철제 바구니에 떨어뜨린다. 일부러 낙차를 높인 까 닭에, 툭, 쨍그랑, 하는 소리가 요란하다. 그는 고개를 살짝 들어 나를 힐끔 보더니, 겸사겸사 오징어 튀김 하나를 집어 입으로 가져간다. 어쩜 저리 행복해 보일까. 모든 것을 내려 놓은 그의 모습이 부럽다. 사회적 존재로서의 인간이기를 포 기하고 그냥 동물처럼 자유로운 저 모습이. 잠깐, 그는 정말 자유로울까? 달관과 득도 역시 환상인 것은 아닐까?

거지 옆, H아파트 단지를 따라 메타세쿼이아가 뻗어 있고 거기서 조금 떨어진 길가에는 자작나무가 이어진다. 원래 중 국산인 메타세쿼이아는 몸집도 우람하고 키도 큼직하고 사방 으로 드리워진 나뭇가지와 잎의 모양새도 화려하다. 과연 수 형이 아름답다고 칭송될 만하다. 하지만 그 근처의 자작나무 는 토양이 달라서인지 상당히 부실하다. 몸통도 앙상하고 줄 기도 가늘고 잎사귀도 무성하지 않다. 러시아에서는 자작나 무를 베어 가옥이나 사원을 짓고 각종 장신구와 세간살이도 만든다고 한다. 하지만 이 녀석은 백 미터 남짓 늘어선 자작 나무를 몽땅 베도 열 조각 마트료시카도 못 만들 것 같다.

수려한 메타세쿼이아와 비루한 자작나무 사이로 어김없이 이른바 무협남이 등장한다. 그는 칠팔 년 전 A동의 한 거주 자의 큰딸에게 장가왔고 그 딸이 두 살 터울로 두 아이를 낳왔고 더불어 그의 출현 빈도도 높아졌다. 그때마다 한 손에는 무협지, 다른 한 손에는 담배가 들려 있다. 간혹 무협지가 없는 날에는 스마트폰이 들려 있지만, 놀랍게도, 게임이나 카카오톡이나 유튜브 시청이 아니라 무협지를 읽는다. 나른한 금요일 오후, 벌써 퇴근하여 아파트 단지를 활보하는 그의 직업은 세상 부러울 것 없는 그것, 바로 교사이다. 그의 아내도 교사이다. 장인과 장모도 교사였고 지금은 퇴직하여 딸 내외의 아이 둘을 돌보는 데 전념한다. 모든 어른이 현직, 퇴직 교사인 집안에서 담배 피우는 자, 덧붙여, 무협지 정독이 취미인 자는 남의 핏줄인 무협남 혼자이다. 이 무슨 시대착오적인 고색창연한 취미인가.

이 고즈넉하고 깨끗한 아파트에 흡연자를 위한 곳은 없는 탓에 무협남의 목적지는 항상 메타세쿼이아 밑 어디 구석이다. 똥 마려운 초등생처럼 엉거주춤한 자세로 서서 열심히 뻐끔뻐끔 담배를 피우면서도, 한 손바닥 가득 용케 잘도 쥐고 있는 무협지에서 한시도 눈을 떼지 않는다. 비가 올 때는 주차장 언저리나 유치원이나 마을회관 근처 구석에서 비를 긋는 일도 있지만, 대개는 이곳이 그의 은신처다. 얼마 지나지 않아 허리가 꼿꼿하고 몸가짐이 단정한 초로의 남자가 나타난다. 그는 삼엄한 얼굴로 천하를 호령하듯 외친다.

"또 무협지냐?"

사위는 이번에는 똥 마려운 것이 명백한 엉덩이를 뒤로 빼며 뭉그적댄다. 저 달콤한 독서의 열락을 순식간에 빼앗겼으니 얼굴에 짜증이 가득하다. 그래도 사실상 처가살이하는 처지라 뭐라고 대꾸도 못한다. 아니, 그보다는 나 하나 참아서 가정의 행복을 도모하자는 생각이리라. 한편, 교장까지 지냈던 초로의 남성은 평소 과묵하면서도 적절히 사교적인, 참 좋은 사람임에도 사위에 대해서는 필요 이상으로 매몰차고 꼰질꼰질하다.

"무협지 좀 그만 보라니까! 애들 가르치는 선생이 부끄럽지도 않냐?"

"……"

"그렇게 시간이 남아돌면 은석이 공부를 좀 봐주든가, 창석이를 좀 데려오든가!"

"……"

"하다못해 대리운전이라도 하든가!"

이 말에는 사위도 뻗쳤는지 모기만 한 소리로 대거리를 해본다.

"그래도 돈 주고 사보는 것도 아니고……"

"대여하는 데는 돈 안 드냐?"

요즘은 동네에서 찾아보기도 힘든 도서대여점에서 꼬박꼬박 빌려 보는, 정말 저렴한 취미임에도, 학교 일 하며 아들 둘 키우느라 밤낮없이 고생하는 딸의 아빠 눈에는 남의 아들이 세상에 둘도 없이 한심한 놈팡이로 보인다. 혀를 끌끌 차며

집 쪽으로 발길을 돌리던 퇴직 교사는 갑자기 혼잣말로 구시렁댄다. 자기가 생각해도 자기가 옹졸한 장인이다. 아니, 사위 놈이 제 돈과 제 시간 들여 무협지를 보겠다는데 내가 뭣하러 씨부렁거리나. 게다가 백수도 아니고 어엿한 고등학교 교사인걸.

장인이 사라지기가 무섭게 무협남은 다시 독서삼매경에 빠진다. 대단한 집중력과 투지다. 하지만 아무리 무던한 사람도 저런 핀잔을 들으면 속이 타고 목이 마르지 않겠나. 그의 발길은 이내 근처 편의점으로 향한다. 그렇게 방향을 틀고 직진하는 동안에도 단 한 번도 무협지에서 눈을 떼지 않는다. 무협지와의 눈 맞춤을 잠시 쉬는 것은 오직 아이스크림을 고를 때, 그리고 그것과 담뱃값을 계산할 때다. 아이스크림은 항상 편의점에서 떨이로 내놓고 파는 돼지바, 캔디바, 바밤바, 스크류바 등이고, 담배는 그의 투박하고 몽땅한 몸통과 참 어울리지 않는, 청초하고 날씬한 느낌의 '에쎄순'이다. 무협남은 한 손과 입에는 돼지바를, 나머지 한 손에는 가벼운 포켓북 판형의 무협지를 들고 걷는다. 분명히 출근했다가 퇴근한 것일 텐데도 왠지 하루 종일 집에서 뒹굴다가 나온 것 같은 차림새다. 한 번도 정돈된 적이 없는 부스스한 곱슬머리, 영원한 트레이드마크인 후줄근한 운동복, 밤새도록 못된 짓을 하다가 새벽 늦게 잠들어 이제 막 일어난 것처럼 퉁퉁 부은 얼굴……

무협남은 예의 그 메타세쿼이아 아래로 돌아와 튼튼한 치아를 과시하듯 우걱우걱 돼지바를 씹어 먹으며 무협지를 탐독한다. 돼지바를 해치우고 시원한 잇새로 담배를 꼬나물 생각을 하니 벌써부터 황홀하다. 드디어 그 순간, 담배에 불을 붙이는 찰나, 아까 사라졌던 장인이 다시 등장한다. 그의 옆에는 태권도 학원 다녀오는 은석이가 붙어 있다. 언제부터 다니기 시작했는지 창석이도 함께다. 오랜만에 보는 둘째 아이는 아기다운 느낌이 싹 가시고 어느덧 소년티를 풍긴다. 벌써 초등생인가. 아이들은 아빠를 알아보지만 눈길만 힐끗 주고 외할아버지를 따라 집으로 들어간다. 무협남은 뭉그적대듯 무협지를 들추다가 이내 똑바로 펴들고 B동 쪽으로 간다. 머쓱함, 불편함, 무안함 같은 것이 비치지만 잠시다. B동에는 처가에서 돈을 보탰을 그들의 아파트가 있다. 겉보리 서 말만 있어도 안 한다는 처가살이. 이십여 년 전 아빠의 모습이 얼핏 그려진다.

내 옆으로, 어디에서 나타났는지 쓰레기 치우고 깡통 줍는 할머니가 다가와 선다. 무소부재. 이런 고색창연한 한자어 조합을 방불케 하는 인물이다. 그녀는 어디서나 볼 수 있다. 우선 사는 곳은 우리 동 맨 위층이다. 엘리베이터, 아파트 입구, 근처 산책로 등에서 자주 마주친다. 그뿐이 아니다. 이른 아침부터 늦은 저녁까지 동네 일대를 휘젓고 다니며 길거리의 모든 쓰레기통을 뒤진다. 그렇게 모은 각종 깡통을 커다란 부대 자루에 담아서 집에 가져간다. 결코 교통수단을 이용하는 일 없이, 아직도 건재한 두 다리에 감사하듯, 항상 걸어 다닌다. 간혹 깡통 자루를 실을 자그마한 짐수레를 끌고 나갈 때는 있다. "집에서 놀면 뭐 해. 일이라도 해." 마침 마주친 동네 할머니와 할아버지에게 살뜰하게 훈수를 둔다. 이솝의 개미들 뺨치게 부지런한 일벌레다.

"할머니, 이거 갖다 팔면 얼마나 받아요?"

"이거? 일 킬로에 칠천 원. 이것도 경쟁이 아주 치열해."

순 알루미늄만 주워 모으니 꽤 돈이 될 거다.

몇 걸음을 떼자 무소부재 할머니의 남편이 보인다. 무소불위. 그를 보면 이 단어가 떠오른다. 세상 무서울 게 없는 사람이다. 원래는 인물이 훤칠한 장신의 노신사였는데, 몇 년 전부터 급속도로 노화하면서 성격마저 변했다. 처음에는 막연히 암이나 그 비슷한 중병에 걸렸나 보다 했는데 여전히 무소불위의 위엄을 풍기는 것을 보면 그건 아닌 것 같다. 어쨌든 그 못지않은 통증에 시달리는 건 맞는 것 같다. 그것이 그를 더 극악한 무소불위로 만들어놓았다.

그는 이미 불쾌하게, 얼큰하게 취해 있다. 아침에 아파트 밖을 나간 것은 소주 한 병을 사기 위해서였으리라. 그리고 지금은 아파트 한 귀퉁이, 낮은 난간에 꾸부정하게 몸을 기대고 철제 지팡이를 짚은 채로 담배를 피운다. 나날이 쪼그라들고 왜소해지는 몸집에도 눈빛만은 여전히 살벌하다. 뭘 봐! 이런 말이 튀어나온 것도 같고, 아닌 것도 같다. 여차하면 저 지팡이를 휘둘러 나를 찌를 기세다. 나는 다 죽어가는데 너는 왜 살아 있어? 이런 식. 아침에 엘리베이터 안에서 풍기던 술 냄새 대신, 방금 피워댄 니코틴 냄새가 가득하다. 그래도 옆에 할머니가 있으니 좀 안심이다.

"소주 사러 나가셔?"

무소불위 할아버지는 무소부재 할머니를 한번 흘겨본다. 힘없는, 그러면서도 살벌한 목소리로 한마디 하긴 한다.

"뭔 상관이여?"

말이 끝나기가 무섭게 지팡이를 짚어가며 천천히 걸음을 옮긴다. 자기 아내마저 찌를 기세다. 나는 아픈데 너는 왜 안 아파? 이런 식.

"요즘 우리 영감이 몸이 편치 않아."

근심 가득한 얼굴로 나를 쳐다보는 할머니도 별로 건강해 보이지 않는다. 얼굴만 나를 향해 있지, 눈의 초점은 어딘가 다른 데 꽂혀 있다. 아파트 근처가 아니면 이웃도 잘 알아보지 못한다. 귀가 어두워져 상대의 말을 접수하는 속도도 느리다. 칠층, 할머니를 엘리베이터 안에 남겨두고 내린다.

거실의 유리 벽과 유리문 너머, 아래쪽으로 한강이 펼쳐지고 쾌청한 겨울날에는 강 건너 외갓집마저 시야에 잡히는 날도 있다. 오늘은 여름이 코앞임에도 대책 없이 자욱한 미세먼지에 시야가 꽉 막혀 있다. 책가방을 내려놓자마자 냉장고부터 연다. 싸늘한 냉기와 뽀얀 연기가 뿜어져 나온다. 저 깊은 구석에 만화 캐릭터처럼 괴상한 요물이 웅크리고 있을 것만 같다.

고픈 배를 안고 다시 아파트 입구, 자작나무, 메타세쿼이아 옆을 따라 걷는다. 딱딱, 딱딱, 딱딱, 따다닥, 딱딱, 딱딱······ 뒤에서 이런 소리가 들리는데 은근히 리듬감이 있다. 목구멍에서 나는 소리일 테지만, 기도도, 식도도 아닌, 해부도에도 없는 어딘가 이상한 통로에서 나오는 소리처럼 기상천외하다. 딱딱, 딱딱, 딱딱, 따다닥. 거의 등 뒤까지 왔다. 한쪽으로 비켜서며 내 옆을 지나가는 딱딱, 소리를 본다. 애매하게 벌어진 입에서 나오는 소리가 맞지만 그 진앙과 원리는 쉽게 파악되지 않는다. 옆모습만 봐도 '늙수그레하다'라는 단어가 딱 맞을 법한 지긋한 나이다. 어느덧 위쪽을 향해 걷고 있는 그의 뒤태를 지켜본다. 어딘가 절체절명의 목적지를 향해 가는 듯, 무척 열심이고 다부진 걸음걸이다. 하지만 두 다리를 떼고 두 발을 땅바닥에 딛는 모양새, 어깨에 어색하게 매달린 팔을 흔드는 모양새, 목각인형처럼 목 위에 얹혀 있는 머리를 자기만의 리듬과 운율에 따라 움직여대는 모양새가 예사롭지 않다. 오른팔은 직각으로 꺾여 있고 오른손의 손가락 다섯 개는 모두 반대쪽으로 애매하게 엉거주춤 꺾여 있다.

무소불위 할아버지가 다시 등장, 아까 무협남이 담배와 아이스크림을 샀던 저쪽 편의점에 들러 소주 한 병을 사 가지고 들어간다. 간발의 차이를 두고 또 무소부재 할머니가 나온다. 그사이 집에서 짧은 휴식을 취하고 또 깡통을 주우러 가는 것이다. 대로변까지 나오자 노란색 셔틀버스들이 잔잔한 물결처럼 이어진다. 버스에서 내린 아이들과 마중 나온 할머니들, 엄마들이 뒤섞이는 시각, 네시다. 머릿속에 떠오른 이 숫자가 더욱더 허기를 자극한다. 아빠 보러 갈까? 아니, 내일 엄마랑 가자. 이렇게 또 숙제를 미룬다.

0-3 맑은 날, 병원 풍경들

아빠는 엄마가 귀국하자마자 서울로 이송되었다. 간혹 휴가철 고속도로를 달릴 때 우리 옆을 스쳐 가는 구급차를 본 적이 있었다. 저 안은 어떤 풍경일까, 조금은 궁금했다. 그런 구급차 안에 누워, 의식의 깊은 휴식 바깥에서 아빠는 부산 외곽 P대학 병원 응급실로 이송되었다. 그다음에는 멀쩡한 의식을 갖고 서울까지 사백 킬로 남짓 이동했다. 그때부터 지금껏 병원 신세다. 수술 경과도 나쁘지 않고 재활을 잘 하면 5급 정도까지는 받을 수 있으리라는 것이 의사의 최종 소견이었다. 즉, 겉으로 조금 표가 날 수는 있어도 일상생활과 업무에 큰 지장은 없을 것이라고 했다. 이 완곡어법을 뒤집으면, 기왕지사 신체의 각종 기능과 인지 능력이 망가져 가는 쉰 줄에 들어선 아빠가 명실상부한 장애인이 된다는 것이었다. 희망이라면 경증이라는 것이다. 하지만 나는 이 모호한 상태가 더 싫었다. 차라리 아빠가 나를 처음 맞이한 그 모습, '중환자'라는 이름에 걸맞은 그 모습이 훨씬 극적이었다. 그때 넘겨받은 아빠의 물품을 나는 아직도 제대로 살펴보지 않고 있다.

오후 세시쯤, 아빠를 휠체어에 태우고 일층 재활치료실로 간다. 널찍이 뚫린 공간이지만 환자들이 많아 어수선하다. 바로 옆의 재활의학과, 오늘은 소아 진료도 같이 본다. 어김없이 "상담 지연으로 인해……" 하는 문구가 뜬다.

진료실 문이 열리며 갓난아이를 배에 딱 붙이다시피 안고 있는 젊은 엄마가 나온다. 여태껏 참았을 눈물을 쏟아내며 숫제 목 놓아 운다.

그녀와 엇갈리듯, 역시나 젊은 여자가 휠체어를 탄 채 나타난다. 아무리 많이 봐줘야 서른 안팎의 나이인데, 사지와 몸통이 심하게 어긋난 전형적인 뇌성마비 장애인이다. 옆에는 한 중년 여성이 젖먹이를 안고 서 있다. 누가 환자인 걸까. 외할머니 품에 안긴 아이는 엄마 쪽으로 고개를 돌리고 연신 옹알이를 하고 휠체어에 앉은 엄마는 최대한 목을 빼고 뭐라고 대꾸한다. 발음과 억양은 이상하지만 알아들을 만하다.

"많이 기다려야 된대, 엄마?"

"아휴, 그런가 보다. 얼마나 더 기다려야 해요?"

"지금 진료 보시는 분 나오면 바로 들어가시면 됩니다."

간호사의 대답이야 이렇지만, 그도 빨리 나올 것 같지 않다. 아이는 슬슬 보챈다.

"우리 고율이 배고프구나. 조금만 기다려."

엄마는 여전히 학처럼 목을 길게 빼고 두 팔을 최대한 뻗어가며 아이를 달랜다.

환자복을 입은 한 할머니가 휠체어에 실려 온다. 휠체어에 얹힌 온몸이 부르르 떨리고 가뜩이나 온전치 못한 앙상한 팔다리가 뒤틀린 채 뻣뻣하게 굳고 목이 뒤로 확 꺾여 있다. 입에는 '게거품'이라고밖에 표현하지 못할 뻑뻑하고 진한 침이 묻어 있고 눈은 뒤집혀 흰자위만 보인다. 저런 것이 간질, 아니 뇌전증 발작이라는 것을 처음 봤음에도 금방 알겠다. 간호사가 다급히 진료실 안으로 뛰어들어간다. 금방 의사가 나온다. 160센티가 넘을까 싶은 작달막한 체구에 얼굴이 곱상하니 예쁘게 생긴 의사다. 그 옆에는 두세 명의 수련의가 붙어 있다. 사람을 씹어 먹을 것 같은 경련은 어느덧 멎었다.

"괜찮으세요?"

할머니의 눈을 잠깐 들여다본 다음 예의 그 차분한 어조로 질문한다.

"예, 그다음은 어떻게 하셔야 하는지 아시죠?"

미묘하게, 힘겹게 고개가 끄덕여지는 것도 같다.

"다시 데려가세요."

환자는 진료실 앞에서 곧장 방향을 틀어 복도 너머로 사라진다. 의사는 다시 진료실로 들어가고 문이 닫힌다. 짧은 소란에 잠깐 잊혔던 갓난아이는 더 심하게 보챈다.

"어디, 아이 젖 먹일 데 없을까요? 젖 먹을 시간이 한참 지났는데."

아무래도 진료를 보기까지 시간이 오래 걸릴 것이라고 판단한 애 엄마가 나선다. 아이는 울면서 할머니 품에서 벗어나려고 안간힘을 쓴다. 결국 할머니는 띠를 풀고 아이를 엄마에게 내준다. 자신의 팔다리도 제대로 건사하지 못할 것 같은 애 엄마가, 흡사 고난도 연기를 펼치는 곡예사처럼 용케 몸을 놀려 아이를 품에 안는다. 아이는 너무 뒤틀려 불안해 보이는 엄마의 몸통 위쪽에 자리를 잡자마자 금방 환한 웃음을 짓는다. 익숙한 젖 냄새에 몸이 달아올라 벌써부터 좋아 죽는다. 엄마는 휠체어를 뒤로 돌려놓은 채 수유복의 지퍼를 혼자 열고 아이에게 젖을 먹인다. 엄마와의 이런 체위가 익숙한지 아이는 한 손을 엄마의 다른 쪽 젖에 올려놓고 엄마의 젖을 쭉쭉 빨아 꿀떡꿀떡 삼킨다. 아이의 목구멍으로 넘어가는 엄마 젖 소리가 너무 맛있다.

"혼재야!"

그때 나의 엄마가 병원 안으로 들어선다. 참 예쁘다, 우리 엄마는. 170센티에 육박하는 키에 가늘지만 적절한 양감이 들어간 몸 틀, 바람에 이는 나뭇가지처럼 가뿐히 움직이는 날씬한 팔다리가 보는 이의 시선을 끈다. 살짝 여윈 비너스 같은 몸매는 가늘고 고운 목선을 거쳐 자그마한 계란형 얼굴과 또렷한 이목구비에 이른다. 콧날과 입매가 너무 날카로운 것도 같다. 하지만 그 부담을, 쌍꺼풀이 짙게 졌으되 눈꼬리가 밑으로 처진 영롱하고 큼직한, 아침 햇살 받는 나뭇잎 위의 물방울 같은 두 눈이 덜어준다. 사진 속 의대생 김여운은 흔히 모범생, 하면 떠오르는 고루한 스타일이었다. 로션도 안 바른 것 같은 민낯에 세 번 압축한 두툼한 렌즈가 들어간 안경이 모든 것을 말해주었다. 그런 그녀가 삼십대에 박사학위를 받자마자 돌연히 자신의 얼굴과 몸을 연구하는 데 어마어마한 학구열을 불태우기 시작했다. 그리고 지금은 젊어 보이기 위해서가 아니라 건강하게 늙기 위해 노력한다.

조금 얇은 느낌의 트렌치코트가 허벅지를 중간까지 덮고, 밑에는 중청보다는 조금 더 진한 색깔에 살짝 헐렁한 청바지를 입고 2센티 굽에 태슬이 달린 유광 옥스퍼드화를 신었다. 전반적으로 편해 보이는 오늘의 차림새의 핵심은 실은 저 베이지색 트렌치코트 속에 든, 부르고뉴 지방의 와인 색깔, 즉 버건디 크루넥 티셔츠다. 나와 인터넷 쇼핑을 하다가 산 구천 원짜리 티셔츠이다. 무심한 듯 어깨에 툭 걸친, 큼직한 검정 나일론 가방 역시 싼 값으로 산 것이다.

"아빠는? 아직 치료 중이니?"

이런 물음과 함께 발걸음을 떼면서 엄마는 연한 베이지색 트렌치코트를 벗어 든다. established 1856. 역시 내 기억이 맞다. 엄마의 가늘고 하얀 손목은 1센티 두께의 갈색 가죽끈으로 감싼, 지름 3.5센티의 둥근 숫자판을 감아놓은 시계 덕분에 더 빛난다.

재활치료실 앞에 모인 3인 가족. 세련된 엄마와 후줄근한 아빠. 아무리 고급스러운 정장을 입혀놓아도 아빠는 이마빡에 "나는 달동네 출신"이라고 써 붙인 사람 같다. 하물며 심각한 외상에 환자복까지 입고 있으니 오죽하랴.

"왔어?"

"좀 어때?"

이 두 마디로 부부의 대화는 끝난다.

'―리스' 부부들이 많다지만 엄마 아빠는 의외로 그렇지 않다. 그들의 성생활 따위에는 별로 관심이 없지만, 그 생활이 있는 것만은 분명하다는 사실에는 관심이 있다. 한두 달에 한 번, 만나면 그때는 한다. 여기에 그들 관계의 실존이 있는 듯하다. 아빠가 병원에서 산 지 석 달째, 현재는 그것이 없음이 분명하다.

둘의 짧은 대화를 상기해보자. "왔어?" 거창과 서울 사이의 어디도 아닌 거제도 해저터널, 깔끔한 폭스바겐이 아닌 불법으로 개조된 큼직한 관광버스, 펑퍼짐하고 쭈글쭈글한 아줌마 아저씨 무리…… 아빠는 왜 쉰 살을 앞두고 이런 전락을 꿈꾼 것일까.

한편 엄마가 무심한 척 던진 질문은 엄마 자신에게 던져줘야 할 것이다. "좀 어때?" 좀 패씸한, 손에 잡히는 정황들이 있다. 이제 엄마의 병원으로 가보자.

한 아이가 들어온다. 아이? 아니, 중고생은 족히 된 것 같다. 아이의 얼굴에는 곳곳에 반창고가 붙어 있고 드문드문 흉터가 보인다. 호명을 기다리는 짧은 시간 동안 아이는 끊임없이 자신의 오른손으로 어딘가를, 뭔가를 치는 시늉을 한다. 상당히 젊지만 엄마임이 분명한 여자가 꼭 잡고 있지만 거의 직각으로 꺾인 아이의 손은 금방 어디론가 내빼버린다. 얄궂은 소리도 끊이지 않는다. 아아아 으으으…… 이렇게 전사해볼 수는 있지만 아무래도 사람 소리가 아닌 것 같다. 저 아이야말로 그만 멈추고 싶을 텐데! 하지만 영원히 '일반화'되지 못한 채, 언젠가 딱딱 소리를 내며 기계적인 빠른 걸음으로 거리를 질주하던 그 할아버지처럼 늙어갈 것이다. 갓난아이가 늙수그레해지도록 누군가는 계속 먹이고 입히고 재워주어야 하리라.

아이의 굵직하고 나지막한 울림이 계속되는 가운데, 한 젊은 여자가 들어온다. 오한이 난 듯 온몸을 바들바들 떨면서 역시나 벌벌 떨리는 손으로 만 원짜리 두 장을 내민다. 여자치고는 워낙 거구인지라 몸의 떨림도 더 무섭다. 그녀는 병원의 현관에서 접수대로 성큼성큼 직행, 간호사를 향해 예의 그 떨리는 목소리로 거의 절규하듯 말한다. 그 절박함에 듣는 사람도 몸이 부들부들 떨릴 것 같다.

"저어, 약 좀 주세요! 지금 돈이 이거밖에 없는데요."

"다 주셔야 처방이 나갑니다."

"아, 그럼, 어떡하죠? 저, 약 없으면 잠을 못 자는데요, 월요일에 마저 드릴게요."

"그럼 진료를 월요일에 보세요."

"아, 안 돼요, 그때까지는 못 기다려요. 약 없이는 잠을 못 자거든요. 오늘 토요일이죠?"

"그럼 이만 원어치만 드릴 테니까 나머지는 월요일에 받으세요."

약이 나오길 기다리는 동안 여자는 대기실 소파에 털썩 주저앉는가 싶더니 숫제 드러눕는다. 하지만 등을 붙이기가 무섭게 또 벌떡 일어나 앉는다. 벌벌 떨리는 손으로 물을 부어 벌컥벌컥 마신다. 그녀의 자리에는 물이 번져 있고 그 밑으로 발에 묻었던 흙 자국이 번져 있다. 접수대 뒤로 갔던 간호사가 약봉지를 갖고 나온다. 그것을 보자마자 먹이를 낚아채는 짐승처럼 잽싸게 받아 쥐고는 예의 그 벌벌 떨리는 손짓, 몸짓으로 병원을 뛰쳐나간다.

잠시 뒤, 진료실 문이 열린다. 책상, 컴퓨터 앞에 앉은 엄마의 모습이 얼핏 보일까 싶은 찰나, 다시 문은 닫히고, 진료실에서 나온 남자는 접수대 맞은편 소파에 앉는다. 우리가 '아저씨' 하면 떠올릴 법한 생김새에 어떤 미학적 요소도 없는 밋밋한 얼굴이다. 설마, 정말 그일까?

"문지웅 씨, 약 나왔습니다."

문지웅은 조용히 접수대 쪽으로 몇 걸음 다가가 약을 받아 쥐고 돌아선다. 참 없어 보이는 얼굴이라는 것 외에는 다른 특징을 찾기 힘들다. 못생긴 것도, 체구가 왜소한 것도, 차림새가 추레한 것도 아닌데 왜 그럴까. 짙은 베이지색 면바지는 산 지 얼마 되지 않은 것처럼 빳빳한 느낌이고 상의는 캐주얼한 느낌의 제법 단정한 셔츠이고 겉에 걸친 점퍼도 보기 싫지 않다. 그런데도 저 옹색하고 비루한 느낌은 어디서 나오는 걸까. 모욕감보다는 당혹감, 심지어 실소가 터져 나온다. 엄마는 왜 인생의 황혼 녘을 앞두고 애인을 가져보려고 한 것일까. 더욱이, 저렇게 없어 보이는 노총각을.

그때 카톡 문자가 온다. "어디야?" 이런 문자를 보내온 피남흔은 대학생임에도 '런던 서사' 대표이자 '조각난 말들' 유튜버다. 엄마의 저 밍밍한 애인보다 더 문제적인 인물이지만 이 소설의 주인공은 중년들이다. 고로, 나는 기법이자 기능이자 시선으로서 엄마 얘기를 상상해보려고 한다.

2 김여운—소녀, 소년을 만나다

2-1 낭만주의의 발생과 전개

김여운은 서울의 교양 있는 중산층, 즉 '표준어'의 정의에 부합하는 집에서 태어났다. 이른바 재색을 겸비한 그녀가 어쩌다 서울의 달동네 출신 남자와 결혼하게 되었을까. 김여운과 김지훈의 만남은 앞서 얘기한 김지훈과 유경인의 만남보다 극적이었다.

유경인이 유학을 떠나고 일 년은 족히 지난 어느 날, 김지훈은 느닷없이 쓰러져 응급실로 이송되었다. 과로와 영양실조로 인한 급성 위장염이었다. 명치를 중심으로 시작된 복통은 점차 복부 전체로 번졌고 물조차 마시지 못하는 상태로 병상에 누워 있었다. 그의 주치의가 당시 수련의였던 김여운이었다. 그 열흘 동안 환자 김지훈과 의사 김여운은 매일 아침 여덟시를 전후한 시각에 한 번씩 만났고 접촉의 시간은 오 분을 넘지 않았다. 그들이 주고받은 의례적인 대화와 눈빛, 미소 속에 뭔가 의미심장한 것이 있었을까. 적어도 김여운은 그 랬다. 김지훈에게 금식, 금수 딱지를 떼고 미음을 먹으라고 처방하고 병실 밖을 나온 직후 일이 초간 멈칫했다. 아, 조만 간 퇴원하는구나. 더 이상 볼 수 없구나. 순식간에 온몸으로 바이러스가 퍼진 것 같았다. 이미 걸음을 뗀 뒤에도 그녀는 그의 잔영에 사로잡혀 있었다. 낭만주의의 시작이었다.

퇴원한 김지훈이 한 달쯤 뒤 김여운 앞에 나타났다. 학교 근처 제본소에서 제본한 얄팍한 책 한 권을 든 채 무작정 찾 아온 것이었다. 그녀는 지난 한 달 동안 자기의 영혼을 혼탁 하게 만든 바이러스가 무엇이었는지 깨달았다. 순식간에 시 야가 봄날의 햇살을 받은 양 환해졌다.

"아니, 내가 없으면 어쩌려고?"

"그냥 책만 두고 가려고……"

김지훈이 머뭇거리며 내민 것은 시집이었다. 유경인이 떠 난 다음 한 편씩 써온 것이었다. 김여운은 그의 연애와 이별 과 시에 설렘과 달뜸으로 화답했다. 오래 사귄 여자 친구와 결별했고 무려 일 년이나 지났음에도 여전히 그 상처를 안고 있는 남자. 시간 날 때마다 두툼한 고전을 즐겨 읽는 새침하 고 예쁘장한 모범생의 정복 욕구가 자극되었다. 김여운 안의 낭만주의는 점점 더 활개를 쳤다. 사실 낭만이야말로 사실주 의를 돋보이게 하는 은은한 포장지였다. 부모 역시 딸의 사랑을 반겼다. 우선은 무조건 딸의 선택을 존중한다는 입장이었다. 자아가 강한 딸의 결혼 생활을 생각할 때 없는 집의 법학도 사윗감이라는 점도 싫지 않았다.

아이가 태어난 뒤에는 반포의 친정과 한강 너머 이촌동을 오가는 시간이 많았다. 젖을 떼고 아이를 유치원에 보내기까지 매순간 '이제야 좀 살 것 같다'라며 안도의 한숨을 내쉬었다. 하지만 그것이 또 다른 수난의 시작이기도 했다. 그때마다 김여운은 친구들보다 이른 결혼과 육아로 인해 놓쳤던 것을 새삼스레, 감사히 즐기곤 했다. 때로는 무한한 잠, 때로는 치열한 공부, 때로는 달뜨는 치장, 때로는 활기찬 사교였다. 임상강사 시절에는 자리에 대한 꿈을 키웠다. 개업한 뒤에도 얼마간은 외래교수로 출강했다. 그마저도 그만두자 더 여유로워졌다. 딸이 대학에 입학한 작년의 일이다. 삶의 새로운 단계에서 연애에 돌입한 것은 천운이었다.

그렇다, 정신과 전문의이자 판사의 아내이자 의대생 딸의 어머니인 그녀는 지금 절찬리에 연애 중이다.

따분함이 극에 달한 오후, 네시 예약 환자가 올 것이다. 정말 그인가. 아니면 동명이인인가. 혹시나, 하는 기대에 심장 박동수가 빨라짐을 느낀다. 진정제라도 먹어야 하나. 진료실 바깥에서 아이들 소리가 들린다. 상냥한 성격의 일곱 살 나나는 최근에 성추행을 당한 이후 놀이치료를 받는다. 말이 어눌

하고 몸놀림이 단정치 못한 여섯 살 서준이는 언어치료를 받는다. 여덟 살 인성이는 충동 조절이 잘되지 않고 학습도 원활하지 않아 인지학습치료도 받는다. 지금, 슬그머니 문을 밀고 덩치 큰 초식동물처럼 병원 안으로 들어서는 여자아이는, 미술치료를 받는 열네 살 도엽이다. 사람과 좀처럼 눈을 맞추지 않고 대화도 꺼린다. 도엽이와는 정반대로 왁자지껄 계속 떠들어대는 남자아이는 열다섯 살 호인이다. 치료 시간보다 일찍 와서는 책꽂이 맞은편, 한구석에 앉아 스마트폰을 들고 혼잣말을 한다. 여느 때 같으면 마구 돌아다닐 아이가 이렇게 얌전한 것은 좀 있다가 엄마가 온다고 약속한 덕분이다. 중학생답지 않게 달뜬 표정과 어투, 혀짤배기소리로 옆에 있는 서준이 엄마에게 말을 건다.

"엄마가 빵 사서 온대요. 하나 드릴까요?"

"그래, 하나 줘, 우리 서준이 주게."

지금 서준, 나나, 은성, 도윤은 모두 치료실에 들어가 있다. 치료가 진행되는 사십 분이 엄마들에게는 휴식 시간이다. 갑자기 병원 문이 열리면서 정장 차림에 기골이 장대한 젊은 남자가 들어온다. 그는 신발도 벗지 않고 곧장, 성큼성큼 접수대로 향한다.

"여기 성인도 봐주나요?"

"예, 하지만 예약을 하셔야 합니다."

"제가 지금 정신 문제가 엄청 심각하거든요. 내일 아침에 돼요?"

대뜸 무슨 도전장을 던지듯 말을 툭 던진다.

"목요일은 오전 진료가 없는데요."

"아, 나 참, 엄청 급한데, 정신 문제가 심각해서요. 성인도 봐주나요?"

"성인도 보긴 하는데요, 내일 오후 두세 시 안 되세요?"

"아, 나 정신 문제가 정말 심각한데, 딴 데 가볼게요."

남자는 후다닥 병원을 뛰쳐나간다. 그와 동시에 낡은 청바지에 티셔츠를 입은 왜소한 남자가 들어온다.

"문지웅 씨? 잠시만 기다리세요."

잠시 뒤 문지웅은 두세 평 남짓한 진료실 안에 김여운과 마주하고 있다. 오른쪽 책상에 붙은 책장에는 영문 의학서나 프로이트, 라캉, 올리버 색스의 책 외에 아가사 크리스티, 코난 도일, 모리스 르블랑, 엘러리 퀸, 도스토옙스키 등이 꽂혀 있다. 제일 높은 곳에 꽂힌 것은 『이노센트』, 『빌리배트』, 『원피스』 같은 만화이다. 큰 창문을 사이에 두고 맞은편에 세워둔 책장에는 주로 소아 환자를 볼 때 사용하는 장난감과 피규어가 진열되어 있다.

"안녕하세요."

문지웅을 향해 내뱉는 말, 표정, 어조는 학습된 그대로다. 하지만 설렘과 떨림은 어쩔 수 없다.

2-2 노총각, 아줌마를 만나다

김여운의 병원은 서울대입구역 2번 출구에서 도보로 일이 분 T빌딩 삼층에 있다. 빌딩 안에는 많은 편의시설이 있다. 그보다 두 블록 정도 올라간 곳에 작고 낡은 건물이 하나 있는데, 그곳 이층에 문지웅의 사진관이 있다. 벌써 몇 년 전인지, 햇수를 세던 것도 까마득한 과거지사다. 사진 찍는 것이 전공이었고 자신을 항상 사진작가로 여겼던 그가 '공감 스튜디오'라는 이름의 사진관을 연 것이 말이다.

그 무렵 그가 자신을 설득할 때 써먹은 명분은 생계였다. 실제로도 주중에는 열심히 생계용 사진을 찍었고 주말에는 출사를 나갔다. 그러던 어느 날, 그는 자신이 출사를 나간 지석 달은 족히 지났음을 깨달았다. 그냥 놀기도 뭣해 토요일에도 사진관 문을 열었다. 찾아오는 손님이 있었고 생계가 해결되었다. 이것이 '사진작가'라는 말을 '꿈'이라는 말 속에 박제하기 위한 확실한 알리바이가 되었다. 그사이 문지웅이 찍은 증명사진, 여권 사진, 프로필 사진, 가족사진 속의 얼굴들이 얼마나 될까. 어느 맑은 날 오후, 따분한 일상의 쳇바퀴처럼 김여운이 찾아왔다. 그때 문지웅은 서울대입구역 근처의 다른 정신과에서 주요 우울장애 진단을 받고 석 달째 약을 먹고 있었다.

'미모의 한 여성'이라는 따분한 어구가 떠오르는 사람이었다. 그녀는 명함판 사진을 찍었다. 월말에 문지웅은 파일을 정리했다. 일괄적으로 블록을 지정하고 삭제하는 기계적인 움직임이 유독 김여운의 얼굴만은 비껴갔다. 그녀가 '미모의 한 여성'이었기 때문일까. 물론 아니다. '공감 스튜디오'를 스쳐 간 미모는 수없이 많았고 한창때를 넘긴 김여운은 그 범주에 들기도 힘들었다. 그럼에도 무슨 이유에서인가 살아남은 김여운의 얼굴은 문지웅의 컴퓨터 하드 깊숙이 붙박였다. 이후 문지웅이 그 파일을 열어볼 일은 없었다.

완벽한 망각의 한가운데, 한 달쯤 지났을까, 문지웅은 산책도 할 겸 사진관 근처 커피숍이 아니라 두 블록 아래, T빌딩 일층의 안쪽에 자리 잡은 커피숍에 갔다. 여느 때 같으면 사 들고 나갔을 것을 아르바이트 직원을 하나 고용한 뒤로 여유를 부렸다. 뜨거운 커피 한 잔을 앞에 두고 멍하니 창밖을 바라보았다. 문지웅이 피사체가 없는 상황을 즐기는 동안, 김여운이 들어와 커피 한 잔을 주문하고 잠깐 그의 뒤통수와 뒤태를 쳐다보다가 뜨거운 카페라테 한 잔을 들고 나갔다. 문지웅은 그녀를 보지 못했지만, 그녀는 그가 두 블록 위의 맛있는 커피숍을 두고 왜 여기까지 왔을까, 잠시 생각했다.

오륙 개월쯤 뒤, 토요일 오후 세시경 문지웅은 '미모의 한 여성'이라는 어구에 딱 맞는 한 여성이 사진관 안으로 들어서는 것을 보았다.

"저, 프로필 사진, 예약했는데요."

그녀는 요즘 거리에서 자주 보이는 꽃무늬 원피스 위에 감색 재킷을 걸치고 있었다. 미모의 여성. 하지만 초로로 들어선 중년에게 '미모'라는 말은 어딘가 처연한 느낌까지 곁들여졌다. 노트에는 '김여운'이라는 이름이 예약돼 있다.

"어떤 용도로 쓰시려고요?"

"병원 홈페이지에 올리려고요. 삼 년쯤 전에도 여기서 프로필 사진 찍은 적이 있어요."

"아, 예…… 그때도 병원 홈페이지에 올리신 건가요?"

"예, 그때 막 개업을 해서요. 이번에는 홈페이지를 개편해서 겸사겸사……"

"거울 한번 보시고요, 한번 앉아보실래요."

그녀의 사진을 편집한 다음 컴퓨터의 사진함을 검색해보았다. 삼 년 남짓 전에 찍은 그녀의 프로필 사진이 저장되어 있었다. 그리고 정확히 오 개월 전에 찍은 그녀의 명함판 사진. 그다음 그 두 사진 사이에 일 년 정도의 간격을 두고 찍은 명함판 사진이 더 있었다. 이게 왜 다 저장되어 있지? 계속 '미모의 한 여성'이라는 어구만 맴돌았다. 그녀의 사진을 매번 저장해두고 그때마다 그 사실을 까맣게 잊었다니. 201*년, 미모의 한 여성이 그의 삶 속으로 들어왔다. 그는 그녀의 사진을 모아 폴더 하나를 따로 만들었다.

　다음 주, 그녀가 오기로 한 시간이 기다려졌다.

　T빌딩 안쪽, 조그만 커피숍은 김여운이 항상 커피를 사는 곳이었다. 점심은 최대한 병원에서 멀리 떨어진 곳에서 먹었다. 그다음, 커피는 병원 아래, 커피숍에서 사서 진료실 안에서 마셨다. 하지만 언젠가부터 밥을 병원 근처에서 먹고 커피는 커피숍 안에서 마셨다. 그러기 시작한 자신을 발견했다. 아마 앞서 언급한 그 날, 즉 커피숍에 멍하니 앉아 있는 그를 본 다음 날부터였으리라. 그녀의 희뿌연 기대에 부합하듯 그는 매일 한시를 전후한 시각에 나타나 한 삼십 분 정도 앉아 있다가 갔다.

　습관적인 마주침의 한가운데, 어느 날 그녀는 깨달았다. 오늘 그가 오지 않았다. '오지 않는 그를 내가 기다리고 있다'는 사실에 대한 깨달음이 순식간에 바이러스처럼, 세균처럼 몸속 깊숙이 침투했다. 이 아뜩한 혼돈의 느낌이 뭘까. 그녀는 최대한 뭉그적대다가 올라갔다. 기다림에 대한 의식이 기다림을 더 부추기는 것은 분명했다. 하지만 그렇다고 해서 기다림이라는 사실의 의미가 퇴색되는 것은 아니었다. 무슨 용건이 있어서, 도대체 무엇을 하려고 기다리지? 물론, 아무 용건도 없었다.

　오지 않는 그가 오길 기다리던 어느 날, 거짓말처럼 그가 나타났다. 습관적인 기다림의 한가운데 푹 빠져 커피 한 모금을 들이켜던 김여운은 저도 모르게 얼굴이 발갛게 달아오르는 것을 느꼈다. 제 발 저린 도둑처럼 그녀는 얼른 저도 모르게 고개를 반대편으로 돌렸다. 옆쪽, 이어 뒤쪽으로 그가 커피를 주문하고 받고 들고 나가는 것을 느꼈다. 얼굴이 점점 더 화끈대고 가슴이 두근거렸다. 그의 나감이 완료된 다음, 남은 커피를 들고 병원으로 올라가는 그녀의 머릿속에서 여러 가지 문장이 맴돌았다.

나는 마흔아홉 살이다. 나는 유부녀다. 나는 사랑에 빠졌다. 김지훈이라는 남자 이후 처음이다. 이십여 년은 족히 넘었다. 얼굴이 계속 화끈거리는 것은 폐경의 조짐인가. 설령 그렇더라도, 바이러스의 침입, 그 느낌에 오류란 있을 수 없다.

2-3 쳇바퀴 도는 따분한 일상, 이라는 말의 따분함

늦은 저녁, 바깥에서 비밀번호를 누르는 소리가 들리고 현관문이 열린다.

"왔어?"

"어, 흔재는?"

인기척을 듣고 방에서 나온 흔재의 말도 비슷하다.

"아빠 왔어?"

좀처럼 변주되지 않는 정황과 대화이다. 하지만 집 안으로 들어선 남편을 보는 순간, 김여운은 참을 수 없는 다정함과 상냥함의 격발을 느낀다. 의례적인 "왔어?"에 이십여 년 전 연애 시절의 설렘과 달뜸이 섞여든다.

침실, 부부는 오직 이 순간만 기다렸다는 듯 정사를 나눈다. 밀린 숙제처럼 항상 해오던 것임에도 뭔가 대단히 색다른 것이 감지된다. 정사. 情事. 어딘가 격하게 문학적인 단어다. 그 자체로는 연애의 느낌이지만 '나눈다'라는 동사와 결합하는 순간 몸의 냄새가 확 풍긴다. 오늘의 정사는 유달리 더 현란한 몸의 향연을 선보인다. 황혼 녘으로 접어든 몸은 모든 흐름이 버겁지만 그래서 더 필사적이다. 뜨겁고 어두운 침묵과 격한 몸놀림 속에서 아직 생성되지도 못한 말들이 핏속에서 치솟는 염증 수치의 원흉처럼 활개를 친다.

김지훈은 그 나름의 속내가 있다. 지금 어둠 속에서 그는 자신이 두 팔로 껴안고 열심히 물고 빨고 또 그 속에서 허우적대는 몸이 버스를 함께 탔던 그녀라고 상상한다. 상상 속의 그녀는, 웃기게도, 올록볼록 육감적인 풋풋하고 싱그러운 이십대 처녀가 아니라 속절없이 허물어지는 오십대 중후반의 아줌마다. 「내게는 너무 예쁜 당신」이라는 옛날 영화 속 미모의 아내를 두고 바람이 난 남편의 펑퍼짐하고 늙수그레한 정부(情婦) 같은 느낌이랄까. 그녀의 몰골이 얼마나 후줄근하면 질투에 사로잡혀 달려온 미모의 아내가 실소를 금하지 못할 정도다. 지금 김지훈의 상상 속 연인도 그렇다. 퇴행성관절염과 골다공증에 시달리는 몸은 출렁이는 거죽으로 뒤덮이고 얼굴에는 거뭇거뭇한 딱지가 가득 앉아 있다. 저런 아줌마도, 아니, 할머니도 아직 여자일까. 성기에 젤이라도 바르지 않으면 쭈글쭈글한 살이 아예 벌어지지도 않을 것 같다. 하지만 실상 그녀는 전혀 관능적이지 않은 외모와 달리 온몸이 금방 후끈하게 달아오르고 몸의 한가운데 깊숙한 곳부터 축축하고 미끄러울 정도로 애액이 넘쳐난다. 속된 말로, 질질 싸는, 그런데 할머니에 가까운 아줌마다. 정작 버스를 타고 가는 동안에는 손 한 번 잡아보지 않은 그녀에게 어떤 호감을 느낀 것도 아니다. 그저 호기심이다. 저렇게 한없이 퍼져버린 애처로운 몸뚱이도 여자일 수 있을까.

　김지훈이 펑퍼짐한 아줌마와 상상의 정사를 나누는 동안, 비슷한 양상의 정사를 김여운은 사진 찍는 젊은 남자와 나눈다. 무척 에로틱한 영화나 그런 느낌을 주도록 연출된 포르노그래피를 볼 때처럼 몸이 후텁지근하다. 그녀는 지금 자신이 남편이 아닌 다른 남자와 정사를 나누고 있음을 또렷이 느낀다. 그의 몸을 만지고 그와 입을 맞추고 그를 몸 안으로 받아들인다. 앗, 하지만 정녕 그런가. 농염하고 도도한 물음표가 찍힌다. 어쨌거나 이것은 남편의 체취이고 남편의 몸이다. 이십여 년 동안 맡아온, 비벼온 그것이다. 그런데도 어둠 속 다른 남자에 대한 상상이 그녀의 몸을 달구고 그녀의 깊숙한 터널을 꿈틀거리게 만든다. 그녀의 미적 시선의 초점이 된 그는 남편보다 잘생기지도 않았고 남편과 차별되는 독특한, 남성적 매력이 있는 것도 아니다. 파격적인 풋풋함도 없다. 그런 그가 왜 이토록 그녀의 몸을 채근하는가.

김여운은 정사를 나눈 다음 천장을 보고 누워 거친 마지막 숨들을 내쉰다. 온몸에 진이 빠진다. 몸을 추슬러 거실로 나간다. 물 한 잔을 들이켠다. 거실 밖, 유리 벽 너머로 녹음에 싸인 메타세쿼이아가 어둠을 받아 더 화려해진 수형(樹形)을 뿜낸다. 남편을 위해 물 한 잔을 따로 챙긴다.

오랜만에 세 식구가 마주 앉은 아침의 식탁이 맛깔스럽다. 노른자의 색깔이 옅은 주황색인, 유정란임이 분명한 달걀부침, 사선으로 칼집을 내 구운 길쭉하고 통통한 소시지, 표고버섯과 애호박이 가득 든 된장찌개, 아몬드와 크랜베리를 넣은 멸치볶음, 국산 배추와 고춧가루로 손수 담근 김치, 현미밥. 어젯밤의 그 음란함 뒤에 맞이하는 아침이 너무 태연스러워 김여운은 당혹스러웠다. 이 당혹스러운 태연스러움 역시 이십여 년 동안 겪어온 것인데, 지금은 너무 유난스럽게 느껴졌다. 그녀는 또 한 번 그녀의 삶 속에 어떤 존재가 들어왔음을, 그녀의 몸과 마음속에 어떤 바이러스나 세균이 침투했음을 인지했다. 간밤의 그 음란이 뭔가 거대한 단절처럼, 툭 돌출된 결절처럼 여겨졌다.

"아빠, 사이다 사놨어."

"어?"

"기사 보다가 아빠 생각나서."

"그거 내가 좀 마시자."

김여운은 벌떡 일어나 냉장고 문을 열었다. 독일산 소시지 때문인지 입안이 짰다. 오랜만에 탄산음료를 연거푸 들이켜자 목구멍이 알싸하고 매워졌다. 사레들린 듯 기침이 터져 나와 순간이나마 속이 후련해졌다.

병원 아래 커피숍, 한시를 전후한 시각, 눈 한 번 마주치지 않지만 삼십 분 남짓 상대방의 존재감이 생생하게 느껴진다. 그의 아름다운 자태와 문어적으로 감지되는 묘한 체취. 이런 정황을 뭐라고 불러야 할까. 신록이 끝나고 녹음이 시작됐음이 확실히 감지되는 어느 날, 김여운은 커피숍에 앉아 거창의 남편에게 문자를 보낸다.

"지훈아, 나 좋아하는 사람 생겼어."

정말 한직임을 증명하듯 금방 답장이 온다.

"어, 그래?"

사실 김지훈은 지금 '직'에 있지 않고 마리초등학교 근처에 차를 세워놓고 길가에 서 있다. 유종현을 만나러 가는 길이다. 최근에 다시 흡연을 시작한 그가 '88'과 '디스'에서 '레종', '에쎄순'을 거쳐 이번에 고른 담배는 '뫼비우스'다. 담뱃갑을 절반이나 차지한 혐오 사진이 눈을 찌른 순간 얼핏 본 아내의 문자는 오히려 상큼하고 해맑다. 바람도 참 상쾌하다. 아내의 저 산들바람에 비하면 자신의 바람은 미세먼지와 황사가 가득 함유된 더러운 바람 같다. "지훈아, 나 좋아하는 사람 생겼어." 여운이다운 귀여운 문장이다.

한 달쯤 뒤 김여운은 전임교원 공채에서 떨어졌음을 확인하고 병원 홈페이지를 개편하기로 했다. 토요일 오후에 찍은 사진을 찾으러 사진관에 갔다. 평일이라 사람은 더 많았는데 대부분 여권 사진을 찍었다.

"아, 죄송합니다."

마침내 김여운을 향해 돌아선 문지웅의 얼굴이 발갛게 상기되어 있었다. 의례적인 인사를 건네는 그의 모습이, 특히 두 눈이 무척 그윽했다.

"사진, 나왔죠?"

실은 사진보다는 이제야 그 존재 가치를 알게 된 그의 눈빛이 그리웠다. 딱 한 번만 더 마주 보고 싶었다.

"표정이 밝으신 편이라…… 여기 전신 컷도 괜찮아요. 그럼 이대로 보내드릴게요."

문지웅도 흥분하면서 말이 많아졌다. 그 기운이 전해진 까닭인지 김여운도 용기를 냈다.

"우리 병원 쪽 커피숍에 자주 가시죠?"

"아, 예. 그쪽도 자주 계시더라고요."

'그쪽'이라니. 자기가 왜 이런 호칭을 썼는지, 문지웅은 잠깐 의아스러웠다.

"그럼 또 거기서 뵙죠."

김여운은 반쯤 농담처럼 던진 말 뒤에 직업적으로 학습된 미소를 덧붙였다. 그 이후에도 커피숍, 한시를 전후한 시각, 그들의 만남은 허무한 스침 내지는 무의미한 공존에 가까웠다. 문지웅이 병원을 바꿔 김여운의 병원을 찾은 것은 제법 시간이 지난 뒤였다.

2-4 정사 없는 불륜

6월, 빨간 날을 하나 끼고 김여운과 문지웅은 무창포 해수욕장에서 차로 오 분 남짓 떨어진 한적한 곳에 머물고 있었다. 펜션 주인이 간간이 모습을 보였다. 구릿빛 얼굴에 몸집과 팔뚝, 허벅지가 두툼한 남자였다. 그의 아내는 얼굴이 까무잡잡하고 깡마르고 작달막한 여자였다. 비수기에 평일이라 펜션은 조용했다. 유리 벽 너머로 흔한 시골 언덕이 보였다. 오른쪽 유리 벽으로는 한 층 아래 펜션 건물의 길쭉한 삼각형 지붕, 그리고 그 너머로 검푸른 바다가 보였다. 펜션 바로 앞 평평한 밭 맞은편, 지붕과 바닷가 사이 완만한 언덕으로 고구

마밭이 펼쳐졌다. 어스름이 내려 사물들의 실루엣이 그윽해졌다. 문지웅은 예의 그 온화하고 차분한 표정으로 김여운의 눈을 바라보았다.

"여운 씨, 저, 그거 못해요."

"예?"

김여운은 순전히 호기심에서 반문했다.

"여자 친구랑 헤어진 다음부터 그랬어요. 유학 간 다음에도 일 년 넘게 연락했는데, 이삼일에 한 번씩 오던 전화가 일주일에 한 번, 보름에 한 번으로 뜸해지더라고요. 그러다가 마지막 메일이 왔죠. '누군가를 알게 되었어. 짙은 금발에 벽안(碧眼), 창백할 만큼 피부가 하얀 남자야.' 대충 이런 문장이 지금도 생각나네요. 글쎄, 다른 남자를 좋아할 수는 있겠지만, 왠지 그 상대가 백인일 줄은 몰랐어요. 아침에 눈을 뜨자마자 된장국에 밥 말아 먹는 애였거든요. 생일날에도 삼겹살 구워 쌈장에 찍어 먹고요. 유학 갈 때도 전공 책보다 된장, 고추장, 김치를 먼저 챙기던 애였으니까. 지금은 그 영국 남자와 결혼해서 영국에 살아요. 아이도 둘이나 돼요, 리암과 애니. 얼마 전에는 『영국 엄마의 육아법』인가 하는 책도 냈어요. 아, 그 잘생겼다는 남편은 진짜 휴 그랜트 닮았더라고요. 콜린 퍼스 느낌도 나고요."

첫 여자 친구와 헤어진 이후 문지웅 앞에는 또 거짓말처럼 새로운 사람이 나타났다. 도수정복을 주로 하는 물리치료사였다. 그는 자기가 여전히 젊고 한 번 더 시작해도 될 것 같은 희망에 사로잡혔다. 두 사람은 급속도로 가까워졌다. 그 순간이, 그러니까 그걸 해야 하는, 혹은 하고 싶은 순간이 왔는데 잘되지 않았다. 그의 나이는 서른셋이었고 여자 친구는 다섯 살이 어렸다. 아이만 하나 만들 수 있어도 결혼하고 싶었지만, 도저히 되지 않았다.

"그러고 나니 중년이 코앞이더라고요. 그냥도 잘 안 될 수 있는 나이잖아요. 굳이 할 필요도 없고요."

서른아홉의 발기부전 노총각이라. 내심 공감하며 고개를 주억거리던 김여운은 갑자기 신나게 구운 삼겹살을 씹다가 물렁뼈 때문에 자기 혀를 깨문 사람처럼 정신이 번쩍 들었다.

"진료 볼 때 그 얘기를 제일 먼저 했어야죠!"

"아, 그야 그렇지만 솔직히 좀…… 거시기한 얘기잖아요. 게다가 이렇게 가까워질 줄도 몰랐고 어쩌면 할 수 있을 것도 같았는데…… 혼자서는 더러 했거든요. 하지만 역시 둘이서는 안 될 것 같아요."

"그럼 안 하면 되죠. 안아줘요."

김여운은 문지웅의 품에 안겼다. 부드럽고 기나긴 입맞춤이 시작되었다. 낭만적인 정황과 '거시기'한 정황이 서로 엇갈리는 어느 지점에서 잠이 찾아왔다. 얼핏 몽롱하게 정신이 돌아올 때마다 문지웅은 포근한 느낌이 들었다. 그 느낌을 김여운도 공유했다.

펜션의 아침은 빨리 찾아온다. 블라인드를 쳐놓았지만 어촌의 따가운 초여름 햇살이 창문을 대신한 얇은 유리 벽과 마룻바닥의 틈새를 무자비하게 찔러댔다. 잠에서 깬 문지웅과 김여운은 모든 것이 이제 막 시작되었다는 어렴풋한 예감에 가뿐하게 달떴다. 이런 예감과 달뜸 역시 수시로 반복된 것이지만 매 순간 처음인 양 여겨졌다.

"전자레인지가 없네? 여기다 데워야겠어요. 이럴 줄 알았으면 쌀도 챙겨올걸."

김여운은 혼잣말처럼 웅얼대며 전기밥솥에 물을 넣고 햇반을 통째로 넣은 다음 스위치를 눌렀다. 그리고 한 숟가락 정도의 된장, 큼직한 국물용 멸치 두어 마리, 말린 다시마 서너 조각을 한꺼번에 냄비에 넣고 끓였다.

"이런 걸 언제 다 챙겨왔어요?"

"저는 아침에는 꼭 된장국을 먹어야 해요."

그사이에 데워진 햇반을 된장국에 말아 먹는다.

"밥 말아 먹는 거, 안 좋다던데……"

그러면서 문지웅도 따라 해봤다.

"아침에만 이렇게 먹어요. 점심은 밖에서 먹죠. 남편도 없고 애도 다 커서 저녁도 간단히 먹고."

진료실에서는 환자의 말에 간단히 대꾸해주며 컴퓨터에 입력만 하던 그녀가 어린 여자아이처럼 조잘조잘, 종알종알대는 모양새가 신통방통했다.

　펜션 앞, 사장이 농사일하기 딱 좋은 낡고 얇은 면티를 입고 호미를 든 채 왔다 갔다 했다. 무릎까지 오는 검정 장화, 챙이 넓은 밀짚모자, 목덜미에 걸린 낡은 수건 한 장까지 소품도 완벽히 갖추었다. 그는 농촌을 재현해놓은 연극 무대 위의 배우 같았다.

　"잘 주무셨어요?"

　"아, 예. 사모님은 어디 가셨어요?"

　"금요일에는 서울 가서 강의해요."

　"그래요? 뭐 가르쳐요?"

　"톨스토이요."

　'톨스토이'라는 말에 김여운은 머릿속이 간지러웠다. 흔재의 애기가 상기되었다. 어제 오후에 스치듯 본 '사모님'의 인상착의를 재구성해보았다. 두툼한 몸집의 남편 옆에서 열심히 호미질하는 아낙네, 전형적인 농부(農婦)를 연상시키는 구릿빛 얼굴, 역시나 구릿빛에 손가락 마디마디가 굵은 손, 하지만 너무 왜소한 몸. 아닌 게 아니라 흔재가 묘사해준 톨스토이 강사와 인상착의가 비슷했다. 잘 못 쓴, 작위적인 소설에서나 볼 수 있는 우연의 일치였다. 한편, 지금 눈앞의 이 남자, 아침에 보니 펜션 사장치고는 상당히 젊은 편이었다. 거무스름한 얼굴빛과 무성한 수염 밑으로 피부의 윤기와 탄

력이 보였다. 슬라브족치고 광대뼈도 많이 튀어나오고 굴곡
도 많은 톨스토이의 얼굴을 닮은 것도 같았다.

"사장님은 원래 이곳 분이세요?"

"저요? 아니요. 저는 생긴 것과는 달리(여기서 그는 껄껄
웃었다) 서울 토박이예요. 귀농한 거죠. 원래는 아내의 고향
으로 갈까 했는데, 사람 살 곳이 못 되더라고요. 행정구역만
경상도지, 어디 강원도 산골인 줄 알았어요. 고랭지 농사 말
고는 할 일이 없겠더라고요. 아이들 키우려면 학교와 병원도
필수인데 근처에 보건소만 하나 달랑 있어요. 여기는 제가 워
낙 낚시와 해루질을 좋아해서 자주 오던 곳이거든요. 시내에
큰 병원도 있고요."

"예, 좋은 곳이네요."

문지웅은 출사 다니던 시절을 생각하며 한마디 거들었다.

"하지만 저 푸른 초원에 그림 같은 집 짓고 한가로이 여행
객들이나 받고…… 천만의 말씀입니다. 사람 사는 거 어디나
다 비슷해요. 제일 필요한 건 돈이더라고요. 저는 이래 봬도
일종의 부재지주거든요, 하하."

그는 서울시 송파구 K동에 완공을 코앞에 둔 아파트 한 채
가 있다는 말을 농담처럼 덧붙였다. 늙수그레한 어부처럼 생
긴 노안의 펜션 사장이 알고 보니 톨스토이 백작 수준은 아니
어도 은수저는 족히 되는 모양이었다. 펜션 입구 밭에서는 토
마토, 가지, 옥수수, 대파, 수박이 무럭무럭 자라고 있었다.

그 옆에는 참깨인지 들깨인지 무슨 모종도 있었다.

"이거 석가모니가 수행했다는 그 보리수나무의 열매인데 한번 드셔보세요."

김여운과 문지웅은 사장이 권하는 발그스레하고 몰랑한 열매를 입안에 넣어보았다. 약간 떨떠름했지만 못 먹을 맛은 아니었다. 과연, 취미로 농사를 짓고 있음에도 꽤 수준급 솜씨라는 점, 석가모니와 보리수나무까지 즐긴다는 점에서도 톨스토이에 비길 만했다.

무창포 앞, 김여운은 뜨거운 커피를 한 모금 마시며 스마트폰을 만지작거렸다.

"남편한테 문자 보내요."

잠깐 쉬었다가 문지웅이 물었다.

"남편, 많이 좋아해요?"

"그게…… 지웅 씨 만난 뒤로 많이 생각해봤는데, 아무래도 그런 거 같아요."

그녀의 눈빛이 은은하면서도 농염해 보였다.

"좋겠네요."

문지웅은 늦봄의 오전 햇볕이 내리쬐는 바람 한 점 없는 잔잔한 바다처럼 평온하고 나지막하게 말했다. 김여운은 아이스크림 한 숟가락을 입안에 떠 넣고 혀로 녹였다.

"게다가 우리는, 아직도 하거든요? 여기 아이스크림, 식감이 되게 쫄깃쫄깃하네. 오히려 지웅 씨가 한 이십 년 같이 산 남편 같아요."

그때 문자가 왔다.

"어휴, 지금 장터에서 오미자청 팔고 있대요."

"예? 그게 뭐예요?"

"작년 봄에 알게 된 전직 영어 교사 따라 더러 농장에를 가더라고요. 이제는 오미자청 장사까지 하나 봐요. 요즘은 다 인터넷으로 팔던데…… 그 교사는 희랍어도 배운대요. 이러다가 우리 남편 산스크리트어 배운다고 할지도 모르겠어요."

조잘대는 김여운의 얼굴과 모습과 실루엣이 참 예쁘다고 생각하며 문지웅은 어딘가 마음 한구석이 서늘해지고 뒷골이 저릿해지는 것을 느꼈다. 쉰 살이 코앞임에도 남편과 정사를 나눈다니. 하지만 그보다 더 질투가 나는 건 여전히 남편의 일상을 저렇게 세세하게 알고 있다는 점, 또 그것을 무척 재미나고 신기한 사실인 양 떠들어댄다는 점이었다. 비체팰리스를 저 멀리 두고 파도가 잔잔한 바닷가를 걷는 중에도 김여운의 이야기는 산들바람 속의 속삭임 같고 그녀의 자태는 자연이라는 무한한 종이 위에 수채물감으로 그린 풍경화 같았다. 소유. 전유. to be owned. ownership. 이런 단어들이 간간이 머릿속을 스쳤다.

문지웅과 김여운이 숙소로 돌아올 무렵, 사장이 주차 중이었다. 큼직한 차에서 한 아이가 내렸다. 중학생이라고 해도 믿겠지만 6학년이라고 한다. 이어 아기 수준의 아이가 아빠의 품에 안겨 차에서 내렸다. 내려놓으니 아장아장 잘도 걷고 눈빛도 생기로웠다.

"학교가 이 킬로쯤 떨어져 있거든요. 작은애도 올해 어린이집 들어갔고요."

두 사람이 펜션 안에서 각자의 스마트폰을 보고 있을 때 바깥에서 부산한 소리가 들렸다. 유리 벽 너머, 무척 작은 여자가 보였다. 거뭇거뭇한 바다와 산의 윤곽 위로 드리워지는 어촌의 노을을 등진 그녀의 모습에서 아득한 피로감이 묻어나왔다. 문지웅은 인생의 황혼기로 들어선, 그녀의 쪼그라든 왜소한 몸뚱어리를 보면서 '늦둥이', '쉰둥이'라는 말의 징그러움을 생각했다.

"『전쟁과 평화』에 '다산한 암컷'이라는 말이 나와요. 농경사회에서 태어났으면 열은 족히 낳았을 여자네요. 지웅 씨, 그런데, 저 여자, 예뻐요?"

이 말과 질문의 왠지 신경질적인 어조와 진지한 표정에 문지웅은 의아해졌다.

"예? 그냥 아줌마인데요?"

그제야 김여운은 흔재 얘기를 전해주었다. 문지웅은 그녀가 대학생이 된 딸아이의 시간표까지 꿰고 있음에 더 주목했다. 그렇다, 이 여자는 엄마다, 그것도 살뜰한 엄마다.

"글쎄요, 우연의 일치치고도 참……"

"그 우연의 일치라는 것도 속을 들여다보면 인과관계의 고리로 얽혀 있을 수 있어요. 톨스토이처럼 구성력이 있는 작가에겐 우연은 없어요."

"톨스토이 강의는 그만해요, 이제."

"그럼 뭘 하죠?"

명색이 연인인 그들은 사랑 나누기에 돌입했다. 이번에는 있을 것인가, 그 정사가.

0-4 여의도, 平凡해장국

여의도 한강공원에는 가을이 완연했다. 점점 더 데워지는 햇살 아래, 중년 남자의 휠체어를 젊은, 아니 어린 여자가 밀고 있었다. 유종현은 천천히 그들 곁으로 다가갔다. 사고 이후 첫 만남이었다. 한 오륙 개월쯤 지났나. 이른바 장애인 김지훈의 모습을 상상하며 마음의 준비를 단단히 했지만 금방 알아보았다. 약간 생경한 느낌이 든 것은 차라리 거창이라는 익숙한 시공간을 벗어난 탓인 듯했다.

"안녕하세요!"

김지훈의 딸이 유종현의 어색함 내지는 무안함을 덜어주며 발랄한 인사를 건넸다.

"오랜만이네요. 잘 지내셨죠?"

"저야 뭐. 뭐 드실래요? 여기 중식, 일식, 한식, 종류별로 다 있는데요."

"아빠는 뭐 좀 뜨끈한 국 같은 거 먹고 싶은데?"

"아빠, 친구한테 먼저 물어야지. 먼 곳에서 벗이 찾아오니 어찌 기쁘지 않을쏘냐. 이런 말 몰라?"

"아니, 나도 국물이 좋아서, 어디 해장국 같은 거 없어요?"

그리하여 김흔재는 두 중년 남자와 함께하는 가을 공원 산책의 목적지를 63빌딩 근처 '平凡해장국'으로 찍었다.

그날 유종현은 김지훈의 바로 앞 좌석에 타고 있었다. 쾅! 번쩍하고 감았던 눈이 곧바로 떠졌다. 아수라장 속에서 버스가 뒤집혔고 귓전에서 비명, 탄식, 고함, 각종 연장 소리가 들렸다. 모두가 버스에서 구급차로 옮겨졌다. 하지만 유종현은, 피동형이 무색하게도, 119대원의 부축을 받긴 했어도 어쨌든 자기 발로 걷고 있었다. 뿐더러, 지금 막 들것에 실려 구급차 안에 태워진 사람이 김지훈이라는 것도 알 수 있었다. 관광버스 기사가 졸음운전을 한 소형 자동차를 피하려다가 발생한 삼중 추돌 사고였음도 곧 알게 되었다. 흔한 원인이었으되 사상자가 스무 명이나 나올 만큼 큰 사고였다. 이미 해저터널로 들어선 뒤라 사고 수습도 힘들었다. 그럼에도 유종현은 전치 2주의 가벼운 타박상과 찰과상만 입었다. 각종 검사와 물리치료 때문에 병상에 누워 있기는 했지만 요양이 따로 없었다. 남에게만 은근히 잘 일어나는 기적이 나한테 일어나다니. 유종현은 언감생심 황송해서 몸 둘 바를 몰랐다. 응급실에서도, 병원에서도 더러 김지훈이 보였다. 즉, 그도 역시 죽지 않았다. 그러나 여전히 눈을 감은 채 침대에 얹혀 있는 것이 중환자임을 증명했다.

"아빠? 아빠 나 알아보겠어? 아빠, 나 흔재야!"

"흔재…… 알지……"

통증에 반응하고 부름에 대답하고 심지어 언어 구사 능력도 있었다. 멍하니 뜨여 있는 눈에서 어떤 표정도 스쳤다. 뭐 그렇게 당연한 걸 물어보냐는 식, 그런 것을 물어봐야 할 정도로 내 상태가 심각하냐는 식이었다. 유종현이 본 김흔재는 참 예뻤다. 아빠를 닮은 구석은 전혀 없는 얼굴이었다. 몸매 역시 키와 골격이 너무 커서 볼품없는 아빠와 달리 가느다랗고 늘씬했다. 마침 학회 참석차 영국에 가 있다는 엄마가 어떻게 생겼을지 짐작이 되었다.

"선생님이 우리 아빠 친구라는 그분이세요?"

대뜸 이렇게 묻는 당돌함도 김지훈을 닮은 것 같지는 않았다.

"어떻게 저까지 알아요?"

"척 보니까 딱 알겠던걸요. 아빠 얘기를 듣고서 상상해본 모습과 똑같아요."

어찌나 귀엽고 야무진지, 대학 신입생이라기보다는 올된 초등학생처럼 보였다.

유종현의 손에 들려 있던 물품은 김흔재의 손으로 넘어갔다. 김흔재는 허름한 비닐봉지를 살짝 열어보았다. 넝마나 다름없는 천 뭉치가 들어 있었다. 살필수록 그 남루함에 기가 막혔다. 한 십 년은 족히 입었을 것 같은 헐렁하고 다 해진 운동복 바지에 과일 물과 흙먼지가 속속들이 스민 낡은 티셔츠였다. 농장에서 입던 작업복 같았다. 티셔츠를 두 손으로 잡아 펼쳐보았다. 무슨 거죽처럼, 내용물 빠진 혹 자루처럼 붙어 있는 호주머니가 축 늘어져 있는데, 안에 종잇장 하나가 꼬깃꼬깃 접혀 있었다. 찌그러진 얇은 담뱃갑 같은 모양새였다. 펴볼 여유까지는 없어 죄다 비닐봉지 안에 넣었다.

퇴원한 유종현은 밭일을 시작했고, 지난봄과 여름에는 또 한 번씩 관광을 다녀왔다. 성남시에 사는 아들딸은 수시로 앙증맞은 고사리손을 내밀었다. 몸의 에너지와 함께 통장 잔고는 나날이 줄어들었다. 이런 핑계를 대며 유종현은 김지훈과 대면하는 순간을 계속 늦추었다. 그러던 어느 날이 바로 오늘이었다. 명분은 아내의 생일이었다. 2박 3일을 성남시 G대학 근처에서 아내, 아들딸과 함께 보냈고 마지막 날 김지훈을 찾아온 것이었다. 인분 수로 나누자면 김지훈과 보낸 시간이 더 많았다. 실제로도, 멀리 사는 가족보다 많은 시간을 함께한 벗을 잃게 돼 유감이었다. 오랜만에 재회한 느낌으론 이제 자식 몰래 즐기는 중년의 놀이는 영영 불가능할 것 같았다. 놀이의 끝, 이런 예감이 확증되었다.

　비좁은 식당의 철제 식탁 위에 선짓국 세 그릇이 얹혔다. 두툼한 뚝배기 안, 시뻘건 선지 덩어리가 콩나물, 대파, 우거지와 함께 국물 위로 빙산의 일각처럼 솟아 있었다. 유종현은 국물부터 한 숟가락 떴다. 얼큰하고 시원한 것이 국물 안의 내용물을 탐할 욕구가 자극되었다. 말문도 탁 트였다.

　"김 선생, 아무리 봐도 너무 멀쩡한데요?"

　"뭐 못하는 건 없습니다, 다만 느릴 뿐이죠."

　이렇게 응수하며 김지훈은 젓가락으로 오징어젓을 붙잡았다. 미끄러워서 자꾸 흘러내렸다. 큰 선지 덩어리는 숟가락으로 한 번 뭉텅 썬 다음 숟가락으로 떴다. 그 과정에서 손목이 적절히, 부드럽게 꺾였다가 모여야 하는데, 어딘가 목각인형, 이를테면 동화-만화 속 피노키오 같은 손놀림이 되었다. 밥 한 숟가락 뜨는 쉬운 행위조차 극히 어려운 작업으로 바뀌었다. 왼손으로 밥그릇을 잡고 오른손을 놀려 옴폭한 부분에 밥알을 가득 담긴 했다. 하지만 그것을 입으로 가져가는 동안 손이 덜덜 떨렸다. 밥 한 숟가락이 그의 입안에 들어가는 속도도 느릴 수밖에 없었다. 국물은 식탁에 몇 방울 떨어뜨린 다음에야 입안으로 들어갔다. 유종현은 김지훈을 보면서 인간이 동물의 수장 자리를 유지하기 위해 손 쓰는 행위가 얼마나 중요한지 새삼스레 깨달았다. 그렇다, 손과 손가락은 제2의 두

뇌였다.

"계속 훈련하면 좋아지는 거죠?"

"작업치료가 도움이 되긴 하는데 글쎄요……"

"엄마가 진료하는 중증 발달장애아들보다는 빨라요. 열두세 살에도 밥도 못 떠먹는 애들도 있어요. 바지에 오줌도 싸고요. 아빠도 처음에는 거의 그 수준이었죠."

"아무리 그래도 표현이 그게 뭐냐?"

"아니, 아줌마들하고 몰래 관광 가다가 이 꼴이 된 아빠를 어떻게 더 예쁘게 봐줘? 똥도 제 손으로 못 닦아, 입만 열면 어버버야, 그게 사람이야? 아직도 발음이 헐렁하잖아."

"말 한번 참 예쁘게 한다. 아빠는 너 그렇게 안 키운 것 같은데?"

"아빠가 키웠나, 어디? 엄마랑 외할머니가 키웠지."

딸의 독설을 들으며 김지훈은 선짓국 안에 든 콩나물을 건지는 중이었다. 이번 젓가락질에 그의 인간으로서의 자존심이, 생존과 실존이 걸려 있었다. 곧 죽어도 이 콩나물을 붙잡아서 입안으로 무사히 가져갈 수 있어야 했다. 질 좋은 국산 콩으로 만든 바른 먹거리, 올바른 콩나물이었다. 그래서 마냥 통통하고 굵은 것이 아니라 가느다랗고 톡톡 잘 부러질 것 같았다. 용케 젓가락으로 붙잡는 데는 성공했다. 콩나물 줄기의 모양새를 유지한 채, 또 콩나물에 묻은 국물을 한 방울도 떨어뜨리지 않은 채 입안으로 가져가는 것이 다음 과제였다. 간

난신고 끝에 해내긴 했다. 그다음은 노란 머리부터 입안에 들어간 길쭉한 콩나물을 꼬리까지, 끝까지 입안으로 집어넣어야 했다. 이 작업까지 끝났을 때는 입 주변에 고춧가루가 잔뜩 들어간 국물이 묻어 있었다. 식탁 위의 냅킨을 뽑아 그것을 닦는 단순한 동작 역시 회복 중인 환자, 더욱이 명백히 지체장애인이 된 김지훈에게는 쉽지 않았다.

"어휴, 서준이보다 못하네. 걔는 이제 에디슨 젓가락도 뗐는데."

"서준이가 누굽니까?"

유종현이 부녀 사이의 쌀쌀한, 그러면서도 은근히 정감 있는 대화 속에 끼어들었다.

"작년에 엄마 병원에 와서 장애 진단서 받아 간 애 있어요. 작업치료 한 일 년 했나, 나무젓가락에 테이프 붙여서 과자 잡더라고요. 아빠가 여덟 살짜리 경증 발달장애아보다 못하다는 거죠."

그동안에도 김지훈은 딸을 보느라 정신이 없었다. 시선을 다른 곳에 둔 채 어떤 작업을 할 때도 옆에 앉아 있는 딸의 존재를, 그 냄새와 윤곽과 목소리와 체취를 오감으로 느끼고 있었다. 문자 그대로 반병신이 된 아비를 보러 온 딸이 고맙기도 했다. 무슨 말을 내뱉든, 혹은 그냥 가만히 있어도 너무 사랑스러운, 또 자랑스러운 딸이었다. 과년한 딸을 바라보는 중년 남자의 눈에서는 꿀이 뚝뚝 떨어지고 하트가 뿜어졌다.

"원래 제가 남의 사생활에 관심이 많아요. 말하자면 얼굴 수집가? 언어 수집가? 우선은 그 기억들을 차곡차곡 쌓아두는 거예요."

"거참 흥미로운 취미네요."

"취미? 아니, 저는 소설가가 되고 싶어요. 의학 스릴러 같은 거 쓰고 싶거든요, 하하."

다들 밖으로 나왔다. 식당은 좁은데 손님은 많아 죽치고 있을 수도 없었다.

"기차 시간 때문에 그만 일어나겠습니다. 커피는 역에서 마셔야겠네요."

유종현의 인사가 떨어지자 김흔재가 먼저 휠체어의 방향을 틀어주었다. 잠깐 뜸을 들였다가 몸을 돌려보았다. 멀어지는 유종현의 뒤태뿐만 아니라 그의 모습이 전체적으로 너무 촌스러워 보였다. 그를 처음 만났을 때는 전혀 그렇지 않았다. 경황이 없었던 탓만은 아니었으리라. 한반도의 남쪽 끝, 거제도 근처, 말이 3차 병원이지, 이제 막 서울 소재 의과대학에 입학한, 그리하여 자부심으로 똘똘 뭉친 신입생의 눈에는 차라리 작은 병동처럼 보였다. 건물 자체, 순식간에 포착되는 의료도구, 의료진, 행정 시스템보다 더 병원답지 않게 느껴진 것은 사투리였다. 그 왁살스러운 세계 속의 유종현은 조금도 초라하지 않았다. 그냥 그 공간과 한 몸인 사람, 원래 그곳을 위해 존재하는 사람 같았다.

하지만 서울 한복판의 그는 사뭇 다른 느낌이었다. 서울행을 위해 차려입은 모양새부터가 우스꽝스러웠다. 양복은 유행에는 물론 맞지 않고 계절에도 안 맞게 더워 보였다. 그런데도 와이셔츠에 넥타이까지 굳이 하고 왔다. 그나마 식사 중에는 풀었지만 서울역으로 향할 때는 또다시 넥타이를 동여맸다. 꼭 오늘을 위해, 닷새에 한 번씩 열리는 이 장날을 위해서 장롱 속에 고이 간직해둔 외출복을 차려입고 서랍 속 화장품을 다 꺼내 꽃단장을 한 아낙네의 모습이었다. 촌스러움의 극치, 없어 보임의 극치였다. 그의 복장에서 느껴지는 과장된, 심지어 가장된 자신감이 제일 문제였다. 내가 누군데! 이런 식의 도전 의식이 그의 차림새와 몸놀림, 표정에 알알이 새겨져 있었다. 내가 이래 봬도 왕년의 영어 교사에, 영문학 석사에! 이렇게 농장 일이나 할 사람이 아닌데! 이런 문장 속에 담긴 자기기만을 알면서도 그것이 지식인의 굴레라고 생각하며 거들먹거릴 것 같았다. 유종현은 두메산골의 농장에 있을 때 제일 평안할 것 같았다.

김지훈은 딸과 단둘이 남았다. 김지훈의 두 다리 대신 휠체어의 둥근 바퀴가 완만하게 움직였다. 그 속도에 맞추어 김흔재의 건강하고 늘씬한 두 다리, 날렵한 두 발을 감싼 슬립온 두 짝이 경쾌한 진자운동을 반복하며 앞으로 나아갔다. 거리는 말쑥한 회사원, 특히 금융업계 종사자들을 닮았다. 63빌딩 유리 진열대를 지나, 오른쪽으로 방향을 꺾어 대로변으로 공원과 한강이 보였다.

"아빠, 그런데 왜 그랬어?"

오래전부터 물어보고 싶었던 말이다. 하지만 "그랬어?"가 정확히 뭘 지칭하는지 김흔재도 잘 몰랐다. 김지훈 역시 뭐라고 대답해야 할지 몰랐다. 파란 하늘, 푸른 강물을 배경으로 노란 은행나무와 빨간 단풍나무가 눈부시게 아름다웠다. 예전 같으면 눈길도 주지 않았을 은행과 단풍에, 저 평범한 것들에 눈이 시렸다. 그 사이로 병원 건물이 보였다. 조만간 '만추(晩秋)'라는 말을 써야 하리라. 그때는 퇴원할 수 있을까. 복직은 할 수 있을까. 거창은 첫사랑의 추억처럼 순식간에 잃어버린 낙원이 되었다.

"이건 또 뭐야?"

김흔재는 쪽지 한 장을 내밀었다.

"내용보다 형식이 더 웃겨. 요즘도 종잇장에다가 유서 쓰는 사람이 있다니. 뭐 그건 좋아. 필체가 어찌나 엉망인지 제대로 알아보지도 못하겠네. 이런 걸 뭐 하러 갖고 탔어?"

"아, 그건 버스 안에서 쓴 거야."

"뭐?"

"좀 빨리 도착해서…… 버스도 한산하고……"

"말하자면 연극 무대는 준비되었으나 배우도 다 안 오고 아직 막은 오르지 않은 상황? 뭐 좋아. 하지만 판사는 쓰레기를 치우는 청소부와 같다니, 이게 뭔 소리야? 진실은 당사자들이 더 잘 알면서 판사더러 판단해달라고 한다, 곤혹스럽다? 판사는 다른 직업과 달리 올라갈수록 업무량이 더 많아지는 묘한 직업이다?*세상에 안 그런 직업이 어디 있어? 뭐든지 내가 하려면 다 자리가 없고, 내가 하는 일이 제일 어려운 일이지. 대학 초년생도 다 아는 사실을 쉰 살 아저씨가 쯧쯧. 직업을 잘못 고른 거지."

김흔재는 대놓고, 일부러 더 연극적으로 혀를 끌끌 찼다.

"글자로 써놓았을 때는 괜찮았는데 네가 말로 하니까 좀 웃기긴 하네."

"아빠, 그런데, 엄마 일 알지?"

"⋯⋯"

"이혼할 거야?"

"그게, 엄마가 그러고 싶대?"

"아니. 엄마랑은 얘기 안 해봤어, 엄마 사생활이니까. 그냥 아빠 생각이 궁금해서."

"글쎄, 그건 엄마 사생활이니까. 나도 딱히 잘한 건 없잖아?"

"어라, 자아비판인가? 아빠, 나 남자 친구 생겼어. 그런데⋯⋯"

휠체어 바퀴 두 개와 슬립온 두 짝이 병원 안으로 들어서고 있었다.

* 2010년 자살한 모 부장판사의 유서(https://www.donga.com/news/Society/article/all/20100803/30284308/1)를 편집했음.

안톤의 平凡 해장국

영상 1―피남흔의 지하 주점

  19세기 러시아 문학의 대가 도스토옙스키는 "우리는 모두 고골의 외투에서 나왔다"라는 말을 남기기도 했는데요, 오늘 안톤과 함께 읽어볼 작가는 바로 고골입니다. 그는 주로 가난한 하급 관리의 애환, 러시아 관료제의 부조리, 인간 본연의 속물성 등을 다루었죠. (……) 관청의 작은 사무실에 책상 하나! 각자 자기만의 세계에 갇힌 우리 모두가 실은 아카키 아카키예비치가 아닐까요? 고골의 「외투」에서 멜빌의 「바틀비」, 카프카의 「변신」이 예고되기도 합니다.

안톤은 S대학 노어노문학과에 학적을 두고 있는 피남흔의 필명이자 닉네임이다. 짧고 간결한 데다가 양성모음이 주는 밝은 느낌과 'ㄴ' 받침의 안정성, '-톤'의 다부진 느낌이 조화를 이루었다. 무엇보다도, 그는 극작가 안톤 체호프의 추종자였다. 동아리에서 체호프의 희곡을 올린 적도 있었다. 출연도 겸했다. 그가 맡은 역은 「갈매기」의 의사 도른, 「바냐 외삼촌」의 의사 아스트로프, 「벚꽃 동산」의 젊은 하인 야샤였다. 모두 조연, 심지어 단역에다가 어설프게 불륜을 시도하다가 망신당하거나 청승맞게 짝사랑만 하는 인물들이다.

201*년 안톤은 페이스북에 '문과를 위한 도시는 없다'를 만들었다. 팔로우가 만 명에 육박하자 슬럼프를 핑계 삼아 휴학을 했다. 그것도 따분해지자 '조각난 말들'을 만들고 사업체 등록도 했다. U2 노래 속의 런던 발음이 좋아서 이름을 '런던 서사'로 지었다. 군대 문제도 있었다. 작년에 진단서를 제출했으나 재검, 말하자면 보류 판정이 나왔다. 꾸준한 게으름을 자랑하며 산책하듯 다닌 학교도 그동안의 연식 덕분에 겨우 세 학기만 남았다. 졸업하면 어디로 간담? 학교 언저리를 맴돌되 최대한 바깥에 머무는 삶이 안톤은 좋았다.

안톤의 작업실은 서울대입구역 8번 출구에서 멀찍이 떨어진 곳, 십층짜리 빌딩의 지하에 있었다. 계단을 세 번이나 꺾어야 했다. 벽 네 개, 그 벽 하나에 직사각형으로 뚫린 문 하나가 전부였다. 열 평 남짓한 공간에서 소위 작가 네 명이 뭔가를 만들고 있었다.

우선은 69년생 사진작가 A가 있었다. 이십여 년 가까이 카메라로 밥벌이를 해온 사람이었다. 카메라 장비가 무겁던 시절, 렌즈까지 들춰 메고 여기저기 취재를 다녔다. 그렇게 전전한 잡지사와 신문사가 셀 수 없이 많았다. 자동차 잡지, 커피 잡지, 미용 잡지, 농산물 잡지, 농민 신문, 장애인 신문, 대학생 신문, 여성 신문, 육아 신문, 각종 지역 신문…… 이런 소수 집단을 위한 간행물이 꾸준히 나왔다. 문제는 박봉이라는 것이었다. 하지만 그 이유로 그만둔 것은 아니었다. 뭔가를 만드는 일만 하는 자로 살고 싶은 열망이 컸다.

일종의 타협안으로 사진관을 차렸다. 후배들은 의외로 잘 버티는 그 일이 A는 정말 힘들었다. 삼 년도 안 돼서 다시 신문사에 들어갔다. 관악구 소식지를 만드는 곳이었는데, 당시 구청장 후보의 사진을 찍었다. 그 후보가 당선되는 바람에 사년 동안 그의 뒤를 쫓아다녔다. 구청장 임기가 끝나자 그도 신문사를 나왔다. 그다음 행로가 이곳이었다. 지금, 지하 작업실의 책상 앞에 앉아서 하는 일은 사진을 찍는 것이 아니라 그동안 찍은 많은 사진을 말 그대로 '작', 다시 만드는 일이었다. 그동안 너무 돌아다닌 탓인지 의외로 체질에 맞았다. 대책 없는 미세먼지 때문에 야외보다 공기청정기가 비치된 실내가 낫기도 했다.

B는 만화작가였다. 최근에도 신간을 낸, 업계에서는 꽤 유명한 사람이었다. 특히 창작의 절정기에 펴낸 교양 만화들은 『먼 나라 이웃 나라』만큼은 아니어도 많은 인기를 누렸다. 그럼에도 이현세와 허영만, 윤태호 같은 만화작가와는 태생이 달랐다. 기왕지사 만들어진 이야기가 없으면 작품이 나오지 않았다. 어쨌든 모든 작업은 A4 안에서 끝났다. A4를 펼칠 수 있는 곳, 집 안이든 커피숍이든 조그만 테이블 하나면 됐다. 하지만 재작년 늦가을, 아이가 태어나면서 모든 것이 달라졌다. 작품 세계는 몰라도 생활 세계는 확실히 변했다. 집은 작업이 아닌 생활을 위한 공간, 그야말로 집일 따름이었다. 이런 사정은 아이가 어린이집에 들어간 올해도 변함없었다. 그래서 생활공간에서 멀지 않은 곳에 작업실을 얻었다. 도보로는 삼십 분 남짓, 버스로는 서너 정거장, 택시로는 최대 십 분이하 거리였다. 아이를 맡기는 시간은 아홉시와 열시 사이, 데려오는 시간은 네시, 그 사이가 작업의 시간이었다. 현재 그녀가 작업하는 것은 지금까지 해온 것과는 전혀 달리 어린이 책이었다. 처음에는 삽화만 담당했는데 어느덧 글을 쓰더니 이제는 이야기와 그림을 함께 만들고 있었다. 작업의 범위도 자꾸 A4를 벗어나려고 했다. 그녀는 79년생이었다.

89년생 C는 무엇을 '작'하는지 알 수 없는 자였다. 데뷔작인 『펠릭스의 인문학 서재』는 인문서와 에세이 사이에 걸쳐 있는 얄궂은 책이었다. 같은 해에 출간된 두번째 책은 시집이었고 제목은 『고양이의 다중 생활』이었다. 그다음 해 출간된 『움직임과 상상력』은 얄팍한 장편소설이었다. 이 세 권의 책으로 스물네다섯에 스타덤에 오른 C는 부실한 후속작 때문에 졸지에 몰락했다. 영겁의 세월이 지났다고 느껴졌으나 겨우 서른 살이었다. 그는 거의 하루 종일 가벼운 몸을 살랑이며 돌아다녔고, 작업실에 틀어박혀 있는 시간은 두세 시간에 불과했다. 그럼에도 작업량은 79년생과 69년생보다 많았고 생존 욕구도 컸다. 책의 생사 주기가 육 개월에서 삼 주로 바뀐 작금의 출판계에서 살아남기 위해 고군분투 중이었다.

끝으로 D가 안톤이었다. 운율을 위해 99년생이면 좋으련만, 실은 93년생이었다. 그들은 서로 인사도 잘 하지 않는 사이였지만 서로의 호흡과 음성, 체취, 흔적을 통해 함께함의 온기를 나누었다. 거기서 평안함의 의식이 나왔다. 그들의 활동이 전개되는 곳은 그런 의식의 바깥에서였다. 그곳, 지상, 거리로 안톤은 지금 나간다.

영상 2—모던 보이의 다방 '제비'

어쩌면 모든 작가의 로망인 연애소설! 어떤 작품을 꼽을 수 있을까요? 제일 먼저 떠오르는 것은, 셰익스피어의 희곡 『로미오와 줄리엣』을 빼야 하니까, 젊은 괴테의 『젊은 베르

테르의 슬픔』이 아닐까 싶습니다. 혹자는 오래전 영화로도 인기를 끌었던 제인 오스틴의『오만과 편견』을 떠올릴 수도 있겠죠. (……) 연애소설임에도 섹스는커녕 열렬한 키스 같은 것도 없습니다. 아, 손은 잡는다고요? 시쳇말로 '썸', 미스터 다아시와 엘리자베스 베넷, 세계문학사에서 가장 멋진 '썸'의 주인공을 만나보실까요? 오늘 안톤은 19세기 초반 영국으로 갑니다.

토요일 진료가 마감되자 김흔재는 진료실로 들어갔다. 김여운은 흰색 셔츠블라우스에 감색 재킷을 걸치고 있었다.

"웬 정장? 그냥 하얀 가운을 걸치지? 지금 막 나간 저 후줄근한 아저씨, 아니, 할아버지는 병명이 뭐야?"

"환자의 신상에 대해서는 절대 언급 불가."

"딱 봐도 엄청 우울해 보이던데?"

"그렇게 유도신문 해도 안 돼."

"흥! 엄마, 밥 먹으러 가자."

"엄마는 다이어트 중이다. 아랫배가 너무 나와서."

"그야 무덤까지 가지고 가야 할 실존이지."

"너는 아직 남자 친구도 없냐?"

"그러는 엄마는 애인이 있어서 좋겠다!"

엄마의 진료실 문을 닫고 나오자 김흔재는 피남흔이 생각났다. 성도 이름도 너무 특이했다. 차라리 안톤이라는 닉네임이 평범했다. 서초구 구민이지만 학교가 있는 관악구에 머무는 시간이 더 많았다. 용산구 거주자지만 엄마 병원이 있는 관악구에서 빌빌대는 김흔재와 비슷했다. 이렇게 공통점이 많다는 것이 그녀의 생각이었다.

"김흔재, 너, 나한테 마음 있지?"

막 프랑스어 수업을 듣고 내려온 피남흔의 첫마디였다. 아무리 봐도 생김새가 너무 특이했다.

"헐, 오빠는 내 취향 아닌데?"

"그래? 왜 불렀어?"

"배는 고프고, 혼밥 하긴 싫고, 엄마는 다이어트 중이고, 마침 오빠는 근처에 있고."

하지만 식당 입구에서부터 김흔재는 투덜거렸다.

"지하 식당은 싫은데?"

"이 동네는 지하에 맛집이 많은데?"

"계단도 가파르잖아? 게다가 좁기까지!"

"그래도 통로 폭이 좁은 건 아니잖아?"

'모던 보이 다방'은 훗날 둘의 연애사에서 처음으로 함께 밥을 먹은 장소로 기록될 것이었다.

각자 메뉴판을 들여다보며 심사숙고한 끝에 고른 메뉴가 나왔다. 버섯 샐러드는 양송이, 새송이, 표고버섯을 큼직하게 썰어 센 불에 확 볶아낸 것이었다. 약간 짭조름한 맛이 식욕을 자극했다. 버섯 옆에는 상큼한 드레싱을 뿌린 양상추, 방울토마토, 새싹이 곁들어졌다. 버섯을 차례로 맛보던 김흔재가 투덜댔다.

"양송이, 거의 덜 익었는데?"

"서양에서는 생거로도 먹는걸."

"그건 서양 얘기고 여기는 동양이잖아?"

"그럼 돈까스 먹어, 얼마나 동양스럽냐."

피남흔은 벌써 돈까스 한 토막을 썰어 김흔재의 앞접시에 덜어주며 중얼거렸다.

"모던이라는 말 자체가 왜 이리 올드하냐? 생각보다 맛있는데?"

김흔재는 입을 쩝쩝대며 게걸스럽게 돼지고기 덩어리를 씹었다. 입가에 걸쭉한 소스가 묻자 냅킨으로 쓱 닦고 디저트처럼 한마디 덧붙였다.

"그러네, 한 조각 더 줘. 오빠, 국문과라고 그랬지?"

"헐, 벌써 몇 번째냐?"

"어, 미안해. 무슨 과였지? 문과는 다 비슷해서."

"노문과래도."

"노문과? 아, 생각났다, 러시아 문학이라고 했지?"

피남흔과 김흔재가 대구에서 나눈 대화의 한 토막이 거의 고스란히 반복되었다.

지난봄, 피남흔은 두 명의 동료와 함께 촬영을 끝내고 기차를 기다리는 중이었다. 김흔재는 작년에 거창지원에 부임한 김지훈 판사와 함께 대구에 놀러 온 것이었다. 동대구역 앞, 김흔재의 시선이 잠깐 피남흔에게 꽂혔다. 한번 꽂힌 시선은 이내 거두어졌지만 거듭 그 피사체를 찾았다. 김흔재는 머릿속에 생성되는 몇 가지 단어를 붙잡았다. 참 특이하게 생겼다, 입술이 너무 얇다, 눈썹이 너무 짙다, 너무 말랐다……작고 가는 눈은 명민해 보일 수도, 짙은 눈썹은 매력적일 수도 있을 것이다. 속눈썹 역시 길어서, 또 콧날과 입술의 선이 가늘어서 미남이라 생각될 수도 있을 것이다. 하지만 김흔재에게는 모든 것이 '너무'로 보였다. 이 '너무'의 느낌이 기시감을 불러일으켰다. 너무 마른 탓인지 키도 필요 이상으로 커 보였다. 한편, 피남흔은 자기에게 시선을 꽂은 인물을 보자마자 '미모의 여대생'이라는 단어 조합이 떠올랐다. 대학생이 아닐 수도 있고 '여대생'이라는 단어를 선호하지도 않지만 꼭 이런 어구를 쓰고 싶었다. 아주 예뻤다. 그리고 아주 똑똑해 보였다. 그녀의 시선에 그도 밀도 있는 시선으로 화답했다. 먼저 말을 건 쪽은 김흔재였다.

　"저어기, 혹시 '문과를 위한 도시는 없다', 안톤 아니세요?"

　"아, 예. 혹시 구독자세요?"

　짧은 통성명이 오갔고 전공에 대한 질의응답도 있었다. 삼분쯤 뒤 피남흔은 일행과 함께 KTX 타는 곳으로 갔다. 그로

부터 이 분쯤 뒤 김흔재 역시 담배 한 대 피우고 화장실도 다녀온 아버지와 합류, 다음 목적지로 떠났다. 세미나 일정 때문에 부산에 와 있는 김여운과 만날 예정이었다. 그다음 부산에서 일박하고 김지훈은 다시 차를 몰아 거창으로, 김여운과 김흔재는 KTX를 타고 서울로 갈 것이었다.

피남흔과 김흔재가 처음, 또 우연히 만나 함께한 시간은 삼 분 정도였다. 안톤이 제작하는 동영상의 사분의 일쯤 되는 분량이었다. 그사이 둘은 서로의 이름이 이례적이라는 것을 인지했다. 김흔재는 '안톤'이 '피'씨라는 희귀한 성의 소유자라는 점에도 주목했다. 수필가 피천득 외에는 떠오르는 이름이 없었다. 포털사이트에서 한번 검색을 해보았다. 뜻밖에도, 피남흔이 떴다. 더 뜻밖에도, '공신'의 모범으로 소개된 몇 년 전 기사였다. 십대 초중반을 즐거운 놈팡이로 살다가 고3, 재수 일 년 동안에 성적을 확 올린 경우였다. 피아노를 친 이력도 있었다. 김흔재는 재미있다고 생각한 다음 곧 잊었다.

피남흔과 김흔재가 재회한 것 역시 우연이었다. 첫 만남에서 한 달쯤 지났고, 장소는 동대문구 동대문시장이었다. 피남흔은 이번에도 취재 및 촬영 중이었고 김흔재는 미래의 소설을 위한, 말하자면 인상 축적 중이었다.

"어, 여기서 뭐 하세요?"

말을 건 쪽은 이번에도 김흔재였다. 대화 시간은 조금 더 길어져 오 분 남짓 되었다.

"국문과라고 하셨죠?"

"아니요, 노문과요."

"아 참, 그랬죠. 러시아 문학? 연락처라도……"

이 말도 김흔재가 먼저 꺼냈다. 상대방의 전공을 두 번이나 되물은 실례를 만회하려는 것이었을까. 어쨌든 피남흔은 이것을 호감의 표시라고 생각했다. 그날 이후 처음 문자를 보낸 쪽, 처음 전화를 한 쪽도 김흔재였다. 대화를 나누는 중에 반말이 나왔다. 피남흔은 '썸'이라는 말이 떠올랐다. 이런 행위를 '썸'으로 여기는 것 자체가 벌써 '썸'이었다. 그것을 더 확증, 발전시키듯 오늘은 느닷없이 점심까지 제안되었다. 피남흔은 벌써 자기만의 연애 공식을 되새김질했다. 일종의 일본식 연애 게임이었다. 관계는 갖되 사랑하지는 않기, 유희로 즐기되 푹 빠지지 말기. 요컨대 피남흔은 죽는 순간까지도 조숙, 어쩌면 조로했던 안톤 체호프와 달리, 죽는 순간까지 영원한 미성년이었던 미하일 레르몬토프식 낭만주의에 절어 있었다. 형이상학적인 모방 욕망은 그를 사랑에 빠져보기도 전에 권태와 환멸에 처한 비극적 주인공의 아류로 만들었다.

"오빠, 이거 먹어볼래?"

전공 얘기는 싹 묻히고 김흔재는 흥건한 소스에 빠진 함박스테이크를 한 조각 썰어주었다.

"치즈도 좀 얹어줘."

"안 돼. 치즈는 내가 먹어야 해. 감튀 먹어."

그러고는 새빨갛고 축축한 케첩을 뿌려놓은 길쭉한 감자튀김 몇 조각을 덜어주었다.

"함박스테이크는 고기 같다는 느낌이 안 들어. 감튀 맛있네."

접시가 비어갈 무렵 피남흔은 질문을 하나 던지려고 했다. 이상하게도, 이 흔한 일에 제법 용기가 필요했고 이 점을 그는 인지했다.

"커피숍 갈래?"

"안 돼. 선약이 있어."

너무 빨리 튀어나온 김흔재의 거절에 피남흔은 심장이 철렁하고 온몸이 싸늘해지는 것을 느꼈다. 이 말과 정황의 하찮음과, 자신의 신체 반응의 심각함 사이의 대비가 놀라웠다. 여느 때와 다르게, 저도 모르게 반문이 나왔다.

"그래? 뭔데?"

"엄마 감시해야 해."

이 대답에 철렁했던 심장이 금방 또 제자리를 찾고 체온이 정상을 회복했다.

"뭐?"

"아빠가 비행 중인데, 엄마는 더 큰 비행 중이거든. 게다가 비행 대학생, 아니, 휴학생에다가 알코올중독자에 우울증 환자에 방탕까지. 오빠, 그때 그 언니랑도 잤지?"

"아, 맞아. 죽는 줄 알았어. 하는 도중에 성모송을 읽어달라고 해서."

"여자들이랑 그만 좀 자."

"그게 말이야, 성욕을 주체할 수 없어."

"성욕은 충분히 주체할 수 있을 테고, 그 말 자체를 주체할 수 없겠지. 프랑스어는 왜 배워?"

"그냥 있어 보여서."

"차라리 프랑스 여자랑 자고 싶어서라고 말해라."

"아, 우리 프랑스어 선생님, 정말 최고야. 여배우들이나 예쁘지, 이 선생님 보면 아무 생각도 안 들어. 절로 공부가 된다니까. 아까 참이슬 반병 마시고 수업 들어갔거든? 코를 킁킁거리시는데, 어찌나 웃긴지. 강아지 복실이, 그런 말이 생각나더라고. 뚱보에 콧수염도 났거든."

피남흔의 수다에 이은 김흔재의 잔소리도 만만치 않게 길었다.

"오빠, 그러다가 이십대에 치매 오는 수가 있다? 알코올성 치매라고 들어봤지? 요즘 우울증 약 먹는 게 뭐 그리 유세야? 애들 ADHD 약 먹는 수준인데. 군대는 무조건 빨리 가는 게 장땡이야. 미루다가 더 망하는 수가 있어."

김흔재와 피남흔은 밖으로 나왔다. 그들 앞으로 문지웅이 지나가고 있었다. 김흔재의 눈이 휘둥그레졌다. 거의 동시에 그의 동행인 69년생 사진작가가 지나갔다. 이번에는 피남흔이 반응했다. 마침 사진작가가 무슨 얘기에 열을 올리고 문지웅은 박자를 맞추며 옅은 미소를 지었다. 피남흔의 걸음이 빨라졌는데, 왠지 저 사진작가를 작업실 밖에서 본 것이 금기 위반처럼 여겨진 탓이다. 김흔재는 당장 피남흔을 내던지고 문지웅과 그의 동행의 뒤를 쫓았다. 미행이라고 해도 좋았다. 눈에 시뻘건 불이 켜졌다. 물론 그러는 자신이 약간은 한심하게 여겨졌다.

영상 3—프랑스식 달팽이집

이른바 장애를 극복한 위인들, 누가 있을까요? 최근에 타계한 스티븐 호킹, 대표적이죠. 빈센트 반 고흐도 요즘 같으면 정신질환 장애로 등록해서 모종의 혜택을 받을 수 있을 겁니다. 노벨문학상을 수상한 오에 겐자부로의 아들,『대지』로 유명한 펄 벅의 딸 역시 지적장애가 있었다고 합니다. 요즘은 장애인들이 거리나 공공장소에서 제법 많이 보이는데요, 그만큼 우리의 인식이 많이 달라졌다는 뜻이겠지요. 최근에 중증 발달장애를 지닌 동생 얘기를 책으로 펴내신 분을 스튜디오로 모셔보겠습니다. 아, 동생분 때문에 이동이 힘드시다고요? 그럼 편한 곳으로 저희가 찾아갑니다.

복지관 근처, 한 시각장애인 여성이 활동 보조 도우미를 부여잡다시피 한 채 걷고 있었다. 다른 손에는 지팡이가 들려 있었다. 그녀 옆에는 남자아이가, 그 남자아이에게는 또 다른 도우미가 붙어 있었다. 아이는 몸이 탄탄하지 못해 걸음을 뗄 때마다 흐느적거린다는 느낌을 주었다. 그뿐만 아니라, 특정한 목적지를 향해 움직인다기보다는 사방으로 방사되는 빛줄기처럼 어딘가 무한대로 뻗어나가려는 것 같았다. 아니, 지금 이 세상이 자신을 가둬둔 철창인 양 뛰쳐나가려는 것 같기도 했다. 아이의 질주 본능을 제어하는 것이 도우미의 역할이었다. 이미 열 살은 족히 된 아이라 중년 도우미는 숨을 몰아쉬고 있었다. 모자와 두 명의 활보는 복지관 안으로 들어갔다. 김흔재 모녀의 목적지도 그곳이었다.

사층, 학령기 아동을 위한 그룹 체육 프로그램과 나란히, 성인 발달장애인을 위한 직업 재활훈련 프로그램이 진행 중이었다. 지난주는 슬라임을 담았고 이번 주는 부직포 행주를 포장했다. 조금 일찍 온 한 남자아이가 엄마와 함께 복도 의자에 앉아 그림책을 보고 있었다. 하마 세 마리의 큼직한 사각형 얼굴과 조그만 눈, 도톰하고 깜찍한 귀가 수면 위에 동동 떠 있었다.

"하마는 물속에서 오 분에서 삼십 분 동안 있을 수 있어요."

휴식 시간, 수강생들이 하나씩 둘씩 밖으로 나왔다. 작업실

과 화장실 사이 넓은 복도를 성인들이 온순하고 두툼한 초식
동물처럼 오갔다. 그중 한 남자가 아이 곁으로 다가와 손가락
으로 책을 톡톡 쳤다.

"오리, 오리, 오리."

"아저씨, 이건 하마예요, 오리 아니고."

아이의 말에 '아저씨'는 금방 또 말을 바꾸었다.

"하마, 하마, 하마."

"하마는 초식동물이지만 가끔 작은 동물을 잡아먹기도 합
니다. 엄마, 그럼 육식동물 아닌가?"

아이의 질문은 그냥 묻히고, 엘리베이터에서 한 중년 여성
이 나왔다. 살짝 웨이브가 진 머리카락은 연갈색이었고 예쁘
장한 얼굴에는 화장이 솜씨 있게, 적절히 잘 되어 있었다. 키
도 크고 몸매도 날씬했으며 몸가짐도 우아했다. '오리' 남자
가 그녀 쪽으로 다가갔다. 눈빛도 흐리고 시선의 각도도 잘
맞지 않지만 그녀를 보려고 애썼다.

"엄마, 엄마, 엄마, 짜파게티, 짜파게티, 짜파게티."

"오늘은 짜파게티 먹고 싶어?"

"냉장고, 냉장고, 냉장고, 음식, 음식, 음식."

"맞아, 냉장고에 음식 많아."

엄마는 지갑에서 물티슈를 꺼내 까치발을 하고 자기보다
훨씬 크고 두툼한 아들의 입가에 묻은 침을 닦아주었다.

"사리 라면, 사리 라면, 사리 라면."

"사리 라면이 아니고 라면 사리. 아휴, 우리 동민이는 맨날 음식 얘기만 해요. 오늘은 승연이 엄마가 온다고 해서 좀 빨리 왔어요."

그녀가 웃는 낯으로 담당 사회복지사와 몇 마디 주고받는 동안 중간 휴식 시간이 끝났다. 그런데도 계속 복도에서 어슬렁거리는 청년도 있었다.

"홍정표, 빨리 안 들어가!"

급기야 이렇게 호통을 친 할머니가 아까 그 중년 여성을 보며 말했다.

"우리 애도 동민이만큼만이라도 말을 해주면 얼마나 좋겠어."

그 할머니 옆에 낯선 모녀가 와 있었다. 딸은 물렁물렁하고 큼직한 진흙 덩어리처럼, 아니, 다 빚어져 전시를 기다리는 소조상처럼 앉아 있었다. 컸다, 엄청 컸다. 두툼한 허벅지가 나란히, 하지만 아무런 긴장도 없이 모여 있고 그 위로 두툼한 배가 얹혀 있었다. 아이의 그림책에 나오는 하마, 더 정확히, '하마'라는 두 음절의 낱말을 떠올리는 몸집이었다. 얼굴도 컸다. 원래 판형도 큰 데다가 살이 너무 많이 쪄서 예쁠 수도 있는 이목구비가 폭 파묻혔다.

"동민아, 승연이 생각 안 나?"

승연 씨 엄마가 화장실에서 나온 동민 씨에게 묻는데도 동민 씨는 자기 엄마만 쳐다보았다.

"스팸 볶음밥, 스팸, 스팸."

"알았어, 스팸 볶음밥 해줄게, 동민아, 승연이 생각 안 나? 승연이 어디서 만났어?"

이번에는 승연이 엄마가 직접 물었고, 그러자 대답도 나왔다.

"학교, 학교, 학교."

"그렇지, 햇살 학교에서 봤지?"

"우리 승연이도 표정이 바뀌잖아. 말을 못해서 그렇지, 반가운 거야."

하지만 승연 씨의 표정에는 아무런 변화도 없었다. 살아 있음의 유일한 표지는 차라리, 줄곧 딸의 팔을 잡고 있는 엄마의 손이었다. 동창 엄마들의 대화가 끝나자 승연 씨 엄마는 작은 등 가방에서 면장갑을 꺼냈다. 질주 본능과 감각 추구가 아직도 소거되지 않은 것이리라. 장갑 낀 손으로 딸의 손을 잡는 엄마의 표정에는 비장함마저 느껴졌다. 길을 걷고 버스나 지하철을 타고 내리는 과정에서 감당해야 할 시선을 벌써부터 감내하는 것도 같았다. 몸짓 하나하나, 표정 하나하나에 그것에 대한 반응이 느껴졌다. 모조리 내팽개치고 싶은 욕구가 어마어마할 테지만, 차마 그 욕구를 입 밖으로 발설하지도 못할 만큼 겁을 집어먹었는지도 몰랐다. 무엇에? 무엇이 그리 무서울까. 그 답이 바로 저 딸이었다. 큼직한 소조상은 엄마에게 한 손을 잡힌 채 서서히 몸을 일으킨 다음 엘리베이터를 향해 둔탁한 걸음을 떼기 시작했다.

그사이 그룹 체육도 시작되었다. 시각장애인 엄마와 함께 온 아이도 집단 활동실로 들어갔다. 하마 그림책을 보며 종알대던 아이가 제일 어렸다. 의자에서 일어나 걸음을 떼는 아이의 몸이 흔들렸다. 보행도 어설프고 사지의 움직임에 힘이 없고 손가락의 끝이 닭발처럼 살짝 굽은 듯 아래로 처져 있었다. 닫힌 문 너머로 체육 교사의 호루라기 소리, 구령 소리가 들렸다. "빨간색은 1점이고 파란색은 2점이고 노란색은 3점이야." 간혹 하마 그림책을 보던 아이의 말소리에 비성이 과다하게 섞여들었다.

김흔재는 김여운이 육층에서 업무를 보는 동안 사층에 있다가 삼층으로 내려갔다. 한산한 대기실 안에는 마흔쯤 되는 여자가 앉아 있었다. 화장기 하나 없는 민낯에 피부는 꺼칠꺼칠하고 건조해 보였다. 살은 좀 많이 찐 편이었다. 짧게 깎은 머리카락도 윤기 없이 푸석푸석했고 염색이나 파마의 흔적도 전혀 없었다. 새치도 잘, 많이 보였다. 우리가 어떤 고단함, 신산함의 정서와 함께 떠올릴 법한 '아줌마'라는 단어 그대로였다.

김흔재는 서가에서 눈에 뜨이는 대로 책 한 권을 빼 들었다. 김승옥의 『내가 만난 하나님』이었다. 지난번에 훑어본 박완서의 『그 많던 싱아는 누가 다 먹었을까』와 이청준의 『병신과 머저리』, 이문열의 『젊은 날의 초상』 사이에 끼어 있었다. 다

홍색에 가까운 빨간색 표지가 도색 잡지의 느낌을 주었다. 어쩐지 그것이 인간 앞에 현현한 신의 색깔 같기도 했다. 김승옥 앞에 하얀 손이 등장하고 그 손의 주인이 한국말로 자기가 하나님이라고 말하는 대목에서 옆의 여자가 말을 걸어왔다.

"저어기, 여기서 핸드폰 충전해도 돼요?"

"예? 아, 예…… 하세요, 여기요."

불과 몇 초 사이 그녀의 발음, 표정, 몸짓에 알알이 스며 있는 어눌함이 파악되었다. 손놀림과 몸놀림이 어설퍼서, 핸드폰 케이블을 콘센트에 연결하는 단순한 작업에도 일이 분은 족히 소요되었다. 김흔재가 그 모습을 쳐다보는 것도 아닌데, 또 말을 걸어왔다. 피로한 듯 졸린 듯 흔들리는 그녀의 눈빛 속에서는 말하고 싶은 욕망이 가득 찬 컵의 물처럼 흘러넘쳤다. 김흔재가 곁눈질로 본 문장은 김승옥 앞에 다시 등장한 하나님의 키가 180센티 정도였다는 내용이었다.

"저 원래는 이층에서 운동하는데요, 핸드폰 충전할 데가 없어서 이리로 왔어요. 저는 지체장애인이에요. 여기서부터 여기까지(그녀는 오른쪽 어깨부터 팔뚝을 가리켰다) 좀 불편해요. 정신은 멀쩡한데, 몸이 안 좋아요. 정신은 정말 멀쩡해요. 저, 머리 나쁘지 않아요, 좋아요."

"예…… 어디, 여기 근처 사세요?"

"보라매동요."

"그럼 지하철 타고 다니시나요?"

"지하철도 타고 장콜도 타요."

"장콜이 뭐예요?"

"그것도 몰라요? 장애인 콜택시요."

대화의 화제가 떨어지고 조금 머쓱해지는 순간이었다. 김흔재는 다시 책을 뒤적였다. 하나님이 김승옥에게 술을 끊게 해주시고 담배마저 끊게 해주셨다. 옆의 여자는 또 시무룩하면서도 불안한 시선으로 말을 꺼냈다.

"저는 마흔네 살이에요. 75년생요. 몇 살이세요?"

"아, 저요? 스무 살요."

"아이가 장애인이에요?"

"예? 아니오……"

"저는요, 평생 결혼 같은 거 안 하고 혼자 살 거예요."

"예…… 지금은 부모님과 함께 사세요?"

"예. 여동생이 아기 낳았어요, 둘째요."

슬슬 충전이 다 되었을 것 같은데도 그녀는 자리를 뜨지 않았다. 대신 치료실 문이 열리는가 싶더니 아이들과 그 보호자들로 인해 대기실이 순식간에 어수선해졌다. 그 틈에 김흔재는 갑자기 급한 일이 생각난 사람처럼 피남흔에게 문자를 보냈다.

피남흔은 인터뷰이와 함께 복지관 근처 커피숍에 있었다. 카메라까지 와 있었다. 카메라 옆의 여자와 피남흔 맞은편에

한 여자가 앉아 있었다. 서른은 되었을까. 실제 나이는 알 수 없으나 조숙, 심지어 조로의 느낌을 주었다. 더 정확히 그런 것에 괘념치 않는 스타일 같았다. 어딘가 농염하고 퇴폐적인 분위기는 옆으로 길게 그어진 큰 눈, 그리고 몽환적인 눈빛에서 나오는 것 같았다. 아무나 소화할 수 없는 적갈색 머리카락은 굵직한 웨이브를 넣어 늘어뜨렸다. 김흔재가 커피숍 문을 열었을 때 그녀는 마침 서 있다가 자리에 앉았는데 짧은 순간, 가늘고 긴 몸매가 찰칵 포착되었다. 편안해 보이는 블랙진과 얇은 상아색 셔츠블라우스 차림이 그녀의 실루엣을 잘 표현해주었다. 가까워질수록 세부적인 부분이 도드라졌다. 검은색 속 탑이 약간 보이도록 셔츠블라우스의 단추를 두 개 풀고 얇은 은목걸이를 하고 있었다. 작은 해골 모양의 펜던트는 조금 껄렁한 느낌을 주었다. 알렉산더 맥퀸이 마흔 살에 자살한 까닭인지, 어딘가 비극적인 퇴폐미를 주는 시그너처 아이템이었다. 카메라 가방에 붙어 있는 푸른색 브로치도 눈에 들어왔다. 전체적인 모양은 한쪽 눈을 표현한 것이었다. 금색 테두리 안에 불투명한 터키옥이나 라피스라줄리와 달리 투명한 푸른색이 감돌았다. 지중해 푸른 바다, 프랑스 남부 어느 들판의 수레국화, 요크셔 지방의 히이스 등의 느낌을 합친 신비한 색감이었다. 금색 테두리 위에는 빨간색으로 눈썹이 표현되어 있었다. 명백히 편견이지만, 십 년 넘도록 시설에서 있었던 중증 자폐 남동생과 함께 사는 누나의 냄새는 조금도 풍기지 않았다.

"그 밖에 하시는 일은……?"

"틈틈이 영어 과외, 논술 과외도 합니다."

"아, 영화감독이자 작가이신 분이 과외를……"

"지방대 시간강사가 햄버거 패티 굽는 거랑 비슷한가요, 하하?"

제삼자를 전혀 의식하지 않고 인터뷰에 열중하는 모습에서 뛰어난 자기 연출력과 자신감이 보였다. 말투와 몸짓은 농염하면서도 지적이었다. 명문대를 자퇴한, 더 정확히, 자퇴한다고 공언한 이력 때문일까. 아무리 봐도 어딘가에 얽매인 느낌이 들지 않았다. 김흔재의 머릿속에는 엄마의 서재에 꽂힌 책의 제목이 떠올랐다. 참을 수 없는 존재의 가벼움. 배반, 배반을 위한 배반. 무한한 운동성. 자유로운 영혼. 아니, 굳이 이런 수식어도 필요 없었다. 젊고 예뻤고 그 와중에 지적인 여유까지 있었다. 한마디로, 김흔재가 방금 복지관에서 본 엄마들을 짓누르는 천근 같은 소유와 숙명의 무게가 전혀 느껴지지 않았다. 지금도 충분히 무섭지만 혹시나 더 무서운 일이 생길까 봐 노심초사하는 모습도 전혀 없었다. 정반대로, 세상 무서울 것이 없는 사람 같아 보였다.

"이제 이 년째인데요, 저는 발달장애인이 시설에 갇혀 있을 것이 아니라 이 세상 속에서 함께 어울려 살아야 하지 않나 싶습니다."

"이런 알찬 생각이 가득 담겨 있는 이 책, 많은 분의 공감을 끌어냈으면 합니다. 자, 여기까지 안톤이었습니다."

안톤은 다시 피남흔으로 돌아왔고 김흔재는 그와 단둘이 테이블을 정리했다.

"야, 배고프다. 이게 제법 긴장되거든. 촬영 전에는 밥도 거의 안 먹어."

"왜, 아까 그분들이랑 같이 먹지?"

"업무로 엮인 사람과는 가급적 안 먹어. 그 촬영기사 누나와는 차 한 잔도 마신 적 없어."

"너무 오버 아닌가? 그 인터뷰이도?"

"아, 그 누나와는 그전에 접촉이 있었지. 내가 또 저런 스타일 좋아하잖아?"

이 말에 김흔재는 간이 철렁하고 온몸이 서늘해진다는 관용어구가 실감 났다. 사실 이건 순전히 피남흔의 허세였다. 접촉이 있긴 있었으되 그야말로 업무용이었다. 짧은 시간이지만, 그 인터뷰이에게서 김흔재와 비슷한 분위기를 발견하긴 했다. 어딘가 적절히 퇴폐적이면서도 상큼하고 어딘가 이지적인 느낌이 있었다. 프랑스어 수업 시간에 알게 된 샹송 가수를 닮기도 했다. 그게 다였다.

"나는 오빠랑은 절대 같이 안 자. 오빠는 너무 많은 여자랑 잤잖아. 그것도 찔끔찔끔."

"찔끔찔끔? 그래서?"

"뭐가 그래서야? 절대 같이 안 잔다고."

"그래서 어딘가 다른 범주에 들어가고 싶은 건 아니고?"

피남흔은 김흔재의 눈을 길게, 깊게 응시했다. 김흔재는 그 시선을 피하지 못했다. 그러지 않았다. 피남흔의 머릿속에서는, 목구멍에서는 '너는 남자랑 자본 적도 없잖아?'라는 질문이 맴돌았다. 이런 질문은 생성된 것만으로도 너무 속되게, 심지어 치사하게 느껴졌다. 차라리 '너 남자랑 자본 적 있어?' 하고 묻는 게 더 옳으리라. 만약 그렇다면 언제? 고등학교 때? 어쨌든 흔재에게는 제발 없었으면 하는 일이었다. 제기랄, 정말 질 나쁜 속물이었다.

마주한 두 시선은 말없이 오래도록 얽혀 있었다. 먼저 끊은 쪽은 피남흔이었다.

"뭐 먹을래?"

"프랑스 달팽이집 갈까?"

"왜 갑자기 프랑스?"

"그냥. 요즘 엄마가 자꾸 샹송을 들어서. 파트리샤 카스라고 알아?"

"아, 우리 프랑스어 선생님도 들려주시더라. 「La Mer」나 「La Vie en Rose」 같은 곡은 식상하다고."

"파트리샤 카스도 이제는 식상하지. 엄마가 샹송을 좋아하거든? 에디트 피아프, 나나 무스쿠리, 조르주 무스타키, 이런 가수들. 언제부터인가 파트리샤 카스로 왔는데, 아무래도 그게 기점이었던 것 같아."

"너는 네 사생활이나 신경 써. 프랑스 달팽이집 멀어. 지하철? 버스?"

"미세먼지도 없는데 좀 걷지 뭐."

둘은 타박타박 산책에 나섰다. 아니나 다를까 도중에 지쳐 목적지를 바꾸었다.

"이 근처에 일본 라면집 있는데."

"혹시 멘마도 들어 있어?"

"죽순? 어, 추가로 주문할 수도 있고. 차슈 추가, 달걀 추가, 멘마 추가, 면 추가……"

"그거 좋네, 취향대로 이것저것. 오빠 여자 취향이랑 똑같네."

"김흔재, 오늘 왜 이러냐?"

가던 길을 멈추고서 피남흔이 김흔재에게 물었다. 큰 교회 건물을 끼고 모퉁이를 돌던 참이었다. 곧 제법 북적대는 사거리였다. 이번에도 두 사람의 시선은 말없이 오랫동안 꼬여 있었다. 이번에도 먼저 도발한 것은 피남흔이었다.

"너, 나 좋아하지?"

"그런 걸 이런 데서 묻냐?"

이렇게 쏘아붙이면서도 김흔재는 피남흔의 시선을 계속 맞받아쳤다.

"빨리 대답이나 해!"

"그러는 오빠는?"

여기서는 피남흔이 멈칫, 흠칫했다. 뭉그적대던 그는 몸을 돌리고 대답 대신 노래를 흥얼거렸다.

"앙트르 당 라 뤼미에르, 콤 엉 섹트 푸⋯⋯"

"미친 벌레처럼 달빛으로 들어가다, 먼지를 들이마시고⋯⋯ 그는 내가 예쁘다고 말해, 나는 바보같이 그 말을 믿어⋯⋯ 가만히 들어보면 다 짝사랑이더라, 좀 건방진 느낌의 멜로디와는 달리?"

"가사까지 찾아봤냐?"

"나 원래 프랑스어 좀 알아, 고등학교 때 배웠거든."

둘은 십 분 남짓 걸어 '라멘남'에 도착했다. 이미 허기가 심해진 상태에서, 사실상 이 동네에 하나밖에 없는 일식 라면집이 문을 닫았음을 알게 되었다. 원래 세시부터 다섯시까지 쉬는 시간이었는데, 하필 가는 날이 장날이라고, 딱 오늘부터 오후 근무를 통째로 접기로 한 것이었다. 일식 라면과 공통분모가 있는 음식점을 금방 생각해냈다. 바로 옆에 있는 '오소리 덮밥'과 몇 걸음 더 가야 하는 '잇쇼쿠', 더 멀리 있는 '삼색 야키도리'를 놓고 고민하느라 또 설왕설래, 토닥거렸다. 서로 바쁜 사람끼리 귀한 시간을 이렇게 하릴없이 낭비하다니, 이미 둘의 관계 양상은 변하고 있었다.

영상 4—여의도, 平凡해장국

안녕하십니까! 오늘 안톤이 여러분에게 소개해드릴 주제는, 바로 산책입니다. '플라뇌르'라는 프랑스어 단어, 또 이 단어를 국내에 보급한 벤야민이 떠오르시죠? 최근에는 스위스 작가 로베르트 발저의 작품집이 『산책자』라는 제목으로 나오기도 했습니다. 이런 산책이 유럽에만 있을까요? 국내에도 비슷한 책이 『서울 문학 기행』이라는 이름으로 나왔습니다. 윤동주와 함께 인왕산을 오르고 수성동 계곡에서 세수하고 연희전문까지 걸어보실까요? 이상의 「날개」속 '나'가 거닐었던 서울역, '미쓰코시' 백화점도 구경하시고…… 자, 우리의 근대 작가들이 사랑한 거리와 장소, 마리양과 함께하시죠.

하지만 정작은 네 시간이나 스튜디오에 앉아 있는 하루였다. 한시 『적과 흑』, 두시 『오만과 편견』, 세시 『삼대』, 네시 『파우스트』였다. 이 벽돌 책들 사이에 십 분의 휴식이 있었다.

"고전 강의도 듣고 돈도 벌고 일석이조잖아."

『삼대』부터 동참한 김흔재에게 피남흔은 실실대며 말했다. 김흔재는 지금 막 수업을 끝내고 허겁지겁 달려온 티가 났다. 시간과 학점 관리에 철저한 대학 초년생, 더욱이 내후년이면 정녕 피 터지도록 공부해야 할 의대생이자 연애 중인 엄마도 감시하고 거창의 아빠도 살뜰히 챙기는 외동딸이었다. 그녀는 짙은 색 청바지에 꽃 그림을 수놓은 연회색 맨투맨 티를 입었고, 아침에 걸쳤을 점퍼 스타일의 재킷은 벗은 상태였다. 백팩은 한쪽 어깨에 엉성하게 매달려 있었다. 수더분한 차림새 덕분에 예쁜 얼굴과 몸매가 더 도드라졌다. 피남흔은 푸른색 수술복을 입은, 싸늘한 수술실의 김흔재를 상상해보았다. 역시 의사라면 외과의가 제격이다. 저 미모에 메스를 든 정교하고 냉철한 손놀림과 차갑되 따뜻한 시선까지. 이런 분이 동대문구 회기역에서 영등포구 국회의사당역까지 환승을 마다하지 않고 왕림해주시다니. '발기', 이어 '애액'이라는 낱말이 떠올랐다. 하루키 풍의 소설도 쓸 수 있을 것 같았다. 그녀는 그곳이 젖었을까. 그의 생기로운 상상에 김흔재는 싸늘한 독침을 날렸고 그것이 정곡에 콕, 박혔다.

"돈? 한 타임당 육천 얼마? 왕복 두 시간에 주야장천 앉아 있어야 하는데 수지가 맞냐?"

"책도 읽지, 최소한 차비와 밥값도 빠지지. 엑스트라 알바보다 훨씬 나아."

『파우스트』녹화가 시작되었다. 갑자기 출연자가 방청석을 쳐다보더니 질문을 던졌다.

"저분들은 누구세요?"

"방청객분들이시죠. 방송 분위기도 좌우하시고, 오늘은 벌써 세 시간을 앉아 계시는데……"

"예? 세 시간이나! 저는 저분들을 보지 말아야 하나요?"

이 질문에 구성작가는 터져 나오는 웃음을 억누르지 못했다.

"보셔도 되는데요, 최대한 이쪽을 보시고요."

그러면서 진행자와 또 다른 출연자 쪽을 가리켰다.

피남흔은 자신이 출연자의 관심을 자극한 것이 재미있었다. 이곳에서 그는 항상 목소리 한 번 나가지 않고 어쩌다 일 초쯤 얼핏 얼굴이 잡히는, 각 잡고 앉아 있는 일인으로서였다. 계속 평온한 표정을 유지하고 말은 물론 기침, 재채기, 웃음도 최대한 자제해야 했다. 허리를 세운 이 자세는 가부좌만 틀지 않았을 뿐 요가의 기본자세와 비슷했다. 실제로 수행과 구도의 시간이기도 했다. 누군가를 연기하는 일의 대극이랄까. 보증금 삼만 원을 내고 대기를 걸어둔 다음 생면부지의 사람들과 함께 버스를 타고 미지의 촬영 장소로 이동하는데, 촬영이 시작되기 직전까지 자신의 배역도 정확히 몰랐다. 커피를 탈지, 테이블을 닦을지, 커피숍 문을 열고 나갈지, 그 앞 길거리에 핸드폰을 들고 서 있어야 할지 등. 연기를 너무 못해도 혼나고 너무 잘해도 혼났다. 하지만 제일 힘든 건 기다림의 노역이었다. 클럽 장면에서 주연배우의 목소리가 들리도록 음악 없이 춤을 추라는 주문까지는 괜찮았다. 그 장면을 찍기까지 무려 열아홉 시간을 기다렸다. 그 이후부터 방청객 알바 하는 시간이 늘어났다.

"오빠, 저분, 우리 도스토옙스키 선생님이신데?"

"나도 수업 들은 적 있어. 거의 안 들어갔지만."

"러시아 문학박사가 왜 『파우스트』 얘기를 하지?"

"왜는 왜야, 먹고살아야 하니까 그렇지. 인문대는 저런 박사들 수두룩해. 오죽하면 쉰까지만 자리를 잡으면 된다는 소리가 있을까. 출연료도 얼마 안 될걸."

"그래도 오빠보다는 낫겠지?"

"나야 물론 본전치기지만 명색이 크리에이터, 엄연히 창조적인 작업이잖아?"

피남훈과 김흔재의 발걸음이 닿는 여의도의 포장도로에는 가을이 내리려 했다. 둘은 다소 이른 저녁을 먹을 참이었고, 그 사이 시간을 써버리기 위해 63빌딩까지 걸어가는 중이었다.

"근처에 맛있는 선짓국 집이 있어."

"난 그런 거 안 먹는데."

"그냥 콩나물해장국 먹으면 되잖아."

"오빠는 왜 그런 아저씨 같은 메뉴만 골라? 술 좀 그만 마셔."

그에게서는 정말로 술 냄새가 났다. 네 시간을 연이어 스튜디오에 있었을 텐데 언제 마신 건지, 김흔재는 진심으로 궁금해졌다.

"아, 아직도 냄새나? 해장을 하긴 해야겠다."

맑은 날씨였다. 다섯시가 좀 지난 시각, 햇볕은 여전히 따사로웠고 철조망을 쳐놓은 넓은 주차장에 코스모스가 한창이었다. 말없이 타박타박 걷다가 간간이 대화가 재개되고 화제는 자연스레 이리저리 널뛰었다.

"우리 집에서 내가 제일 공부 못했어."

김흔재가 약간 퉁명스럽게 던진 말에 피남흔이 얼씨구나 대꾸했다.

"어, 나도 그런데. 나중에 뭐 전공할 거야? 흉부외과 어떠냐? 아니면 너희 엄마처럼 정신과?"

"그건 공부를 엄청 잘해야 하는데 지금 내 성적으론 힘들 거 같고, 글쎄, 아마 마취과?"

"왜?"

"쓸쓸해서."

"음, 어디선가 읽은 문구인데……"

다시금 휴지부. 샛강역을 지났고 삼거리도 지났다. 그들이 걷고 있는 가톨릭의대병원 쪽 맞은편으로 시범아파트가 보였다. 이름은 촌스러웠지만 전체적인 분위기는 나른한 세련됨에 가까웠다. 관악구와 달리 어딜 가나 평지였고 길이 곧았다. 또 동대문구와 달리 상가든 주택이든 계획과 행정의 흔적이 보였다.

"이번 동영상은 그래서 『적과 흑』이야? 아니면 『파우스트』?"

"흔재 너 내 동영상 안 보는구나? 이번 시즌에는 고전 대신 요즘 제일 핫한 작가를 다뤄. 대륙별 안배도 중요해서 쿠바,

남아공화국, 홍콩, 일본, 영국……"

　높은 오피스텔 건물 지하, '平凡해장국' 간판이 달린 비좁은 해장국 집에는 철제 식탁이 닥지닥지 붙어 있었다. 메뉴도 세 가지밖에 없었다. 주문한 음식이 나왔다. 두툼한 뚝배기 안에는 시뻘건 선지 덩어리가 콩나물, 대파, 우거지와 적절히 섞여 있었다. 반찬은 배추김치, 깍두기, 오징어젓이 전부였다. 참 대단한 자신감이었다.

　"이게 소의 핏덩어리란 말이지?"

　"처음 봐?"

　"글쎄, 할머니 집에서 보긴 했을 텐데…… 되게 새롭다."

　"한번 먹어봐."

　"아, 나 음식에 편견 많은데."

　그러면서도 김흔재는 조심스레 선지 덩어리에서 숟가락으로 한 토막을 떠낸 다음 입안으로 가져갔다. 꼭 앙증맞은 접시에 담긴 티라미수를 떠먹는 모양새였다. 음식의 맛을 본다기보다는 미적 호기심을 충족한달까. 여자애들이 예쁜 척 굴며 저렇게 내숭 떠는 거, 딱 질색이었다. 하지만 피남흔의 눈에 김흔재는 마냥, 그냥 예쁜 여자였고 저건 내숭이 아니라 그녀라는 내용을 담은 형식이었다. 그는 머릿속이 알딸딸해졌다. 칼칼한 목구멍에 뜨끈하고 얼큰한 국물 한 숟가락이 들어가자마자 행복의 느낌이 스멀거렸다.

"맛이 되게 특이한데?"

김흔재는 어느새 수저를 열심히 놀리며 식사에 열을 올렸다. 점점 더 게걸스러워지는 그녀의 모습이 무척 귀여웠다. 그리고, 얼토당토않은가, 무척 야했다. 아니, 이 단어도 적합지 않았다. 뭐라 표현하기 힘든 미적 정황이 마구 뒤섞였다. 여기까지 걸어오는 동안 다 사라진 줄 알았던 알코올 기운이 확 치밀어 올랐다. 얼굴이 타오르고 시뻘게지는 느낌과 함께, 지나치게 양식화된 표현이지만, 아랫도리가 팽팽해지는 것이 느껴졌다. 실은 '팽팽'에 덧붙여 '딱딱'해지는 것이기도 했다. 발기. 이 낱말이 주는 어떤 불편함, 그것과 나란히 어떤 짜릿함이 있었다. 사춘기 즈음 이른바 성을 알기 전부터 성기는 엄연히 존재했고 때문에 발기 역시 존재했다. 그 무렵의 발기는 그저 어떤 특이함이나 신기함 이상은 아니었을 것이다. 심지어 똥을 눌 때도 90도로, 정면을 향해 불뚝 서곤 했다. 엄마, 이거 봐, 고추가 또 딱딱해졌어! 그 녀석이 엉뚱한 데로 오줌을 갈기지 않도록 손가락을 누르면서 이런 말을 한 건 언제였을까. 여섯 살? 일곱 살? 여덟 살? 언제부터 발기가 성감과 엮어졌을까. 식욕이 충족될수록 성욕이 자극되는 것이 느껴졌다. 과연 순수하게 성욕일 뿐인가. 제기랄. 피남흔은 가방에서 팩 소주를 꺼내 바로 한 모금 들이켰다. 그게 마지막이었다. 빈 팩은 옆의 쓰레기통에 버렸다.

"세상에, 오빠, 술을 그렇게 들고 다니면서 마셔?"

"그래도 담배는 안 피우니까."

"어휴, 자랑이다!"

김흔재는 선짓국 속의 아삭한 국산 콩나물을 하나씩 건져서 씹어 먹는 중이었다.

영상 5—안녕, 하노이

안녕하세요, 안톤입니다! 명문 런던대학 소속 SOAS를 졸업하고 서울대와 SLOAN에서 경영학 석사학위를 받은 재원, 상위 2퍼센트 GMAT 성적의 보유자! 유명한 유튜버 '영국 남자 조쉬'의 동창! 꼭 영어학원 원어민 강사 광고하는 것 같죠? 이런 프로필의 소유자가 책을 내서 화제가 되고 있습니다. 앤드류 테일러, 『나의 아시아, 너의 아시아』! 그는 유엔 산하 식량 농업기구에 소속된 아버지 덕분에 어려서부터 주기적으로 아시아에 머물곤 했습니다. 현재는 필리핀의 한 비트코인 회사에 다니고 있다는군요. 출장차 한국을 방문한 앤디를 잠깐 만나보겠습니다.

"안녕하세요!"

"한국말 잘하시네요."

작업실은 깊은 지하였다. 안톤은 두 시간째 의상을 고르는 중이었다. 노란색 재킷, 검은색 셔츠, 초록색 넥타이, 머리는 기름을 발라서 뒤로 넘긴다. 이런 얼굴의 자신을 상상하고 분장도 해본다. 스튜디오의 책상 앞에 앉는다. 책상 위에는 컵 하나, 그 속에 진홍색 용과 하나를 몸통이 반쯤 보이도록 집어넣는다. 옆에 바나나 두어 개를 비스듬히 놓아본다. 이런 배치면 동남아 느낌이 좀 난다. 이제 마땅한 작가, 책만 찾으면 된다.

그와 동시에 작업실이 해체되는 중이었다. 출생지부터가 관악구인 69년생 사진작가는 또 불려 갔다. 그에게 사진 촬영을 의뢰했던 구청장이 국회의원 선거에 출마하기 때문이었다. 79년생 만화작가는 임신했다. 더위가 꺾일 무렵, 만화작가의 배는 완전히 위로 치솟았다. 첫 임신 때는 항상 똥 마려운 듯 불퉁한 얼굴이던 그녀가 지금은 오히려 부처의 얼굴이 되었다. 아예 작업실을 접고 전업주부의 삶을 살기로 한 것인지도 모르겠다. 89년생 청년 작가도 떠났다. 숫제 한국을 떠나 영국으로 갔다. 가즈오 이시구로가 다닌 학교에 입학할 예정이었다. 원래 영문학도인 그는 '학'의 길 대신 '작'의 길로 들어서려 했다. 작업실의 소품 1, 2, 3은 이렇게 폐기 처분되었다. 크리에이터 안톤이 찍는 영상 속의 용과, 바나나, 컵처럼 말이다.

"또 지하야?"

"여기는 지하에 맛집이 많단 말이야."

지루하게 반복되는 대화였지만 당사자들은 전혀 지루하지 않았다. 별 내용 없는 대화를 진지하게, 정겹게 나누는 두 남녀. 피남흔과 김흔재는 서로 알지 못하는 사이에 연인이라는 이름에 한층 다가서 있었다. 여기에 인터뷰이 앤디와 그의 친구 J-Min, 즉 안정민이 함께였다.

"뭐 드실래요, 앤디?"

"저는 반미요."

"정민 씨는 뭐 좋아해요?"

"저는 넓적한 쌀튀김 같은 거, 안에 달콤한 소고기랑 새우랑 숙주 들어 있는 거 있잖아요?"

"반쎄오요? 그럼 나는 쌀국수를 먹고……"

"이쪽은 아저씨 취향이라 국물이 없으면 안 되거든요."

"아저씨들은 항상 국물 먹어요?"

"보통 그래요. 나는 분짜 먹고 싶은데, 너무 많나, 오빠?"

주문을 기다리는 동안에도 화제는 음식이었다. 김흔재가 앤디에게 물었다.

"필리핀에는 악어 고기, 뱀 고기도 있다면서요? 마트에서도 판다던데?"

"예, 맞아요. 그런데 외국 사람들은 한국에서 개고기를 그렇게 파는 줄 알아요."

"정말요?"

"정민 씨는 요즘 무슨 책 편집하세요?"

이건 피남흔의 질문이었다.

"『닥터 지바고』 막 끝냈어요. 곧 나와요."

"아, 그것도 고은영 선생님 번역 맞죠? 시골 사신다던
데……"

"다시 올라오신대요. 경희대 어디 연구소에 자리 잡았다던
데요. 아무래도 아이들 키우려면 시골은 힘들어요. 남편분이
한창 농사일에 재미를 붙이셨지만……"

안정민의 말을 조심스레 끊은 건 김흔재였다.

"저어기, 그런데 두 분은?"

가뜩이나 큰 두 눈이 더 동그래지면서 호기심으로 반짝반
짝 빛났다.

"우리요, 뭐 같으세요? 앤디, 우리는 어떤 사이지?"

앤디는 피부가 무척 얇아 보이는 새하얀 얼굴에 홍조를 띠
며 미소를 지었다. 와인 빛이 감도는 뿔테 안경이 살짝 들썩
이는 것도 같았지만 어떤 답도 없었다. 짧게 깎은 연갈색 모
발에서 백인 특유의 가늘고 부드러운 느낌이 전해졌다.

"그저께 우리 회사 앞 카페에서 앤디와 닮은 사람을 봤어
요. 설마? 필리핀에 있을 텐데? 하지만 아무래도 그였어요.
앤디가 책 낸 것도 어제 알았어요."

"아!"

김흔재가 짧은 탄성을 내지르자 피남흔이 핀잔을 주었다.

"얘는 원래 남의 사생활에 관심이 많고 매사에 감정 과잉이에요."

"그러는 혼재 씨는 남혼 씨와?"

안정민이 여운을 조금 두며 말끝을 살짝 올렸다.

"아! 그러게, 우리는 뭐지, 오빠?"

"오빠? 연인끼리는 그런 호칭을 쓰나요?"

이건 앤디의 물음이었다.

"우리가 연인처럼 보여요, 앤디?"

"아닌가요? 아, 죄송합니다."

멋쩍게 웃는 앤디의 얼굴에는 만개한 봄날의 작약 같은 진홍빛이 번졌다. 안정민의 입장에서는 해후였지만, 그는 한국에 오자마자 곧장 그녀의 직장 근처 커피숍에 앉아 있었다. 그러길 나흘째, 드디어 J-Min을 만난 것이었다. 필리핀과 한국, 그 사이에 가로놓인 일 년 삼 개월의 시간이 무색하게도 그녀에게서는 한결같은 흡연, 끽연의 냄새가 났다. 그녀는 여전히 앤디로부터 멀찍이 떨어져 담배 연기를 내뿜은 다음 머리카락 끝부터 손가락 끝까지 담배의 여운을 묻힌 채 그의 곁으로 왔다. 그리고 오늘, 이 토요일 밤도 함께할까. 안톤과 마리는 어떨까.

영상 6—안톤과 마리의 도토리 창고

  안녕하십니까, 안톤입니다. 성애소설, 글쎄요, 연애소설과는 무엇이, 또 어떻게 다를까요? 음란이나 외설이라는 이름으로 세간을 놀라게 한 소설들 대부분이 그냥 사라지거나 아니면 다른 이름으로 문학사에 남게 됩니다. 『보바리 부인』, 『채털리 부인의 사랑』, 『롤리타』, 심지어 『율리시스』까지. 그 과정에서도 꿋꿋하게 성애소설로 분류되는 소설이 있을까요? 헨리 밀러의 『북회귀선』, 어떻습니까? 설마 『참을 수 없는 존재의 가벼움』을 성애소설로 읽는 사람은 없겠죠? 한편 요즘은 퀴어 서사도 많은데요……

(……)
"오빠, 맛있게 하자, 그거."
(……)
"무슨 맛이니?"
(……)
"글쎄, 처음 맛보는 맛이야, 아주 맛있는, 아주 신기한……"
  부모가 집을 비운 틈에 몰래 방 안에서 사랑을 나누는 젊은 연인들의 부스럭거림과 깔깔거림 사이로 기계음이 반복적으로 들려왔다. 스윗, 테이스티! 하트를 보충하십시오, 딸기를 보충하십시오, 꿈의 정원이 열렸습니다……

앤디와 나, 그리고 김광석

영유아기, 인간은 딱 두 부류다. 나와 비슷한 살 냄새를 가진 자와 그렇지 않은 자, 핏줄과 핏줄 아닌 남.

유년기의 분류법은 좀 더 복잡하다. 예쁜 아이와 못생긴 아이, 부잣집 아이와 가난한 집 아이.

청소년기에는 새 범주가 추가된다. 공부 잘하는 학생과 못하는 학생.

청년기, 엉뚱한 범주가 생긴다. 소설 쓰는 사람과 안 쓰는 사람.

장년기, 인간 분류법은 엄정하다. 밥벌이하는 사람과 못하는 사람, 즉 멀쩡한 사람과 변변찮은 사람.

중년기, 인간이 세 부류로 보인다. 어린놈, 젊은 놈, 늙은 놈. 세번째 단계에 이르면 차이가 무의미하다. 인물이 좋든 말든 남자든 여자든 모조리 볼품없고 쭈글쭈글 헐렁하고 구린내 나고 침이 고이고 오줌을 지린다. 물론 좀 더 세분화해 볼 수도 있겠다. 짝짓기와 번식에 성공한 놈, 혹은 실패한 놈. 4대 보험과 연봉이 보장된 놈, 혹은 그렇지 않은 놈. 자기 집이 있는 놈, 혹은 전세나 전월세 사는 놈.

노년기, 인간은 다시금 딱 두 부류다. 죽도록 아픈 놈과 죽지 않을 만큼만 아픈 놈. 그리고 뒷산에 누워 있는 놈과 방구석에 누워 있는 놈.

*

한여름, 저녁 여덟시쯤 그와 통화했다. 런던 시각은 오후 두시. 정말 온다고 한다. 보름 남짓이면 드디어, 그를 본다.

*

그를 만난 건 지난봄이었다. 그때 나는 십 년 넘도록 다닌 M출판사를 나와 런던에 머물고 있었다. 대학 시절 일 년간 어학연수를 왔을 때처럼 런던탑이 멀지 않은, 알드게이트 역 근처에 살았다. 1존의 외곽이었고 아파트 하나를 여러 명이 공유하는 형태였다. 주변에 명소가 많았음에도 관광은 하지 않고 학원에 등록했다. 단, 대학 시절과는 달리 영어학원이 아니라 일본어학원이었다. 백인과 유색인이 골고루 섞인 유럽인들 틈에서 히라가나와 가타카나를 배우는 느낌이 신선했다. 그들이 보름은 족히 걸릴 작업을 나는 삼사일 만에 끝냈다. 첫 과는 이랬다. "나는 일본인입니다. 당신은 영국인입니까?" 두번째 과와 세번째 과는 각각 이랬다. "나는 학생입니다. 당신은 선생님입니까?" "백화점은 어디에 있습니까?" 원래 이즈음에서 영국을 떠날 참이었지만 변수가 생겼다. 목까지 칼날을 들이댔던 우울증이 한 걸음씩 멀어지는 것이 보였다. 퇴사 직전, 십 킬로 이상 증발했던 살도 슬슬 다시 붙는 중이었다.

아침에 눈을 뜨면 큼직한 백팩에 노트북과 일본어 교과서, 소설책 한 권을 쟁여 넣고 근처 커피숍으로 출근했다. 나의 메뉴는 뽀얀 우유 거품으로 뒤덮인, 바닐라 시럽을 넣은 커피, 그리고 크루아상이나 스콘이었다. 아마 첫날은 아니었으리라. 런던에 온 첫 주의 어느 날 아침, 누군가가 커피숍 안으로 들어섰다. 얼굴빛이 창백하다 싶을 만큼 하얗고 옅은 밤색 머리카락을 짧게 빗어 넘긴 청년이었다. 그는 매일 아침 나의 앞자리나 대각선 옆자리에 앉았다. 항상 나보다 늦게 와서 나보다 빨리 일어났다. 느긋하고 한가로운 느낌이 아니라 그 나름의 엄정한 시간표에 따라 바삐 움직이는 느낌이었다. 메뉴는 항상 카푸치노와 크루아상, 영국식이 아니라 프랑스식 아침 식사였다. 내 앞 혹은 비스듬히 옆, 스치듯 보이는 그의 창백하고 새하얀 얼굴은 좀처럼 표정 변화가 없어, 연파랑 카펫을 깔아놓은 듯 바람 한 점 없는 맑은 봄날의 호수 같았다. 커피숍 문을 여닫고 주문하고 접시를 옮기고 카푸치노를 마시고 크루아상을 씹는 모습도 고요했다.

머칠이나 지났을까, 그가 일본어학원에 나타났다. 항상 수업 시간에 딱 맞추어 왔고, 항상 일찌감치 와서 자리를 잡은 나의 앞자리에 앉았다. 커피숍에서처럼 나는 그의 뒷모습과 옆모습을 보는 데 익숙해졌다. 조그맣고 동그란 뒤통수, 날카로운 콧날과 얇은 입술이 돋보이는 옆모습, 어떤 자세를 취하든 단정하고 말쑥한 실루엣. 생크림처럼 부드럽고 창백하도록 뽀얀 얼굴을 감상하는 시간이 길어졌다. 그의 머리카락은 보면 볼수록 마땅히 옅은 밤색도 아닌 애매한 황갈색, 러시아 문학 고전의 옛 번역본에서 자주 마주친 '아마빛'에 가까웠다. 백인 머리카락 특유의 가느다란 느낌과 반짝이는 윤기가 도드라져, 새하얀 피부와 잘 어울렸다. 이 시간이면 학교나 사무실에 있어야 할 청년이 일본어학원이라니, 대체 뭐하는 사람일까. 비슷한 궁금증을 그도 가졌던 모양이다. 먼저 말을 건 쪽은 그였다. 이런 정황에서 누구나 떠올릴 만한 평범한 질문이었다.

"저어, 어디서 오셨어요?"

이 질문보다 더 놀라운 것은 나를 향해 꽂힌 그의 눈빛이었다. 항상 뒤통수와 옆모습만 바라보다가 그의 얼굴을 정면에서 본 것이 처음이었다. 창백한 얼굴 깊숙이 박혀 빛나는 두 눈이 경이로웠다. 흔히 말하는 벽안(碧眼), 즉 지나치게 몽환적인 푸른 눈이 아니라 그의 머리카락처럼 아마빛에 가까웠다.

"한국요."

"아, 그렇군요!"

그러고는 잠깐 휴지부를 찍었는데, 일본인이 일본어를 배울 리 없다는 당연한 사실을 확인하는 듯했다.

"남쪽요, 북쪽요?"

"아! 남한요."

이번에는 내가 잠깐 휴지부를 찍었는데, 런던에는 북한 사람이 많다는 사실이 잠시 상기되었다.

우리의 첫 대화는 조금 더 이어졌다. 그의 이름은 앤드류 리암 테일러, 간편하게, 앤디였다. 그는 런던대학 소속의 '소아스' 졸업생이었지만 전공은 아프리카와 아시아 관련 지역학이 아니라 정치경제학이었다.

"친구들이 중국어 배운다고 하면 정말 대단하다고 감탄했거든요. 하지만 막상 들어보면 정말 끔찍해요."

"그럼 일본어는 듣기 좋아요?"

"중국어보다는 낫죠. 글쎄, 일본에 안 가봐서 그런지도 모르죠."

"중국에는 가봤어요?"

"예, 열아홉 살 때 항저우에서 육 개월 살았어요."

"아! 혼자서요?"

"아니오, 아버지와 같이요. 그 무렵엔 중국에서 근무하셨거든요."

앤디는 겉늙어 보인 외모와는 달리 만 이십육 세에 불과했고 모종의 과도기를 겪는 중인 것 같았다.

언젠가부터 우리는 그 커피숍의 한 테이블에 마주 앉아 있었다. 앤디의 메뉴는 한결같았다. 카푸치노에 시럽은 타지 않고 초콜릿색 시나몬 가루를 뿌렸다. 나는 여전히 바닐라라테였다. 나는 커피를 조금 남기는 버릇이, 앤디는 커피잔에 발린 우유 거품까지 최대한 핥아먹는 버릇이 있었다. 앤디도 나도 햄이나 치즈 따위가 들어 있지 않은, 약간 허전한 크루아상을 좋아했다. 가끔 크랜베리 스콘을 먹는 날도 있었다. 우리나라의 스콘처럼 입안의 침을 모조리 삼켜버릴 것처럼 불편하고 뻑뻑한 느낌이 아니라 관계의 밀도와 무게와 깊이를 상징하는 그런 꽉 찬 느낌이었다. 날이 갈수록 우리의 아침 메뉴가 조금씩 바뀌었다. 피치 블루베리 머핀, 피칸 파이, 체리나 생크림, 시럽 등 다양한 토핑을 얹은 컵케이크 등.

아침 식탁 앞에 마주 앉은 우리의 대화는 어떤 의미에서 극히 추상적이었다. 끝끝내 유나이티드 킹덤에 들어오길 거부한 아일랜드의 똥고집, 이번 주 하원의 PMQ 의제, 엘리자베스 여왕의 건강 관리법 등. 이런 나의 관심사에 앤디는 앤디 대로 호응했다. 김정은의 집권이 앞으로 한반도의 정세, 나아가 동북아의 정세에 미치는 영향, 국경 없는 의사회의 남한 구호 활동, 아시아 신흥 시장의 발전 전망, 일본의 초고령사회 현상과 일본 및 아시아 각국의 경제 상황의 상관관계 등.

어느 날 아침, 김정은의 괴팍한 성벽을 분석하던 그가 갑자기 나지막한 어조로 말했다.

"제이-민, 나 일본어 대신 한국어 배울까 봐요."

"왜요?"

"한국어가 일본어보다 더 듣기 좋은 것 같아서요."

우리는 함께 가방을 챙겼고 십 분 남짓한 거리를 걸어 일본 어학원에 갔다.

한국어가 듣기 좋아 한국어를 배우고 싶다는 앤디의 말을 나는 고백 비슷한 것으로 해석했다. 물론 여기에는 많은 용기가, 심지어 광기에 가까울 만큼 우스꽝스러운 자기최면이 필요했다. 그는 취향이 아주 독특한 남자도 아니었고 딱히 동양 여자에게 관심이 있는 것 같지도 않았다. 아랍 계열부터 시베리아 소수민족까지 런던 거리에 지역별로, 종류별로 널린 것이 젊고 예쁜 동양 여자였다. 그리고 나로 말할 것 같으면, 사십 년에 육박하는 인생에서 소녀 시절에도 예쁘다는 소리를 들어본 적이 없었고 이제는 여자라는 말을 붙이기도 뭣할 만큼 곰삭은 여자였다. 요컨대 앤디는 나를 매개로 인생의 어느 고비를 넘고 싶은 것이리라. 이런 내 나름의 결론이 싫지 않아 런던에 두 달 정도 더 머물기로 했다. 그사이에 '안정민'보다는 '제이-민'이라고 불리는 데 익숙해졌다.

그동안 익힌 일본어 표현이 적지 않았다. "나는 홍차보다 커피를 더 좋아합니다." "그는 키가 크고 머리가 좋습니다." "그녀는 상냥하고 예쁩니다." "나의 형은 저기서 만화책을 읽고 있습니다." 이치, 니, 산, 시, 고…… 숫자 공부를 하며 돈 계산법, 시간 읽기, 날짜 읽기도 배웠다. 늦은 오후와 저녁 시간, 주말에는 통번역 아르바이트를 많이 했다. 그 시각에 앤디는 영어학원에서 아프리카인이나 아시아인, 비영어권 유럽인에게 영어를 가르쳤다. 그가 이 년 정도 다닌 회사를 그만둔 건 작년 가을이었다.

'런던'이라는 두 음절에 절로 연상되는 잿빛 날씨였다. 희끄무레하고 우중충한 기운이 만연한 가운데 앤디와 나는 포트레이트 박물관에 갔다. 연한 갈색 혹은 베이지색의 기품 있는 건물이었다. 때마침 러시아 국립 박물관의 초상화들을 전시하고 있었다.

"영국과 러시아라니, 좀 안 어울려요."

"글쎄, 러시아에 대해서는 아는 게 별로 없어요. 도스토옙스키가 이렇게 생겼던가요?"

"예, 맞아요. 출판사 다닐 때 『죄와 벌』, 『카라마조프 가의 형제들』 편집했어요. 역자랑 친해요."

"러시아 문학을 전공하는 한국인이라, 너무 이례적인걸요."

'unusual'이라는 단어가 인상적이었다.

"예외적? 일본어 배우는 영국인은 안 이례적인가요?"

"그런가요? 그럼 이건 어때요?"

이어, 앤디는 이제 막 출시된 로봇처럼 천천히, 또박또박 다음의 문장을 한국어로 말했다.

"나는 한국에 가본 적이 있습니다."

"아! 앤디, 그런 말은 어디서 배웠어요?"

알고 보니 앤디는 대학 졸업 직후 국경 없는 의사회 소속으로 반년 정도 서울에 머문 적이 있었다. 그 무렵 나는 『카라마조프 가의 형제들』을 편집하고 있었으리라. 우연의 일치라고 할 수도 없는 이런 시시껄렁한 일이 꽤 의미심장하게 와닿았다.

런던 국립 초상화 박물관에서 헨리 8세와 그의 첫 아내 앤, 그들의 딸인 엘리자베스 1세 등을 둘러본 다음 우리는 처음으로 정찬을 먹었다. '영국 음식'을 검색어로 넣으면 제일 먼저 뜨는 '피시 앤 칩스'였다. '피시'는 동태전의 튀김 버전에 가까웠고 '칩스'는 감자튀김이었다. 앤디는 금방 접시 하나를 다 비웠지만 나는 김치 생각이 절실했다. 그나마 감자튀김은 맛있었지만 피시는 너무 두툼하고 느끼해서 절반밖에 먹지 못했다. 식당을 나오자마자 담배부터 피웠다. 앤디는 약간 떨어진 곳에서 나의 흡연을 기다려, 아니, 참아주었다.

아마 그날이 기점이었던 것 같다. 우리는 주말에는 항상 함께 산책을 다녔다. 앤디와 함께 거닐었던 장소만큼이나 함께 먹은 음식이 기억에 남는다. 세계 어디에나 있는 '맥도날드'의 햄버거와 프렌치프라이도 어딘가 특별했다. 현금을 손에 넣은 날에는 런던에 있는 한국 식당, 일본 식당, 중국 식당을 찾았다. 그에 대한 화답으로 앤디가 나를 데려간 곳은 인도 식당이었다. 한국이나 일본에서 먹는 카레와는 사뭇 다른, 어딘가 더 본토의 맛처럼 느껴졌다. 우리의 마지막 식사는 선데이 로스트였던 것으로 기억된다. 오븐에 오랫동안 구워 얇게 저민 소고기 몇 장에 그레이비 소스를 뿌리고 스트링 빈스, 당근, 완두콩, 콜리플라워, 으깬 감자를 곁들인 접시가 나왔다. 우리가 아는 푸딩과는 전혀 닮지 않은 요크셔 푸딩도 함께였다. 마지막을 거나하게 장식하기 좋은 푸짐한 식사였다. 하지만 속이 불편해서 다음 날 아침에는 사발면 육개장과 포장 김치를 먹어야 했다.

런던에 온 지 석 달째, 떠날 채비를 했다. 그도 짧은 여행 준비를 했다. 이 무렵 우리의 대화 속 'you'는 어째 반말에 가까워져 있었다.

"요크셔 가려고 해. 아버지가 잠깐 다니러 온대."

"어디 계신대?"

"지금 아버지의 근무지는 평양이야."

"아! 거기, 안전해? 대체 무슨 일을 하시길래? 아니, 거기서 나오고 싶을 때 언제든지 나올 수 있어?"

'남한' 사람인 우리에겐 '평양'이 생명체가 살 수 없는 무슨 행성, 심지어 태양계에서도 빠져버린 명왕성처럼 여겨졌다. 나의 질문 공세에 그는 웃음을 터뜨렸다.

"그럼. 휴가 내면 나올 수 있지. UN 식량 농업기구에서 파견되신 거야."

"아! 그럼 요크셔가 고향이고?"

"아니, 거긴 아홉 살에 갔고…… 난 아프리카에서 태어났어. 잠비아 알아? 태어나긴 거기서 태어났고 그다음에는 짐바브웨로 갔어."

살짝 화가 난 듯, 모욕감을 느낀 듯 표정이 애매했다. 그러나 예의 그 영국 남자 특유의, 어쩌면 앤디 특유의 자제력을 발휘하며 예의 그 차분하고 또렷한 목소리로 말을 이어갔다.

"거기도 바오밥 나무가 있어? 왜, 『어린 왕자』의 아프리카에 나오는?"

"어린 왕자가 사는 별에 바오밥 나무 씨앗이 떨어져서 자란 거 아니었어?"

이 대화를 나눈 것은 알드게이트역 근처, 빨간 전화부스와 가로수 옆에서였다. 이미 어스름이 내리고 가로등이 켜져 있었다. 석 달 동안 만나온 남자와 여자가 서로의 눈을 응시하며 마주 서 있었다. 일 년 전 그와의 마지막 만남을 회상하는 지금에는 울화가 치민다. 아이 엄마여도 이상하지 않을 동양인 노처녀와 한창때인 영국인 청년이라. 앤디가 물음을 던졌는데 그보다는 그의 몸 깊은 곳에서 올라오는 입김이 더 매혹적이었다.

"키스해도 돼?"

역시 너는 영국 남자인 거니. 이 말은 목구멍에서 맴돌다가 입김이 되어 밤공기 속으로 사라지고 나의 짧은 대답만 남았다. 그는 두 손으로 내 어깨를 감싸 쥐며 입을 맞추었다. 처음이자 마지막이 된 우리의 키스는 우리가 그동안 많이 가까워졌다는 표지였다. 앞으로 더 친해질 수 있으리라는 보증이기도 했다.

*

귀국한 다음에는 외주 편집 일을 많이 했다. 통번역 아르바이트도 일감을 가리지 않았다. 최저생계비로 사는 데 익숙해져 돈이 제법 쌓였다. 그 돈으로 '로쟈와 함께하는 문학 기행'을 떠났다.

초가을, 주제는 카프카였다. 첫 도착지는 오스트리아의 빈이었다. 프로이트 박물관에 이어 현대미술관으로 쓰이는 벨

베데레 궁전을 둘러보았다. 클림트, 에곤 실레, 뭉크 등 모조리 세계문학의 표지로 썼던 그림들이었다. 다음 날 오전, 빈에서 프라하로 이동하는 길, 오전에는 에코의 『장미의 이름』의 배경인 멜크 수도원에 들렀다. 소설과 영화 속의 음침한 느낌은 찾아볼 수 없는, 밝고 웅장한 분위기였다. 프라하에 들어온 다음에는 카프카 카페, 카프카 동상, 카프가 묘지 등 각종 카프카를 찾아다녔다. 카프카의 발자취를 밟으며 나는 카프카를 읽지 않았음이 확실한 앤디를 생각했다. 숙소에 들어온 다음에는 그와 통화했다. 시차가 한 시간밖에 나지 않는 것이 감동적이었다.

"카프카 동상 말인데, 상체가 있어야 할 부분이 커다랗게 길쭉한 구멍처럼 푹 파여 있어. 그 위에 정장 차림의 작가가 목마 타듯 걸터앉아 있는 모습이야. 그쪽은 어때?"

그의 관심은 온통 총선에 쏠려 있었다. 테레사 메이보다는 제러미 코빈을 지지했는데, 아무래도 판은 보수당 쪽으로 기울고 있어 불만이었다. 물론 브렉시트에도 반대였다. 이런 얘기 끝에 그가 짧게 덧붙였다.

"어쩌면 내년에 보스톤에 갈지도 몰라. 슬론에 합격했어."

경어법이 사라진 탓인지 거침없고 가끔은 냉소적이기도 했다. 지금이 그랬다. '슬론'이 뭔지, 어딘지 전혀 몰랐지만 물어보지도 않았다. 드레스덴에 도착했을 때는 나도 단단히 삐쳐 있었다. 이 도시는 도스토옙스키가 유럽 체류 시절에 머문

곳이기도 하다. 그에게 감동을 안겨준 라파엘로의 명화「시스티나의 마돈나」를 다소 심드렁하게 구경하고 베를린을 거쳐 귀국했다.

한 해를 넘기고 연초 겨울, 또 로쟈를 따라 떠났다. 몹시 추운 날씨임에도, 또 동유럽이 아니라 러시아임에도 지난가을보다 신청 인원은 더 많았다. 혹한에는 역시 동토의 땅으로 떠나고 싶은 것일까. 맨 먼저 도착한 곳은 모스크바 근교 셰레메티예보 공항이었다. 러시아어를 하나도 모른 채 러시아 소설을 몇 권이나 편집한 내가 난생처음 러시아 땅을 밟은 첫 감회란 '춥다'였다. 버스로 네 시간 남짓 가서 톨스토이 영지를 둘러보았다. 을씨년스러운 겨울 들판에는 켜켜이, 층층이 눈이 쌓여 있고 곳곳에 하얀 자작나무가 서 있었다.『안나 카레니나』가 아니라 솔제니친의『이반 데니소비치의 하루』가 나올 공간이었다.

저녁 늦게 모스크바로 돌아와 앤디와 짧은 문자를 주고받고 잠들었다. 다음 날 도스토옙스키의 생가를 구경하고 기차로 페테르부르크까지 갔다. 도스토옙스키가 말년을 보낸 아파트, 그의 무덤이 있는 묘지를 둘러본 다음 숙소로 왔다. 똑같이 눈, 코, 입이 달려 있음에도 사람이 다른 사람의 말을 하나도 못 알아듣는다니, 뭔가 야릇한 느낌이었다. 이 야만스러운 북국의 동토에서 한국인 안정민과 적도 근처에 태어난 영국인 앤드류 테일러가 화상통화를 하고 있다. 시차는 겨우 두 시간. 바깥 풍경 한 장을 찍어 앤디에게 보냈다.

"영하 24도! 제이-민, 너 추위도 많이 타는데 괜찮아?"

"아니, 얼어 죽겠어."

"트럼프가 부임해서 여기도 꽁꽁 얼어붙을 거야."

"뭐야, 그 썰렁한 농담은!"

귀국해보니 그의 썰렁한 예언이 실현되는 듯했다.

5월에는 일본에 갔다. 2박 3일 동안 로쟈의 꽁무니를 졸졸 따라다녔다. 러시아 문학 기행보다도 인원이 많아서 자글자글, 오글오글 수다스러운 분위기였다. 우리 일행뿐만이 아니었다. 어딜 가나 일본인 특유의 과장된 발음으로 "카와이!(귀엽다!)"가 쏟아져 나왔다. 간사이공항에서 점심을 먹은 다음 관광버스를 타고 도착한 곳은 시인 윤동주가 마지막으로 다닌 도시샤대학이었다. 그곳에서 육필로 쓴 「서시」가 새겨진 시비를 보고 그가 일경에 체포되기 전까지 살았던 하숙집에 갔다. 그의 흔적을 너무 쉽게 짚어본 다음 날에는 교토의 금각사에 갔다. 미시마 유키오 덕분에 누구나 한 번은 보고 싶어 하는, 또 보면 심드렁해지는 그 유명한 금각사였다.

탐미주의와 허무주의의 극점에서 앤디와 통화했다. 여행 중인 나에게는 여덟 시간의 시차가 어마어마하게 느껴졌다. 앤디는 마크롱의 당선으로 들떠 있었다. 마크롱과 그의 스물

몇 살 연상의 아내와의 로맨스에는 더 흥분했다. 그것을 나는 또다시 모종의 고백으로 받아들였다. 이제는 자기최면도 필요 없었던 것이, 굳이 자존심을 내세울 것도 없이 그가 너무 보고 싶었기 때문이다. 그의 마지막 말은 여자로서의 나의 허영심을 적절히 채워주었다.

"한국 갈 것 같아."

"놀러?"

"아니. 장학금을 받을지도 모르겠어."

"아!"

"그 '아!' 소리, 얼굴 보고서 듣고 싶어."

이쯤 되면 마냥 자기 환상만은 아닌 것 같았다. 그러나 사랑의 확신이 불안으로, 두려움과 떨림으로 바뀌는 것도 순식간이었다. 여행의 마지막 날, 『설국』의 작가 가와바타 야스나리의 생가터를 보고 귀국한 다음에도 여전히 그런 상태였다.

*

사실 런던 이후 서울 생활에는 우울증이 스멀스멀 기어들고 있었다. 나는 오피스텔이라고 박박 우길 수 있는 크기의 원룸에 틀어박혔고 그렇게 삼시 세끼를 해결했다. 해가 어둑해질 때면 동네 반찬가게로 나가 미역 줄기 볶음, 가지무침, 고등어구이 두 토막, 고들빼기김치, 선짓국, 고추찜, 콩자반 같은 것을 두어 개 사 왔다. 먹고 남은 음식은 바로 냉동실에 넣었다. 꽁꽁 언 음식물 쓰레기는 다음 날 반찬을 사러 나갈 때 처리했다. 슬금슬금 밤낮이 뒤바뀌었다. 내 방의 위층에도 올빼미 한 마리가 살았다. 거의 대낮에 깨어나는 올빼미는 밤마다 어김없이 똥을 싸고 샤워를 했다. 그것도 아주 오래 했다. 똥과 샤워 사이에 엄청나게 지독한 담배 연기가 내 방까지 흘러들어왔다. 얼굴 한 번 본 적 없는 그 올빼미와 친해지는 동안 나의 음식물 쓰레기 처리법에도 모종의 미학적 지향이 생겨났다.

밥을 먹고 나면 반찬 그릇이나 냄비 앞에 붙어 앉아 소위 작업에 몰두했다. 고등어나 갈치조림에서 생선 살을 다 발라 먹고 남은 생선 뼈를 정성껏 똑똑 분질렀다. 커다란 무 조각은 손으로 움켜쥐고 무지막지하게 뭉그러뜨렸다. 좀 굵게 썰어진 것, 가령 무친 가지나 과일 껍질은 열심히 가위질을 했다. 당근과 양파도 한 번씩은 손을 거쳤다. 그 모든 것은 변기 속에 퍼부었다. 변기 안쪽에 불그스름한 기름 떼 큰 원이 그려졌다. 아무래도 남은 음식물을 처리하려고 이 고생을 하는 것이 아니라 이 쾌락을 맛보려고 일부러 다량의 음식물을 남기는 꼴이었다. 이 일이 나의 일과 중 가장 강도 높고 유의미한 노동이었다. 덕분에 금방 잠이 들었다.

꿈은 저녁의 칼질, 가위질, 뭉개기, 휘젓기, 뒤섞기의 향연이 되었다. 그런데 그 대상이 음식물이 아니라 시체로 바뀌었다. 위층에서는 샤워기 소리, 변기 물 내리는 소리가 꾸준히 들려왔다. 내 눈앞에는 선혈이 낭자한 변기와 욕실이 떠올랐다. 나는 꿈의 공간에 유폐된 채 욕실 바닥, 욕실 벽, 변기 곳곳에 묻어 있는 싱싱한 피를 씻어내는 장면을 보는 환시에 시달렸다. 누군가가 날카로운 날이 번득이는 식칼을 들고 악몽에 시달리는 나의 몸을 난자하는 환각도 동반되었다. 누구지? 런던의 그 일본어 선생님? 아무튼 아담한 체구에 오목조목한 이목구비의 날렵한 동양인이 학구적인 호기심과 어린애다운 천진함을 뽐내며 나의 몸을 회 뜨듯 저며낸 뒤 그 조각들을 도마 위에 반듯이 올려놓고 정성껏 칼질했다. 이 괴상한 소꿉놀이는 항상 잘게 다진 살점들을 변기 속에 집어넣고 거센 물살과 함께 흘려보내는 것으로 끝났다. 매일 밤 주기적으로 들려오는 위층 올빼미의 변기 물소리, 다져지고 뭉개진 음식물은 나의 질서정연한 정신에 보일락 말락 한 균열을 만들어갔다.

꼬박 두 달을 그렇게 살다가, 런던에 있을 때처럼 백팩에 노트북과 편집 중인 원고와 소설책을 챙겨 넣고 무조건 집을 나갔다. '집밥' 먹는 올빼미 생활은 의외로 쉽게 청산되었다. 하지만 대학 시절의 인간 분류법을 떠올리며 소설을 써보려는 시도는 역시 실패로 끝났다. 유모차를 바깥에 세워두고 커피숍 안에서 『해리 포터』를 쓴 조앤 롤링은 그래서 천재였나 보다. 남의 소설 원고를 교정보는 것도 귀찮아 영화만 두어

편 보고 들어오는 날도 있었다.

카프카 기행을 다녀온 다음에는 난생처음 정신과 진료를 보았다. 러시아 문학 기행을 다녀온 다음에는 항우울제를 먹기 시작했다. 그리고 지금 금각사를 보고 온 직후에는 운전면허학원에 등록했다. 대학원을 나온 뒤로 방학은 없지만 대신 백수 시절을 만끽할 수는 있었다. 내 눈엔 영락없이 고등 한량과 지식노동자의 짬뽕처럼 보이는 저 로쟈 역시 우울증을 앓고 있는 건 아닌지 조금 궁금했다.

필기시험에 합격했을 즈음, M출판사 다닐 때 함께 책을 만들었던 번역가를 만났다.

그녀의 이름은 고은영이다. 그녀와 가까워진 건 총 3종 6권의 책을 만들면서였다. 서른의 미혼 여성, 험준한 산이 많고 보수적인 지방 출신, 어딘가 좀 없어 보이는 옹색한 몰골, 무엇보다도 골초. 대놓고 공통분모가 많았던 우리는 교정지를 들고 흡연할 수 있는 카페를 찾아다녔다. 두세 시간 담배를 피운 다음에는 쓰린 속을 풀어줄 음식점으로 향했다. 주로 부대찌개, 해장국, 순댓국, 갈비탕, 죽도 자주 먹었다.

십여 년이 흐르는 동안 그녀는 결혼했고 아이를 낳았다. 저 극악한 집밥에서 해방되기 위해 주부인 그녀가 먼저 제안한 곳은 합정역 근처 수제 햄버거집이었다. '동구 밖 과수원', 우리의 메뉴는 영국식 아침을 연상시켰다. 넓적한 접시에 소시지, 달걀부침, 감자튀김, 가든 샐러드가 장식처럼 배치되어 있었다. 다른 접시에는 두툼한 패티에 넓적한 사과 한 쪽, 치즈 한 장, 양상추가 들어간 햄버거가 얇은 꼬챙이에 의해 정중앙을 관통당한 가운데 덩그러니 놓여 있었다. 큼직한 양송이구이가 있으면 금상첨화겠다 싶었다. 그 아쉬움을 햄버거의 구성요소를 덜어 잘라 먹으며 달랬다. 피시 앤 칩스, 로스트비프 앤 요크셔 푸딩, 블랙 푸딩, 스콘, 머핀, 인도 카레 등 앤디와 함께 먹은 음식들이 떠올랐다.

십여 년 전 『카라마조프 가의 형제들』 교정지를 앞에 두고 담배를 피우며 커피를 마셨던 우리는 게걸스럽게 식사에만 열중했다. 그녀의 화제는 아이였다. 언젠가 아이가 발달이 늦다고 얘기한 것이 기억난다. 그리고 지금, 아무리 늦어도 만 육 세까지는 정상 궤도에 올라와야 마땅한데 여전히 따라잡지 못했다고 한다.

"말을 잘하니까 괜찮을 줄 알았어요. 의사들도 괜찮다고 했거든요. 하지만 막상 검사해보니까 언어성 지능만 평균 범주지, 동작성 지능은 진짜 정신지체더라고요. 그 자리에서 의사한테 장애 진단서 받아 주민센터에 갖다 냈어요. 모든 걸 내려놓아야 하니까요."

"그래도 말을 잘하니까 언젠가는 따라잡지 않을까요? 저 같으면 검사지를 그냥 갖고만 있겠어요."

198

"그러게, 정민 씨 말대로 시간을 끌수록 고민만 많아질 것 같더라고요. 하지만 이제는 모든 걸 내려놓아야죠.(그녀는 이 말에 꽂힌 것 같았다!) 지적장애 3급이라…… 나는 정말 실패한 인생 같아요, 정민 씨. 학위 받은 지 십 년도 넘었는데 자리도 못 잡고 애도 이렇고…… 너무 힘들어서 약이라도 먹으려고요."

주저리주저리 떠드는 과정을 통해 고은영은 자신의 우울을 치료하는 중이었다. 나는 우울증 환자들의 병력을 쭉 청취한 다음 동료를 찾아가 자신의 우울증을 푸는 정신과 의사 신세였다. 우울증의 연대랄까. '저는 벌써 먹고 있어요, 선생님. 주치의 소개해드릴까요? 김여운이라고, 이름만큼이나 얼굴도 예쁜 의사예요.' 이런 말은 그냥 물 한 모금에 알약 삼키듯 꿀꺽꿀꺽, 했다. 자낙스, 렉사프로, 졸피뎀, 꿀꺽꿀꺽.

"시골로 내려갈까 생각도 해봤지만, 아이 치료받을 기관도 없고요……"

동어반복의 사슬 속에서 참을 수 없는 흡연의 욕구가 치밀어 올랐다. 그녀도 알아차렸다.

"정민 씨, 담배 피우고 싶죠?"

일반 주택을 개조한 식당의 바깥에는 소담한 꽃밭이 있고 옆에 벤치가 마련돼 있었다. 그사이 화장실을 다녀온 고은영은 군이 내 옆에 최대한 붙어 있었다.

"지금도 너무 좋아요, 담배 연기, 이 냄새요. 다시 한번 물면 절대 못 끊을 것 같아요."

담배를 피우는 나를 곁눈질로 쳐다보는 그녀의 표정이 한 없이 처연했다. 이 평범한 취향이 그녀에게는 어마어마한 호사였다. '그럼 다시 피우면 되잖아요?' 이런 소리가 목구멍까지 올라왔지만, 지금 꼬나문 담배처럼 깊숙이 들이켜고만 말았다. 정신지체아를 키우는 마흔 살 엄마한테 할 소리는 아니지 않나. 대신, 앤디가 정말로 한국에 올 경우, 또 행여 더 친해질 경우 우리 앞에 펼쳐질 미래가 절로 그려졌다. 하나같이 어떤 정황이 아니라 사건, 아니, 사고였다. 띠동갑 연하의 영국인 대학원생 남편, 마흔 살의 임신부, 다운증후군 신생아의 젖을 먹이는 산모, 월세방의 세 식구…… 역시, 지금 이대로가 좋다. 관성의 법칙은 진리다.

이 결론이 너무 좋아 담배 한 대를 더 피웠다. 고은영은 이제 아주 대놓고 나를 바라보았다. 나는 그녀의 얼굴을 향해 그윽하게 담배 연기를 뿜어주었다. 그녀는 허공을 향해 고개를 가뿐히 쳐들고, 오늘처럼 화창한 날, 한낮의 햇볕 세례를 즐기듯, 애연가만이 알 수 있는 매캐하면서도 고소하고 담백한 담배 연기의 맛을 음미했다. 그녀의 얼굴에 열락의 기쁨이 번졌다. 바보. 병신. 등신. 백치. 나는 그녀가 지금 번역하고 있는 도스토옙스키의 『백치』를 응원했다.

*

　기능 교육이 시작됐다. 첫날, 두 시간이 예약돼 있었다. 로비의 의자에는 교육받을 사람들이 영화관이나 극장의 관객들처럼 빼곡히, 복작복작 앉아 있었다. 대부분이 젊고 심지어 어렸다. 마흔이라는 나이가 아로새겨졌을 내 얼굴과 몸을 떠올리며 절로 주눅이 들었다. 열시 삼십분이 가까워지자 기능 강사들이 나타났다. 그들 역시 예약증을 뽑았다. 그들이 수강생 이름을 부르면 대기하던 자들이 하나둘 일어섰다. 기능 강사와 수강생은 서로 짝이 되어 임시 건물 느낌을 주는 썰렁한 대기실을 나갔다. 바깥에서는 여름 햇볕이 가득 내리쬐고 있었다. 뭔가 굉장히 음란한 장면이었다.

　"안정민 씨? 가시죠."

　내 이름을 부른 강사는 대부분의 강사와 마찬가지로 중년, 어쩌면 노년에 가까웠다. 체구가 왜소하고 다리도 안짱다리까지는 아니지만 살짝 휘어 있었다. 이목구비는 곱상해도 한창때도 인물 좋다는 소리는 못 들었을 법했다. 그와 함께 장내 기능 코스 연습장에 세워진 차를 타고 더 위쪽에 있는, 시멘트 바닥의 연습장으로 올라갔다.

　"첫 시간이죠?"

　"예, 핸들을 잡아본 적도 없어요."

　그는 간단한 설명을 한 다음 조수석에 앉은 나를 운전석 앞에 앉게 했다.

"오른발 브레이크에 놓고 오른손으로 핸들 잡고 왼손으로 의자 조절하고, 보통 핸들은 이렇게 움직이는 거고요⋯⋯"

큼직한 플라스틱 도넛 같은 물건에 두 손을 올려놓고 좌우로 움직여 보았다. 어느 지점에서 정말로 자동차가 움직이는 것이 느껴졌다.

"아! 이거 지금 내가 모는 거예요?"

"아니, 그럼 운전대 잡은 사람이 모는 거지, 누가 몰아요?"

그는 이런 질문은 처음 듣는다는 듯 킥킥거렸다. 서너 번을 돌다 보니 벌써 오십 분이 지났다. 그와 나는 다시 자리를 바꾸었고 그는 차를 아래층 연습장에다 세웠다. 다른 쌍들도 수업을 끝내는 중이었다. 그중 한 강사가 나에게 소리쳤다.

"이 김광석 강사가 우리 학원 스타 강사예요! 게다가 총각이에요, 하하."

저 유명한 이름 석 자보다도 '총각'이라는 말이 먼저 각인되었다. '미혼'도 아닌 '총각'이라니, 말하자면 열시 반 직전 대기실의 짝짓기처럼 음란했다.

"어, 진짜예요?"

"왜요, 나이 든 남자는 다 결혼한 놈이어야 돼요?"

"뭐 그건 아니지만, 일반적이지 않잖아요?"

"그럼 그쪽은 결혼했어요?"

"그러고 보니 저도 미혼이네요."

'총각'에 운을 맞추려면 '처녀'라고 해야겠지만 이건 '총각'이라는 말보다 두 배, 세 배는 더 음란했다. 나로 말할 것 같으면 마흔 살의 노처녀지만, 나보다 한참 더 늙은 노총각 앞에서는 졸지에 낭랑 십팔 세 처녀로 회귀한 것 같았다. 앤디와 있을 때 느꼈던 서늘한 열패감, 그 원한이 묘하게 설욕되고 있었다. 두번째 시간에는 더 그랬다. 내가 수다스러워지자 그도 그랬다.

"기능 강사 생활 십 년 넘도록 이렇게 재미있기는 처음이네요."

수업 내용은 비슷했다. 같은 연습장, 경사로, 신호대기, T주차, 가속 등 그는 시험과 관련된 항목을 열심히 학습시켰다. 하지만 핸들도 처음 잡아보고 브레이크와 액셀을 밟을 줄도 모르는 사람한테 시험공부라니, 애초에 강사로서는 아예 글러 터졌다고 해야겠다.

"원래는 지금쯤 아래 장내 연습장으로 내려가야 하는데, 감이 너무 없어."

그의 말과 거의 동시에 내가 액셀을 밟아버렸다.

"아니, 그건 왜 밟아?"

"아! 그냥 재미있을 것 같아서요."

"아휴, 여동생 같으면 그냥 한 대 쥐어박았을 텐데."

시집보낼 딸이 있어도 이상하지 않을 나이인데, 비유를 해도 '여동생'이라니.

학원에서 전철역까지 걸어가는 동안 평생 결혼하지 않은, 혹은 못한 늙은이들의 연대에 대해 생각했다. 그의 자리에 나를 갖다 놓으려면 십이 년만 더하면 되었다. 그게 무척 자그마한 시간 토막처럼 여겨졌다.

저녁에 앤디는 달뜨는 소식을 전해주었다. 화면 속의 그는 영어학원의 로비에 앉아 있었다. 국내 S기업의 장학금을 받고 S대학 경영대학원에 입학하는 절차가 거의 마무리되었다. 모든 수업이 영어로 진행되는, 외국인 학생을 위한 과정이었다. 9월 전에는 도착할 것이다. 숨 쉬는 모든 시간이 그를 기다리는 시간이 되었다. 이틀 뒤 또 좋은 소식이 있었다. 최근에 면접을 본 회사에서 최종 합격 소식을 전해왔다. 출판사가 아니라 잡지사였다. 앤드류 테일러와 안정민, 아니, 앤디와 제이-민. 일 년쯤 전 런던에서 얼치기 백수로 만났던 우리는 서울에서 잡지사 편집자와 경영대학원 학생으로 재회하게 될 것이었다.

다음 날, 기능교육 3-시간, 4-시간. 대기실에 앉아 막연히 또 그의 간택을 기다렸다. 열시 삼십분쯤, 그가 나타나기는 했다. 하지만 나와는 눈도 마주치지 않고 예약증만 뽑았다. 그가 부른 이름의 주인공은 요즘 유행하는, 밑단이 찢어진 나팔 청바지를 입은 젊은 여자애였다. 하이웨이스트 디자인이었는데, 결코 날씬하다고 할 수 없는 몸매임에도 하얀 셔츠를 바지 속에 밀어 넣고 통통한 아랫배와 푸짐한 엉덩이, 허벅지를 드러내놓은 자신감과 당당함이 부러웠다. 거리에서 얼마든지 볼 수 있고 이 대기실에도 넘쳐나는, 평범하기 짝이 없는 이 여자애가 대놓고 아니꼬웠다. 아니꼬움을 느끼는 나 자신이 더 아니꼬운 건 말할 필요도 없었다. 그는 그녀와 함께 연습장을 향해, 밝은 한데로 나갔다. 너는 그야말로 두 시간 인연이었을 뿐이라는 투였다. 이상하게도, 당혹스럽게도, 어떤 서늘함이 느껴졌다.

그사이 나의 이름이 호명되었다. 학과 수업을 담당했던 중후한 느낌의 강사였다. 오십 분 수업을 통해 그는 나를 아래쪽 기능 코스 연습장으로 내려다주는 데 성공했다. 그다음 시간은 또 다른 중년 강사가 맡았다. 훤칠한 키에 시원시원한 이목구비며 왕년에는 미남 소리를 들었을 법했고 아마 오랜 습관대로 와이셔츠를 바지 속에 넣고 벨트를 매고 있었다. 거뭇거뭇한 반점이 보이는 불그죽죽한 목에는, 지난 시절의 유행을 반영하듯, 굵직한 황금색 체인이 멋쩍게 걸려 있었다.

다음날, 5-시간, 6-시간. 나의 첫 강사는 도로 주행을 나갔는지 아예 보이지 않았다. 짧은 순간, 그의 부재가 강하게 인지되었다. 이번 강사는 '조폭' 하면 떠오르는 청각영상에 딱 부합했다. 푸짐한 몸집은 강사용 줄무늬 셔츠로 간신히 가렸고 전형적인 깍두기 머리 곳곳에 흰머리가 눈에 뜨였다. 중년이라고 하면 당장 주먹을 날릴 것 같은 살벌한 인상까지 덤으로 붙었다. 차에 탄 다음에는 말없이 채점기를 켰다.

"엔진 켜고 브레키('브레이크'도 아니다!) 밟고 드라이브 넣고…… 이제 기계가 시키는 대로 하면 되고."

진한 경상도 사투리와 묵직한 저음의 몇 마디 뒤에 또 침묵이었다. 목소리는 삼엄하고 발음은 헐거웠다.

"바퀴 감고 바퀴 풀고……"

한참 뒤에야 '바퀴'가 '핸들'을 말한다는 것을, 또 핸들이 차바퀴를 조작하는 손 도구라는 것을 이해했다.

"주차 구역, 탈선, 감점입니다."

"아! 왜 탈선이죠?"

"비뚤게 들어갔으니 그렇지."

이 정도의 대꾸도 여기서 끝이었다. 말은 채점기가 대신해 주었다. 수업이 끝나자 그 흔한 '수고했다'라는 말 한마디 없이 사라졌다.

그런 그가 마음에 들었지만, 아쉽게도, 다음 시간에는 또 다른 강사였다. 모든 수식어를 다 빼고, 젊었다. 얼굴의 표피가 너무 탱탱해서 윤기가 나고 이목구비 역시 처진 곳, 늘어진 곳, 접힌 곳 하나 없이 엄정한 선을 이루었다. 인중이 짧은 편이라 살짝 들린 윗입술 사이로 하얀 앞니가 드러났다. 두 이빨 위에 덧댄 것 같은 오른쪽 윗니가 왠지 참 매력적이었다. 몸놀림 역시 걸음만 떼도, 팔만 살짝 흔들어도, 고갯짓만 해도 젊음이 뚝뚝 떨어졌다. 지금껏 맡아왔던 것과는 전혀 다른 몸 냄새였다. 그는 조수석에 타기가 무섭게 내 이름부터 불렀다. 목소리, 입김도 젊었다.

"정민 씨, 일단 한번 몰아보세요."

채점기의 명령어에 따라 시동 걸고 기기 조작, 이번에는 전조등과 기어를 조작하고, 경사로를 넘었다. 다 넘자마자 강사는 채점기를 꺼버렸다.

"정민 씨는 이런 거 다 필요 없어요, 기본이 안 돼 있거든요. 브레이크랑 액셀은 이렇게 살짝 밟는 거예요, 그렇게 확 밟는 게 아니라."

갑자기 그의 손가락이 내 어깨에 와서 꽂혔다가 순식간에 떨어져 나갔다.

"정민 씨, 자동차는 이동을 위한 교통수단이잖아요? 그렇게 겁낼 필요 없어요. 운전자는 누구나 사고의 위험을 안고 있어요. 하긴 우리 인생 자체가 그렇지만요."

이렇게 운을 뗄 땐 그의 말은 시종일관 철학적이었다. 먼저 그는 자동차를 최대한 차로의 정중앙에 위치시키기 위해 나 자신의 몸으로 그 감각을 익혀야 한다는 근본적인 지적에서 시작했다. 그러고는 수업 내내 코스만 뱅뱅 돌리며 시선을 멀리 두는 법을 가르쳤다. 그의 운전 철학 수업이 계속되는 가운데 시속 십 킬로 안팎을 유지하며 가속 구간으로 들어섰다.

"가속 밟아도 돼요?"

"주행도 못하는데 무슨 가속을 해요?"

"주차 연습도 안 해요?"

"달리지도 못하는데 무슨 주차요?"

구구절절이 다 옳았다. 가장 진리인 것은 에어컨을 켜둔 밀폐된 고물 자동차를 가득 채운, 그가 내뿜는 젊음의 냄새였다. 예기치 못한 순간에 짧은 휴지부를 두고 두 번에 걸쳐 어깨에 와닿은 그의 손가락의 느낌이, 얇은 블라우스를 입어 맨살이 아니었음에도, 여전히 남아 있었다.

그날 밤, 나는 오랫동안 수음에 몰입할 수 있었다. 덕분에 약 먹는 것을 깜박했음에도 푹 잤다.

다음 날, 기능 교육 7-시간, 8-시간, 즉 추가 교육을 받았다. 미리 원하는 강사를 요청할 수도 있지만 대기실에 앉아 당최 누가 될지 모를 나의 짝을 기다리는 그 느낌이 좋았다. 예약증에 적힌 강사도 당일에는 항상 바뀌었다. 복불복. 이런 우연성의 폭력이 인생의 핵심적인 비의(秘義)인 것 같았다. 오늘의 대기실, 맨 앞줄에 앉아 있던 나를 호명한 사람은 뜻밖에도, 여자였다. 게다가 젊었다.

"일곱 시간째니까 잘하시죠? 한번 몰아보세요."

그녀는 파일을 옆에 내려놓고 채점기를 켰다.

이 젊은 여자 냄새를 지난번 그 젊은 남자 냄새와 엮어주고 싶다. 둘 중 어느 쪽이 더 자극적이지? 이 여자 쪽이다. 어느 정도 살집 있는 몸의 탱탱하고 푸짐한 허벅지, 가끔 내 핸들에 얹히는 하얗고 탄력 있는 손과 길쭉한 손가락, 따로 손질하지 않아 연분홍빛이 더 돋보이는 손톱, 옆으로 언뜻 비치는, 터질 것처럼 통통하고 뽀얀 뺨. 무엇보다도 한창 물오른 암컷의 냄새에 나의 오감이 통째로 반응했다. 고슬고슬하고 윤기 있는 음모로 뒤덮인 생식기마저 통통하고 향긋할 것 같았다. 스물여섯의 새내기 기능 강사라. 소신껏 선택한 직업에 만족하며 열심히 일하는 그녀의 풋풋한 자신감 역시 마흔이라는 인생의 숫자에 지친, 아주 그러기로 작정한 노처녀의 음란한 육욕을 무자비하게 찔러댔다.

"이 정도면 시험 보셔도 될 것 같은데요?"

수업이 끝나자 경쾌한 어조로 격려의 말도 덧붙여주었다. 그 이후에도 젊음의 냄새, 얇은 남색 바지로 감싼 풍만한 엉덩이와 허벅지, 완만한 허리 곡선의 도발은 그대로 남았다. 명백히 그녀 탓에, 저녁에 앤디와 통화하며 무지막지하게, 졸렬하게 화를 내버렸다.

"제이-민, 오늘 왜 그래? 내가 뭐 잘못했어?"

앤디는 어리둥절한 채로 전화를 끊었다.

주말을 보낸 다음 날, 마지막 강사의 충고에도 불구하고, 시험 직전에 추가로 한 시간을 더 들었다.

"안정민 씨?"

나의 이름을 부른 자는 나의 첫 강사였다. 반쯤 잊었다고 생각했는데 다시 보니 어쩐지 뭉클해졌다.

"잘 지내셨어요? 가시죠."

공손한 어조가 거슬렸다. 수업은 착 가라앉은 분위기에서 기계음과 함께 묵묵히 진행되었다. 세 번 정도 코스를 도는 동안 주차 탈선, 방향등 미소등 같은 약간의 감점이 있었다.

"잘하시네요."

시선을 앞쪽을 향한 채 그가 무뚝뚝하게 한마디 했다.

"그럼요, 오늘이 아홉 시간째인데요."

"지금쯤은 도로 주행 나가신 줄 알았는데."

"으악!"

옆에서 그가 얼른 브레이크를 밟았다. 가속 구간에서 액셀을 밟다가 경계석을 들이받은 것이었다.

"아니, 좀 있다가 시험 볼 양반이 차선도 못 잡으면 어떡해요?"

"아, 그러니까요! 혹시 저녁에 같이 밥 먹을래요?"

거절할 핑계가 없었는지 그날 저녁 우리는 감자탕 집에 있었다. 우리 집 근처였다.

"정민 씨는 술 안 마시나? 나는 저녁에는 한잔하거든."

자기는 알코올중독자라고 반쯤 농담까지 했지만 정작 많

이 마시지 못했다. 소주 두 잔을 마셨나, 얼굴이 금방 불콰해지고 숨소리가 거칠어졌다. 살짝 벌어진 입에서는 질척한 술 냄새가 풍겨 나왔다. 세번째 잔을 따를 때는 술병을 쥔 손이 미세하게 떨렸다. 그 자신도 의식하는 바람에 손은 더 떨렸고 급기야 식탁에 소주 두어 방울을 흘렸다. 멋쩍은 김에 담배를 꺼냈다가 아쉬운 듯 다시 집어넣었다. "식당은 다 금연이지." 그의 입에서 나오는 감자탕 양념 냄새와 술 냄새가 혼자 사는 남자 특유의 꼰질꼰질한 냄새와 뒤섞여 에어컨 바람 속으로 빨려 들어갔다. 아, 이 아저씨야. 표피부터 뼛속까지 구석구석 허물어져 가는 저 처연한 느낌이란. 퇴폐미에 대한 끌림이 아니라 그가 나보다 먼저 먹어버린 십이 년 세월에 대한 연민이었다. 앤디가 아직 나보다 덜 먹은 십이 년 세월에 대한 질투의 데칼코마니이기도 했다.

"아저씨, 저, 도로 주행 도와주실래요?"

"아저씨? 하, 그 말 참 오랜만에 들어보네."

그가 전직 마을버스 기사였음은 지금 알게 되었다.

"같은 말도 정민 씨한테 들으니 느낌이 새롭네. 그렇게 신청해봐요."

잡지사에 정식으로 출근하기 전까지는 보름밖에 남지 않았다.

도로 주행 첫날, 수업보다도 김광석과 함께 저녁때 먹은 음식이 더 이야깃거리다. 이번에는 학원에서 걸어갈 수도 있는 그의 집 근처 식당, 메뉴는 해장국이었다. 그는 황태해장국을, 나는 선지해장국을 먹었다. 이번에도 그는 소주를 홀짝거렸고 두 잔에 벌써 얼굴이 시뻘게졌다. 술 냄새에 전 그의 입김이 테이블 너머로 전해져왔다. 술김인지 내 해장국 뚝배기에서 선지 토막과 천엽, 내장 조각까지 건져 먹었다.

"기왕지사 여기까지 왔으니까 집 한번 구경시켜줘요."

그는 놀란, 그리고 부끄러워하는 기색이었는데, 그게 나의 장난기를 자극했다.

그의 집은 이층짜리 주택의 이층이었다. 큰방과 작은방은 크기 차이가 많이 났고 거실도 좁은 편이었다. 문을 열기가 무섭게 해묵은 홀아비 냄새가 풍겨 나왔다. 벽지와 천장 구석까지 찌든 그 냄새보다 더 독한 냄새가 있다면 전설처럼 그윽한 담배 냄새였다. 군데군데 뒹구는 빨랫감 틈새로 재떨이도 보였다.

"그래도 이게 내 집이라서 마음은 편해, 대출도 없고."

대놓고 자랑 같지만, 사실이라면 그는 아주 가망 없는 맹탕은 아니었다.

"대단하시네요, 나는 아직도 월세를 좀 내는데."

"정민 씨는 젊잖아."

"여자 나이 마흔이 뭐가 젊어요?"

내 말은 듣는 둥 마는 둥 그는 텔레비전을 켜고 작은 목제 밥상 앞으로 가서 앉았다. 너무 자연스러워 몇십 년 묵은 습관이라는 것이 보였다. 밥상 위에는 반쯤 마신 소주가 놓여 있었다. 말라비틀어졌다는 표현이 딱 맞는 마른 멸치 몇 마리, 질 나빠 보이는 홀쭉한 견과류도 몇 알 뒹굴었다.

"저어, 정민 씨, 나, 여자랑 자본 지 너무 오래됐고 이제는 아예 못할지도 몰라."

이런 말을 먼저 꺼내는 것 자체가 주책없는 짓인 줄 알지만 그럼에도 하지 않을 수 없을 만큼 절박했으리라. 온유한 눈빛으로 나를 바라보는 그의 표정과 나지막한 어조가 그렇게 말해주었다. 나는 그에게로 다가가, 안아도 되냐고 물어보지도 않고 그를 껴안았다.

"술 좀 그만 마셔요."

텔레비전에서 '삼시 세끼'인지, '효리네 민박'인지 왁자지껄 즐거운 배경음이 나왔다. 안아주다. 이런 표현이 무척 잘 맞았다. 그는 갑자기, 순식간에 늙어버린 어린아이 같은 구석이 있었으니까. 그는 열정과 육욕보다는 먹이고 입히고 재우고 싶은 욕구를 자극했다. 휴머니즘인가 모성 본능인가. 어차피 이 모든 건 수사의 향연일 뿐, 우리는 구질구질한 냄새가 나는 이불 밑에서 마냥 늙어가는 몸을 부대끼는 암컷과 수컷일 뿐이었다.

"들어올래요?"

"이 정도로는 안 될걸."

그는 아예 시도조차 하지 않으려 했고, 거의 그 말과 동시에 곯아떨어졌다. 1교시, 즉 다섯시 반부터 수업이 있었고 도로 주행이 많았으니 더 피곤했으리라. 그럼에도 소주를 몇 잔 마셔야만 잠이 든다니. 그의 적막과 고독 앞에서 아연한 느낌이 들었다. "아, 바틀비여, 인간이여!" 돌연, 퇴사 직전에 편집했던 소설의 마지막 어구가 떠올랐다. 이런 느낌도 잠시, 놀랍게도, 나 역시 그의 옆에서 금방 잠들었고 도중에 깨지도 않았다. 아침에 눈을 떴을 때도 나 자신의 좌표를 파악하는 찰나의 시간이 지나자 덥다는 감각이 먼저였다. 이 무더위에 에어컨도 없이 잤다니. 사부작대며 그를 간질여보았다.

"오늘은 4교시부터니까 좀 더 잘래."

밖으로 나와 그의 부엌을 뒤져보았다. 그의 밥솥에는 노랗게 변색한 밥이 들어 있었다. 몇 알은 아예 말라붙어 있었다. 찬장을 뒤져 쌀을 새로 안쳤다. 냉장고에는 묽은 된장국 하나 끓일 재료도 없었다. 아니, 된장 자체가 없었다. 그나마 찬장에 쌓아놓은 라면은 쓸 만해 보였다.

"나는 라면은 상당히 골라 먹어. 면을 기름에 안 튀기고 염분도 적은 거로."

부스스 눈을 비비고 나오며 그가 말했다. 냉장고에 든 싱싱한 달걀은 라면용인 것 같았다. 금방 지은 밥과 달걀을 풀어 넣은 매콤한 라면이 우리의 아침 식사였다. 식후에는 너저분한 밥상을 그대로 둔 채 퍼질러 앉아 거침없이 담배를 피웠다. 너무 좋았다. 아침이라 그는 소주는 마시지 않았다. 우리는 함께 밖으로 나왔다. 한여름의 무더운 기운이 우리를 확 덮쳤다. 내가 그의 손을 잡았다. 다한증인지 그의 손바닥은 벌써 땀에 젖어 끈적끈적했다.

그날 저녁, 런던 시각으론 오후, 앤디에게 서른세 살에 요절한 유명한 가수와 똑같은 이름을 가진 늙은 기능 교육 강사 얘기를 꺼냈다. 하지만 막상 화제가 된 것은 그가 아니라 가수 김광석이었다.

"「서른 즈음에」라는 노래를 불렀는데, 그즈음에 자살했어. 실제로 그즈음에는 누구나 한 번쯤은 자살을 생각하잖아."

이어, 김광석 아저씨와의 일을 얘기할까 망설였지만, 영작이 잘되지 않아 그만두었다. 최근 다시 논란이 된 가수 김광석의 죽음, 또 발달장애가 있는, 그의 딸의 죽음을 둘러싼 얘기만 길어졌다. 그사이 앤디는 도널드 트럼프와 김정은의 상호적인 미친 짓, 문재인 정부의 적폐청산 정책, 영국의 브렉시트 협상 난항 등을 화제로 삼았다. 그에게 박자를 맞추느라 나는 테레사 메이의 키튼 힐과 멜라니 트럼프의 킬 힐을 비교했다. 브리지트 마크롱의 푸른색 스키니진과 하이힐까지 덤으로 붙였다.

*

　도로 주행 시험을 이틀 앞두고 앤디를 마중 나갔다. 일정이 늦추어져 벌써 9월 첫 주였다. 인천공항. 북적대는 인파 속에서 나를 향해 한 손을 흔드는 그가 보였다. 창백하리만큼 새하얀 피부, 백인 특유의 작은 얼굴과 높은 콧대, 옅은 갈색 눈, 저 고색창연한 낱말 '아마빛' 머리카락. 일 년 남짓한 시간이 겨우 일주일처럼 여겨졌다.

　"Hi, Andy, how are you, oh no, how have you been?"

　"But we talked even yesterday, ha, ha! J-Min, you look so pretty."

　"Let's go. I'll show you your house, rather, your room. Would you like some sandwich?"

　내가 앤디에게 내민 것은 동네 빵집에서 산 로스트비프 샌드위치였다. 담백하고 쫄깃쫄깃한 치아바타 빵 속에 연분홍빛 로스트비프, 하얀 카망베르 치즈, 양상추와 토마토, 블랙올리브가 듬뿍 들어간 인기 상품이었다. 나는 식사하는 앤디의 모습을 음미했다. 음식을 씹는 입의 움직임, 불룩해졌다가 오목해지는 볼, 소스가 묻은 발그레한 입술, 무엇보다도 청신한 기운. 참 젊구나, 너는. 그리고 그렇게 건장한 체구가 아니었음에도 뼈대와 근육의 구조가 우리 동양인과 참 달랐다. 공항버스 안, 서로 나란히 앉은 채 느끼는 그의 몸은 더 그랬다.

큼직하고 굵직하고 그래서 든든하고, 그와 동시에 부드럽고 싱그러웠다. 긴 등받이에 몸을 파묻은 채 우리는 서로의 손과 뺨을 만지작거렸다. 그와 있으면 정녕 딴 세상에 와 있는 느낌이었다. 얼굴이 점점 더 발개지고 심장박동이 빨라졌다. 왠지 부끄럽고 그러면서도 뭉클했다. 도저히 오류가 있을 수 없는 이 명징한 감각에 가슴이 아려왔다. 나는 이 남자를 좋아한다. 그렇다.

서울대입구역 8번 출구에 앤디가 보증금 없이 매달 팔십만원을 내고 살 작은 원룸이 있었다. 짐을 풀기도 전에 우리는 지난여름 알드게이트역 근처에서 미루어둔 숙제부터 해치우려 했다. 지난 일 년 동안 우리의 몸이 어디에 있든 꾸준히 지속해온 통화, 시시각각 주고받은 문자, 수시로 교차한 다툼과 화해 등이 모두 지금 이 순간을 위해 존재해온 것 같았다. 앤디는 몸의 모든 '헤어'가 저 아마빛에 가늘고 윤이 났다. 이거야말로 불확정성과 우연성의 폭력에 기반한, 우리 인간사의 어마어마한 비의를 드러내 주는 징표 같았다.

"J-Min, can I kiss you?"

작년에 가로등 옆에서 던졌던 물음과 같은 말들이 우리의 몸 사이를 파고들었다. 미처 준비가 안 된 나와 달리 그는 피임 도구까지 갖고 있었다. 앤디는 끊임없이 내 느낌을 살피고 배려를 아끼지 않았다. 내 몸을 가득 채운 그의 몸을, 그 견고

한 중심과 거기서 뻗어 나오는 모든 기운을 오래도록 붙들고 있고 싶었다. 언제가 마지막이었지, 아무튼 내 인생에서 최고로 황홀하면서도 최고로 상냥한 정사였다. 정녕 그의 몸놀림과 숨결에는 청년으로 환생한 성숙한 중년 남성의 형식 같은 것이 있었다. 그는 나를 계속 안아주었고 침대에 더 오래 머물고 싶어 했다. 하지만 나는 온몸이 흠뻑 젖고 가쁜 숨을 몰아쉬는 와중에도 담배가 고파 미칠 지경이었다. 마침내 앤디가 잠들었을 때 조용히 밖으로 나왔다.

원룸 바깥쪽, 커피숍 건물 뒤편, 첫 모금을 들이켜기가 무섭게 머리가 핑 돌았다. 다리가 후들후들 떨려 나도 모르게 그만 주저앉았다. 마흔 살의 늦여름, 나는 지금 생애 주기의 한가운데에 서 있다. 앤디와 함께하면 매일 아침 커피와 크루아상을 먹고 곧잘 열정과 관능의 세계를 맛보리라. 하지만 앤디의 방랑벽이 또 언제, 어디로 튈까. MBA를 따자마자 일본이나 싱가포르로 날아갈지도 모른다. 나무꾼 제이-민이 선녀 앤디를 붙잡기 위해 아이 셋을 낳아야 할까. 우선은 고은영처럼 담배부터 끊어야 하리라. 김광석, 그 아저씨라면? 얼큰한 밥상 앞에 마주 앉아 '또 하루 멀어져간다'를 부르며 실컷 담배를 피우리라. 술 좀 그만 마셔요. 여편네의 체면치레용 잔소리를 해가며 늙어가는 불모의 연인들 특유의 비루한 달관을 쓸쓸히 만끽할 수 있으려나.

해가 졌음에도 공기는 후텁지근했고 커피숍 에어컨의 실외기는 불쾌하고 뜨거운 바람을 뿜어냈다. 담뱃갑의 무시무시한 사진이 나를 조롱했지만, 아랑곳하지 않고 끽연의 실존을 탐닉했다. 건물 틈새에 쪼그려 앉아 담배 연기를 뿜어내는 모습이 영락없이 시궁쥐 신세였다.

19세기

러시아 문학 산책

19세기 러시아 문학 연구서를 쓰다가 문득 박사학위 논문 심사를 전후하여 겪은 일이 상기되었다. 나의 회상 속에서 그것은 그 어이없음과 시시껄렁함까지 포함하여 무척 문학적인 일로 여겨졌다. 십오 년쯤 지난 지금, 그 얘기를 해보려고 한다.

* * *

모스크바 북쪽, 베데엔하역 주변의 햇볕이 따사로웠다. 한 시간이 넘도록 음습한 지하를 질주하는 동안 11월의 지독한 습설이 수그러들었다. 이곳에는 역의 명칭(국민산업박람회) 그대로 소비에트연방 시절의 부귀영화를 보여주는 거대한 박람회장이 있었지만, 나의 목적지는 반대쪽에 있었다. 고가도로를 옆으로 낀 채 눈길을 쭉 걸어가니 아름다운 교회가 보였다. 한참 지나자 야트막한 주택가가 나왔다. 조금 더 걸어가자 P대학의 자연대 건물이 나왔다. 담배부터 피우려고 건물의 후문을 찾아갔다. 후미진 곳, 나뭇가지를 얼기설기 엮어놓은 울타리 옆에서 담배를 꺼내는데 손놀림이 영 둔했다. 햇볕이 아무리 그윽해졌어도 장갑을 벗기가 겁날 정도로 추운 날씨였다.

공터 한가운데에 한 중년 남자가 쭈그리고 앉아 있었다. 그의 손에는 싸구려 보드카 병이 들려 있었다. 내가 담배를 한 모금 빨았을 때 그는 울타리에 어설프게 기대다시피 하며 일어났다. 그러고는 이미 반쯤 벗겨진 바지를 마저 내리고 엉거주춤 선 자세로 엉덩이를 뒤로 쭉 뺐다. 싯누렇고 두툼한 똥덩어리가 모락모락 김을 풍기며 중력의 법칙에 따라 무던히, 서서히 눈 덮인 땅 위로 떨어졌다. 그는 뒤를 닦을 생각도 하지 않고 몸을 대충 바로 세우고 배를 약간 앞으로 내밀었다. 두 다리 사이에 헐렁하게 달린 조그만 생식기에서 싯누런 오줌 줄기가 흘러나왔다. 그대로 땅바닥에 떨어져 버릴까 봐 전전긍긍하며 그는 벌벌 떨리는 두 손을 그리로 가져갔다. 햇볕을 가르는 이 고마운 오줌에 꽁꽁 언 두 손을 싹싹 비비며 혹한의 고통을 달래는 것이었다. 그의 표정이 참 천진난만하고 행복해 보였다.

울타리 안 벤치에는 여학생들이 전깃줄의 참새들처럼 옹기종기 앉아 있었다. 젊은 담배 연기가 삼삼오오 모락모락 피어올랐다. 정신없이 수다를 떠는 와중에도 흡연하는 동양인 여자에게 잠깐 호기심도 보였다.

"에잇, 쳐다보지 마세요! 저 사람은 항상 저래요. 어느 나라에서 왔어요? 거기서도 여자애들이 담배 피워요?"

서류 하나를 처리하고 나니 오후였다. 한층 더 그윽해진 초겨울의 햇살이 얼굴을 간질였다. 싸늘한 겨울 공기와 매캐한 담배 연기의 조합은 이번에도 진리였다. 고픈 배를 움켜쥐고 거북이처럼 어기적어기적 걷다 보니 아침에 본 교회가 나왔다. 근처 벤치에 몇 겹의 누더기를 두른 카자크 노파가 앉아 있었다. 그녀는 기다렸다는 듯 나에게 손짓을 했다.

"이봐요, 아가씨, 조만간 좋은 일이 있을 것 같은데? 내 말 맞지? 아이고, 하지만 이를 어째, 마가 끼었어, 마가! 액땜을 해야겠는걸?"

논문 심사를 앞둔 나는 낯선 노파의 꼬임에 넘어가고 말았다. 노파가 내 이름을 묻자 발음하기 힘든 '은영'은 빼고 '고'만 일러주었다.

"옳지, 고 아가씨!"

노파는 내 두 손을 잡고 주문을 외우더니 조그만 실뭉당이를 손안에 꼭 쥐여주었다. 아무에게도 보여주지 말고 소중히 간직하다가 사흘 뒤에 역시나 아무도 모르게 불로 태우라고 말했다. 갑자기 노파의 표정이 살벌해졌다.

"하지만 복채가 없으면 효험이 없어! 고 아가씨 인생에 큰 재앙이 닥친다고! 복채를 내놓으면 복을 받는 거야. 좋은 신랑감도 나타나고 아들도 낳고…… 많이 내놓으면 큰 복 받고 적게 내놓으면 작은 복만 받는 거야."

노파의 말이 군데군데 썩고 빠진 잇새로 새 나오는 바람과 함께 기괴한 주문이 되어 살가운 겨울 공기 속으로 스며들었다. 나는 노파에게 백 루블짜리 지폐 한 장을 주고 지하철역을 향해 걸어갔다. 그때만 해도 다시 이곳에 오게 될 줄은 몰랐다. 복채가 적었나 보다.

*

모스크바의 남쪽, 유고-자파드역, 다시 습설이 퍼붓고 있었다. 기숙사에 도착하자마자 옷을 갈아입고 802호로 올라갔다. '민'은 지난달에 일본인 룸메이트가 이사를 간 다음 3인 1실에 조카뻘 되는 대학생 '홍'과 둘이 살고 있었다. 빈 침대를 보며 불안 섞인 자유의 쾌감을 맛보는 것도 잠시, 드디어 올 것이 왔다.

새 룸메이트는 중국인이었다. 그가 움직일 때마다 방 안에는 중국 대륙처럼 거대한 그림자가 깔렸다. 190센티미터는 족히 될 것 같은 키에 둥그렇고 넓적한 배가 한눈에 들어왔다. 정체불명의 고기소가 가득 든 중국식 왕만두를 서너 배 부풀려놓은 것 같은 얼굴에 조막만 한 입과 얇은 입술, 끝이 둥글둥글한 조그맣고 나지막한 코가 달려 있었다. 검은 깻가루처럼 작은 두 눈에는 두툼한 오목렌즈 안경을 쓰고 있었다. 풋풋하고 새카만 까까머리도 도드라졌다. 척 보기에도 도피성 유학을 온 아이였다. 아이의 첫번째 트렁크 안에서 화구가 와르르 쏟아졌다. 두번째, 세번째 트렁크, 몇 개의 가방도 속을 드러냈다. 10인용 전기밥솥, 믹서, 프라이팬, 식기, 국자, 주걱, 뒤집개 등 주방용품이 마룻바닥과 빈 침대를 가득 채웠다. 국수 뽑는 기계, 어묵 만드는 기계, 전자레인지까지 튀어나왔다. 각종 향신료와 양념, 밑반찬, 납작하고 쫄깃한 두부전병과 육포, 죽순과 짜사이와 줄기 상추 등 밀봉된 나물도 넘쳐났다. 먹거리 틈새에서 화구가 초라해졌다.

홍은 혀를 끌끌 차며, 그래도 애정과 관심을 담아 이름을 물었다.

"어, 어, 어…… 리첸첸, 리-첸-첸."

중국 아이는 큼직하고 넓적한 얼굴 가득 웃음을 띠며 한자도 또박또박 써주었다.

李沈沈. 이 침침한 아이는 겨우 열여섯이었다.

내 방은 2인 1실인데, 역시나 베트남인 룸메이트가 아파트를 얻어 나가는 바람에 그녀를 서류상의 이름, 즉 '죽은 혼'으로 등록해놓고 혼자 살고 있었다. 민이 605호에 내려온 것은 늦은 저녁때였다. 원래도 과묵한 편이지만 오늘따라 유난히 더 차가웠다. 새 룸메이트가 온 탓일 거라고 생각했다. 아담한 방 안에서 우리는 레몬과 설탕을 넣은 진한 홍차, 니코틴과 타르 함량이 높은 러시아 담배, 그리고 11월 1일부터 틀어놓은 「노벰버 레인」을 공유했다. 그는 오늘은 무슨 일이 있었냐고 물었고 나는 베데엔하역에서 본 일을 얘기해주었다. 삼십 분 남짓 그는 내 말을 경청한 다음 매점에 가야겠다며 일어났다.

"은영, 같이 갈래요?"

민은 이곳에서 나를 '안나'나 '고'가 아니라 '은영'이라고 부르는 유일한 외국인이었다.

우리는 엘리베이터를 탔다. 두툼하고 싯누런 목재에 술 냄새와 땀 냄새, 암내가 가득 밴 낡은 엘리베이터였다. 일층 로비, 유리 벽 너머에서 컴컴한 세상을 가르며 눅눅하고 묵직한 습설이 성난 듯, 뿔난 듯 뭉텅뭉텅 떨어졌다. 나에게는 세번째 겨울이지만 민에게는 모스크바에서 보낸 수많은 겨울의 연장이었다. 마지막 겨울이 될지 어떨지는 나도, 민도 몰랐다.

민은 소비에트연방이 존재하던 시절 열여섯의 나이로 모스크바에 온 베트남 장학생이었다. 학부와 석사과정을 마치고 귀국하여 취직도 하고 결혼도 한 다음 다시 이곳에 온 것이었다. 그 이십 년에 가까운 세월 동안 야망에 찬 다부진 체격의 베트남 소년은 삶의 피로에 전 가장이자 냉소적인 늦깎이 대학원생이 되어 있었다. 민이야말로 지금 박사학위를 평계로 이혼과 해고 직전에 도피성 유학을 온 것이었다. 그러고 보면 나 역시, 하는 것이 마땅한 취업과 역시나 하는 것이 마땅한 결혼이 싫어 유학으로 도피한 셈이었다.

*

리첸첸은 말이 없는 아이였다. 이곳의 많은 중국 아이들이 외국인에게 폐쇄적이었는데, 실은 러시아어도, 영어도 못하기 때문이었다. 하지만 리첸첸은 원래도 대단히 내성적인 성격인 것 같았다. "어, 어, 어……" 이 소리는 수시로 나왔다. 뭔가가 마뜩잖을 때는 "으~~음?" 소리를 냈고 두 음절 사이에 은근슬쩍 들어가는 완만한 포물선 두 개와 억양이 의문문임을 말해주었다. 그 밖에 몇 개의 기초적인 어휘만으로도 대충 의사가 전달되는 모양이었다. 그가 도착하고 얼마 지나지 않아 802호 욕실의 수도관이 터졌다.

"으~~음? Bad, very bad!"

질벅대는 욕실에서 간신히 세수를 끝내고 벽장 정리를 하던 중에는 낡은 선반이 반토막이 났다.

"어, 어, 어…… Why here all very bad?"

처음에는 삐죽삐죽 울먹거리기만 하던 리첸첸도 급기야 벽장 앞에 털썩 주저앉아 울음을 터뜨렸다. 십육 년 평생을 금지옥엽 외동아들로 자라온 아이에게 이것은 수난의 서곡일 뿐이었다. 민과 홍은 관리실에서 망치와 못을 빌려와 벽장을 수리해주었다.

"으~~음······? Good, you very good! Very thank you!"

환한 얼굴로 방을 나간 리첸첸은 두어 시간쯤 뒤 큼직한 돼지고기(쇠고기보다 비쌌다) 덩어리, 팔딱팔딱 뛰는 잉어와 채소를 사 들고 나타났다. 굼벵이도 구른다더니, 알고 보니 그는 요리의 달인이었다.

리첸첸은 도착하자마자 '조이' 일당의 표적이 되었다. 조이는 스물두셋의 중국 청년이었는데, 항상 자기 나이를 서른쯤으로 부풀려 말했다. 위대한 두 제국을 제패할 사업가는 술과 담배와 여자에 능할뿐더러 수완도 좋고 배짱도 두둑한, 깔끔한 정장 차림의 이십대 후반이어야 하기 때문이다. 원래 그는 러시아 어느 소도시의 의과대학에 입학했으나 일 년 남짓 뒤 모스크바로 왔다. 그리고 이곳 P대학의 예비학부에 적을 둠으로써 거주자 등록증을 받을 수 있었다. 그러길 두 해째, 집에서 돈이 끊겼고 거주자 등록증을 연기하지 못해 불법 거주자 신세가 되었다. 그런데도 거침없이 거리를 활보하다가 집근처 전철역에서 경찰에게 붙들린 적도 있었다. 그는 조금도 당황하지 않고 수첩이나 다름없어진 여권을 보여주었다. 경찰이 예의 그 관습대로 트집을 잡자(이 경우에는 제대로 문제 삼자) 조이 역시 예의 그 관습대로 경찰에게 돈을 건넸는데, 무려 백 달러나 되었다. 어린 동양인들의 코 묻은 푼돈이나 뜯어오던 경찰은 어찌나 놀랐던지, 허리를 숙여 정중히 인사하고 여권을 고이 돌려줬다고 한다. 당시 조이와 함께 환전소에 가는 길이었던 안경잡이 '류닝'이 전해준 이 이야기는 조이를 대륙의 영웅으로 만드는 데 일조했다. 그가 기숙사 사감을 구워삶아 교수도 얻기 힘든 독방을 버젓이 차지한 것도 당연시되었다. 그의 옆에 딸린 예쁜 중국 소녀, 또 그들이 키우는 푸른 눈의 샴 고양이 역시 선망의 대상이었다.

조이는 PC방 사업을 미끼로 중국 아이들을 끌어모았다. 리첸첸이 도착했을 무렵에는 이미 사감에게서 큰 방 하나를 얻는 데 성공했고 컴퓨터도 여섯 대나 사둔 상태였다. 리첸첸의 유학 자금 덕분에 컴퓨터가 세 대 더 늘었다. 이렇게 그는 조이의 동업자가 되었지만 실은 요리와 각종 허드렛일을 도맡아 하는 일꾼이었다. 리첸첸은 주로 PC방에서 살았고 간혹 802호에 오면 곧장 침대에 드러누웠다. 그의 단잠은 대부분 조이의 급습으로 중단되었다.

"이거 어디 있어?"

'이놈'도 아니고 '이거'는 조이가 몇 번을 밀어붙여도 꿈쩍도 하지 않고 팬티 속에 포동포동한 손을 집어넣어 어린아이처럼 고추를 꼼지락할 뿐이었다. 화가 난 조이는 쌍욕을 퍼부으며 리첸첸의 두툼한 뱃살을 깨물어버렸다. 그제야 정신을 차린 그는 잠잘 때도 쓰고 있던 안경 너머로 조이의 무서운 얼굴을 발견하고는 어기적거리며 PC방 청소를 하러 갔다. 그의 침대에는 이제 조이가 벌러덩 드러누웠다.

그날 저녁 조이는 리첸첸에게 맥주 한 상자를 사 오라고 시켰다. 돈을 챙겨 터벅터벅 방을 나간 그는 한 시간이 지나도록 감감무소식이었다. 류닝이 일층 매점까지 내려갔다. 리첸첸은 상품 진열대 한구석에 판다처럼 덩그러니 서서 눈알만 멀뚱멀뚱 굴리고 있었다. 그가 '삐보'라는 단어를 몰라서 맥주를 못 샀다는 소문이 금방 기숙사 안으로 좍 퍼졌다. 그런 조롱에도 그는 "어, 어, 어"만 연발할 뿐이었다.

마냥 순한 리첸첸도 자존심을 세우는 일이 있었다. 수업과는 담을 쌓았지만 그의 침대 옆 한구석에는 항상 이젤이 세워져 있었다. 이젤에 캔버스가 끼워지면 그림 삼매경이 시작되었다. 옆에서 누가 이래라저래라 간섭하면 "으~~음?" 정색하며 한껏 토라진 표정을 지었다. 포동포동한 손이 분주하게 움직이고 넓적한 배에는 굵은 주름이 접혔다. 팔꿈치 안쪽과 겨드랑이에서 시작하여 얼굴, 목덜미에서 땀이 줄줄 흘러내리고 숨소리도 쌕쌕 거칠어졌다. 며칠째 이렇게 혼신의 힘을 기울여 리첸첸은 기숙사 창밖의 풍경을 그렸다. 빨간 벽과 황금색 지붕이 아름다운 대천사 미하일 교회, 그 앞의 베르낫츠키 거리, 낡은 자동차들, 두툼한 월동 장비로 중무장한 행인들, 눈 덮인 자작나무 등. 얼추 대상은 알아볼 수 있었지만 리첸첸은 그림에 참 젬병이었다. 그가 PC방에 가 있는 동안 홍이 재미 삼아 둥근 교회 지붕을 양파처럼 다듬고 자작나무의 가지 몇 개를 잘라 하얀 몸통이 돋보이도록 했다. 하늘도 더 밝게 칠하고 뭉게구름의 끄트머리도 발랄하게 바꾸었다.

다음 날, 리첸첸은 여느 때처럼 한낮에 일어나 정성껏 식사를 준비하고 조이 일당을 모셔와 거나하게 배를 채웠다. 그런 연후에야 이젤 앞에 앉았으나 반 시간이 지나도록 아무 반응도 없었다. 조바심을 이기지 못한 홍이 먼저 뭔가 이상한 것이 없냐고 물었다. "으~~음?"에 이어 곰곰 생각에 잠기는 표정을 짓더니 리첸첸은 피식 웃었다.

"어, 어, 어…… 니치보!"

'니치보'는 '아무것도 없다(아니다)' 혹은 '괜찮다'라는 뜻의 러시아어인데, 그가 겨울 동안 외운 유일한 단어였다.

*

일차 논문 심사가 끝나고 이차 심사 날짜가 잡혔다. 나는 나와 같은 날 논문 심사를 받을 사십대 초반의 류보비 아줌마와 함께 심사장에 참석하지 못할 것이 분명한 심사위원의 서명을 받으러 다녔다. 그중 한 명이 알렉세이 표도로프 교수였다. 그는 대부분의 교수처럼 대단한 석학은 아니었지만 19세기 소설 전공자로서 수십 년 동안 강의를 하고 꾸준히 연구서를 써냈다. 그리고 여든을 한참 넘긴 나이임에도 각종 학과 행정 처리를 위해 필요한 '머릿수'의 하나로 학과 회의나 논문 심사장에 참석하곤 했다. 최근 들어 거동이 불편해지자 오직 이름과 서명만으로 존재하는 자가 되었다. 이 '죽은 혼'이 논문 심사를 앞둔 나에게 절실히 필요했다. 기숙사의 2인 1실을 독차지하기 위해 '죽은 혼'이 필요했듯.

2월 초 오전, 베데엔하역에 도착했으나 표도로프 교수의 아파트는 그 노숙자가 자기 오줌으로 언 손을 녹이던 곳보다 훨씬 더 멀었다. 더 큰 문제는 선생이 운신하기가 힘든 상태라는 점이었다. 류보비 아줌마는 선생이 어떻게든 창문까지 와서 열쇠를 밖으로 던져주면 우리가 그것을 받아 아파트 문을 여는 것으로 합의를 해둔 터였다. 우리는 아파트 호수를 어림짐작하여 적절한 위치에 서서 전화를 걸었다. 하지만 선생의 대답은 살을 저미는 혹한의 바람을 맞으며 한 시간 동안 눈밭과 빙판길을 헤쳐 온 우리에겐 너무 잔인한 것이었다.

"지금 꼼짝도 할 수가 없네. 아침에 또 한 번 넘어졌지 뭔가…… 이봐, 어떻게든 나를 좀 꺼내줘!"

류보비 아줌마는 일종의 119에 전화를 했다. 한참 뒤 우리는 아파트의 거주자가 밖으로 나오면서 열어준 동 입구의 묵직한 철문을 붙잡을 수 있었다. 그리고 교대로 한 사람씩 현관 안으로 들어가 몸을 녹이면서 문이 닫히지 않도록 꼭 붙들고 있었다. 십 분이면 온다던 119는 한 시간이 지나서야 도착했다. 류보비 아줌마의 전화에 선생은 "문을 부숴서라도 나를 풀어달라"라는 의사를 밝혔다. 119는 금방 아파트 바깥문의 자물쇠를 뜯어냈다.

'죽은 혼'의 아파트에는 구린내와 지린내와 땀내와 곰팡내로 뒤섞인 악취가 가득했다. 표도로프 교수는 아파트에서 불이 켜진 유일한 곳인 침실의 침대에 누워 있었다. 그나마 통화라도 가능했던 것은 전화기가 침대 옆에 있었던 덕분이다. 침대 밑에는 암모니아 냄새를 풍기는 오줌통이 있고 멀찍이 떨어진 탁자 위에는 먹다 남은 변색한 사과와 굳어버린 소시지 조각이 담긴 접시가 있었다. 그 옆에는 천 루블짜리 지폐가 수북이 쌓여 있었다. 교수 월급이 만 루블도 안 된다는 것을 생각하면 상당히 큰 금액이었다.

119대원들은 선생의 몰골을 보고서 직접 여권을 펼쳐 큰 소리로 읽었다.

"알렉세이 세묘노비치 표도로프, 192*년생, 맞습니까?"

선생은 고개를 끄덕이며 이제 곧 손녀가 와서 다 해결해줄 것이라고 말했다. 119대원들은 이런 경우에 항상 나오는 '손녀' 얘기는 듣지도 않고 병원행을 권했다. 선생은 병색이 완연한 얼굴에 강한 거부의 빛을 나타내며 그 못지않게 강경한 어조로 웅얼댔다.

"싫소."

119대원들은 고개를 절레절레 흔들며 떠났다.

드디어 우리 차례였다. 류보비 아줌마는 선생의 손에 볼펜을 쥐여주고 출석부를 내밀었다. 선생은 손은 물론이고 온몸을 벌벌 떨면서 간신히 펜을 놀렸다. 내 서류에도 같은 방식으로 서명이 그려졌다. 두 번의 손놀림 뒤에 죽은 혼은 이미 죽은 그 혼마저도 잃어버린 듯했다.

"뭐 좀 줘, 먹을 것 좀……"

그가 아직 살아 있음을 증명하는 절절한 한마디였다. 검버섯으로 뒤덮이고 삭정이처럼 말라버린 여윈 손도 까닥였다.

"뭘 드시고 싶으세요?"

뭐라고 입술을 움찔움찔하는데 "따뜻한 거"처럼 들렸다.

류보비 아줌마는 조리실로 갔다. 창턱의 예쁜 광주리에는 사람 손을 타지 않은 러시아식 바게트와 커다란 흑빵 반토막이 돌덩어리처럼 굳어 있었다. 냉장고 안에는 유통 기한이 좀지난 요구르트, 썬 채로 말라버린 소시지, 쭈글쭈글한 사과, 뚜껑을 딴 통조림 깡통, 먹다 만 요리 몇 개가 들어 있었다. 류보비 아줌마는 냄비와 접시를 꺼내서 일일이 냄새를 맡아보았다.

"아휴, 그래도 이건 쓸 만하겠군."

류보비 아줌마가 가스레인지 위에 올린 것은 비트가 들어간 '보르시'였다. 짙은 자줏빛 국물 안에 고기는 한 점도 없고 푹 익은 감자와 양배추, 당근만 좀 들어 있었다.

선생은 류보비 아줌마가 쉬쉬 불어가며 떠주는 보르시 국물을 간신히 목구멍으로 넘겼다. 껍질을 발라내고 속만 썰어놓은 빵도 한두 입 베어 먹었다. 가까이서 보니 성한 이가 하나도 없었다. 류보비 아줌마는 뜨거운 차를 식혀가며 찻숟가락으로 떠먹였다. 서너 번 입을 쩝쩝거리더니 선생은 손을 내저었다. 류보비 아줌마는 그 순간을 놓치지 않고 그의 서재에서 냉큼 책 한 권을 꺼내왔다.

"이 책 좀 빌려 가면 안 될까요? 귀한 책이라 고서점에서도 구하기 힘들고……"

선생은 듣는 둥 마는 둥, 오래간만에 속을 데운 만족감에 젖어 고개를 끄덕였다. 선생의 끄덕임은 곧 졸음으로 바뀌었다. 어느덧 새근거리는 선생의 모습이 고추를 조물조물 만지며 낮잠의 단꿈에 젖은 리첸첸 같았다.

류보비 아줌마가 거실의 전화기를 붙들고 있는 동안 나는 아파트를 둘러보았다. 표도로프 교수의 침실 맞은편 방은 서재였다. 짙은 갈색의 목제가구는 기품 있고 천정의 중간에 달린 샹들리에는 아름다웠으며 점잖은 양복들이 벽장에 깔끔하게 정돈되어 있었다. 책장의 책은 시대와 저자와 주제별로 잘 분류되어 있고 책 옆으로 군데군데 고급술과 마트료시카, 중

국산 도자기 같은 장식품이 함께 있었다. 이 서재야말로 선생의 삶을 요약해주는 곳이었다. 창문을 등지고 자리 잡은 넓은 책상 위에는 몸져눕기 전까지 선생이 읽고 있던 책이 펼쳐져 있었다. 서재의 바닥에는 고풍스러운 와인색 카펫이 깔렸고 창턱에서는 가시 돋친 선인장이 초록빛을 발하고 있었다. 수십 년 동안 그는 이 서재의 책상 앞에서 젊은 제자와 동료가 내미는 서류를 훑어본 다음 최후의 통첩을 내리듯 위풍당당하게 자신의 이름을 새겼을 것이다. 서재의 한쪽 벽에 걸려 있는 초상화 속의 근엄한 중장년 교수로서 말이다.

"이것 좀 봐, 서명이 아니라 무슨 낙서 같아. 서류 한 장 망친 거 아닌지 모르겠어."

류보비 아줌마는 방금 서명받은 서류를 살펴보다가 견본용 서류 한 장을 꺼냈다. 거기에도 표도로프 교수의 서명이 있었는데, 개성 있고 힘 있는 필체였다.

"혹시 모르니까 코로빈 교수 서명을 받을 때는 서류를 한 장 더 준비해야겠어. 그나저나 이 노인이 논문 심사일 전에 어떻게 되면……"

류보비 아줌마는 걱정이 너무 커서 다음 말을 잇지 못했다.

손녀가 온 건 저녁 여덟 시경이었다. 하루 종일 학업과 아르바이트에 시달린 자그마한 체구의 아가씨는 우선 소매를 걷어붙이고 할아버지의 침실부터 대충 정리했다. 그 소란에 잠에서 깬 할아버지는 손녀에게 반가움이 역력한 미소를 지었고 손녀는 할아버지의 이마에 입을 맞추는 것도 잊지 않았다. 물론 문을 부숴버린, 또 이 볼썽사나운 광경을 다 봐버린 우리에 대한 불만도 여과 없이 드러냈다.

유고-자파드역 근처, 가로등 불빛을 따라 하얗고 소담한 눈이 사뿐사뿐 내렸다. 맑은 날에도 삼십 분은 족히 걸어야 하는 거리였다. 거의 한 시간 동안 맞은 눈을 기숙사 로비의 현관에서 열심히 털어냈다. 김이 뽀얗게 서린 안쪽 유리문을 밀려는 찰나, 민이 나타났다. 호들갑스럽게 달려와 부산을 떠는 것이 평소의 민답지 않았다.

"은영, 왜 이렇게 늦었어요? 눈도 많이 오는데! 어, 담배가 떨어져서…… 맥주도 한 병 사고……"

내가 오늘 있었던 일을 이야기하자 흥분하며 맞장구를 쳐주었다.

"이놈의 러시아는 그 죽은 혼 시스템부터 없애야 해요! 저녁도 못 먹었겠네요? 우리 방에 저녁때 만든 닭요리가 있는데……"

그는 금방이라도 내 손을 잡고 자기 방으로 데려갈 기세였다.

"담배 사러 내려왔다면서요?"

"아, 그렇지."

그제야 생각난 듯 부리나케 매점으로 달려갔다. 침착하고 과묵한 삼십대 중반의 남성이 졸지에 열여섯의 아이로 돌아갔다. 손에 담배와 맥주를 든 그를 깡패나 다름없는 젊은 경비원들이 그냥 보내줄 리 없었다.

"이봐, 뭐 좀 주고 가셔야지."

그들의 목소리만도 충분히 시끄러운데 「스탠」까지 틀어놓았다. 에미넴과 다이도의 음성이 번갈아 나왔다. 민은 그들에게 담배를 세 대나 주었다.

저녁을 먹는 동안에도 민은 말이 많았다.

"이 녀석 요리 솜씨는 내가 한 수 배워야 할 정도야."

리첸첸의 깐풍기는 실제로도 맛있었지만 민은 기름진 육식을 즐기지도 않거니와 입도 짧은 편이었다. 이렇게 게걸스럽게 먹는 걸 보니 저녁을 먹지 않은 모양이었다.

605호로 내려온 나는 달콤한 연유를 듬뿍 넣은 진한 커피를 마시며 담배를 피웠다. 「노벰버 레인」 대신 다이도와 함께 녹음한 에미넴의 「스탠」을 틀었다. 한국에 두고 온 애인이 대학가 주점의 생맥주와 「노벰버 레인」만큼이나 까마득한, 우주보다 낯설고 먼 과거로 여겨졌다. 내가 직접 찍은 그의 옛날 사진뿐만 아니라 겨우 지난주에 도착한 그의 최근 사진조차 옛날이야기의 한 장면이었다.

*

류보비 아줌마와 내가 이튿날 찾아간 곳은 기숙사에서 멀지 않은 곳이었다.

"그래도 표도로프는 말귀라도 알아들었지, 코로빈은 아주 정신 줄을 놓았어."

이런 귀띔 때문에 아파트 문이 열렸을 때는 놀라지 않을 수 없었다. 우리를 맞이한 사람은 한때는 상당히 미남이었을 장신의 노신사였다. 그는 우리를 깔끔한 거실로 안내하고 출석부에 서명을 해주었다. 훌륭한 필체는 물론이거니와 몸가짐과 말투가 도대체 '노망'이라는 단어와는 맞지 않았다.

"차라도 한잔하시겠습니까?"

서명한 서류를 건네주는 모습도 세련되고 우아하고, 무엇보다도 지적이었다. 류보비 아줌마는 정중히 거절 의사를 표하며 자리에서 일어났다.

그때 바람이 살랑 부는 것처럼 조용한 일렁임이 있었다. 이 노신사와 쌍둥이처럼 닮았으나 주름살이 더 많고 허리가 더 굽은 남자가 옆방에서 투명인간처럼 걸어 나왔다. 그는 한 손을 벽에 댄 채 아무 말 없이 우리를 바라보았다. 무심한, 그럼에도 영롱한 시선이었다.

"저희 아버지입니다. 아버지, 이번에 논문 심사를 받으실 분들입니다. 이 젊은 여성분은 한국에서 오셨다는군요. 북한말고 남한이랍니다."

아들의 말에도 아버지의 표정과 자세는 조금도 바뀌지 않았다.

"아버님께서도 마음속으로는 덕담을 하고 계실 겁니다."

아들은 가볍게 미소를 지었다.

코로빈 교수는 모든 정념에서 완전히 자유로워져 묘한 달관의 경지에 오른 시선으로 자신의 자필 서명을 고이 모셔가는 우리를 지켜보았다. 노교수의 얼굴을 덮은, 잘 손질된 은발의 수염이 햇빛을 받아 반짝이는 모스크바의 설원 같았다.

민이 십자형의 나지막한 유리 건물에서 걸어 나왔다. 아침부터 내리던 눈이 잦아들고 햇살이 영롱하게 반짝였다. '나히모프' 거리를 따라 하얀 상자 같은 상점들이 늘어서 있었다. 민과 나는 그 열을 따라 걸었다. 손에는 각각 햄과 치즈, 소고기와 양송이버섯이 들어간 '슬로이카', 즉 페이스트리를 하나씩 들고 있었다. 계절은 계속 바뀌었지만 지난 일 년 남짓 '이니온' 도서관 근처 우리의 점심 메뉴는 비슷했다. 살에 와닿는 바람의 감촉이 알싸했다. 그와 함께 버스를 탔다. '레닌' 거리를 지나는 동안 둘 다 한마디도 하지 않았다. 버스가 종착역에 이르렀고 우리는 함께 거리로 나가 횡단보도 앞에 섰다. 초록불이 켜지자 그는 나의 어깨를 살짝 쥐면서 걸음을 재촉했다. 우리는 어린애들처럼 뛰면서 횡단보도를 건넜고, 역사 안으로 들어갔다. 지하철이 도착했다. 빈자리가 있음에도 그가 앉을 생각을 하지 않기에 내가 앉았다. 내가 자리를 잡자 그는 나에게서 멀찍이 떨어진 곳으로 가서 앉았다. 두

정거장을 간 다음 우리는 또 지상으로 나왔다. 그리고 각자 허공을 보며 담배를 한 대씩 피웠다.

유고-자파드역 근처 시장이 왁자지껄 부산했다. 시디 가게 앞에서 다이도의 「댕큐」가 흘러나왔다. 민과 나는 치즈와 훈제 소시지, 토마토와 오이, 그리고 담배를 샀다. 도톰하게 쌓인 하얀 눈밭 아래, 땅 깊은 곳에서 봄기운이 올라오는 소리가 들렸다. 머지않아 자작나무에 연두색 잎사귀가 돋아나고 자작나무 숲 사이 넓은 평원에 노란 민들레와 진분홍 해당화가 필 것이다. 간혹, 풀밭의 말뚝에 느슨하게 묶인 새끼 흑염소가 한가롭게 풀을 뜯어 먹는 장면도 목격될 것이다. 그 옆에 큼직한 유모차를 세워두고 꿀맛 같은 끽연에 탐닉하는 젊은 엄마들과 수시로 마주칠 것이다. 학교와 도서관에서 지하철역까지, 지하철역의 시장에서 기숙사까지 우리의 산책은 수없이 반복되었다. 민과 산책을 할 때마다 나는 연애 없는 연애 소설의 주인공이 된 것 살가운 설렘을 느껴왔다. 아마 오늘, 지금 이 산책이 마지막 산책이 될 것이다. 민에게 아내와 딸이 없었더라면 뭔가 좀 달라졌을까. 혹은 나에게 애인이 없었더라면 뭔가 좀 달라졌을까. 하지만 사랑의 말이 없었고 따라서 이별의 말도 없을 우리의 관계는 중력가속도처럼 불변이라는 결론이 반복될 뿐이었다.

이틀 뒤 논문 심사가 있었다. 심사의 마지막, 소비에트연방 시절처럼 논문 통과 여부에 대한 찬반 투표가 진행되었다. 대부분 만장일치로 끝나는데 웬일로 반대표 하나가 나왔고, 지도교수는 그것을 자신에 대한 항의라 해석하며 분기탱천했다. 하지만 선생의 분노는 이내 가라앉았고 화기애애한 분위기 속에서 뒤풀이가 이어졌다. 러시아식 샌드위치인 '부테르부로드'는 훈제연어, 살라미 소시지, 치즈와 올리브, 철갑상어 알 등 종류가 다양했다. 고생스럽게 만든 김밥은 검은 종이 속의 구더기처럼 보인다며 홀대를 받았다.

표도로프 교수에게 문제가 생겼음을 안 것은 다음 날이었다. 논문 심사가 진행되던 때 베데엔하역 아파트에서는 표도로프 교수가 마지막 숨을 내쉬고 있었다. 조금만 더 버텨주었으면 좋았을 것을, 하필이면 찬반 투표가 진행되던 시간에 숨이 끊어졌다. 류보비 아줌마가 그토록 두려워하던, 제발 일어나지 말았으면 하던 일이 기어코 일어나고야 만 것이다. 지도교수와 심사위원을 비롯하여 이곳저곳, 이 사람 저 사람 찾아다니며 출석부만 다시 만드느냐, 아니면 논문 심사 일정을 통째로 새로 잡느냐 옥신각신하는 사이에 한 달이 거뜬히 흘러갔다. 결론은 대략 절충안, 즉 심사는 다시 하지 않되 다음 심사자들 틈에 들어가는 것으로 하여 모든 서류를 그러니까 가짜로 다시 만들라는 쪽으로 났다. 사실상 모든 일을 되풀이해야 했고 출국 일정은 늦추어질 수밖에 없었다. 취업과 결혼의 굴레로 돌아가야 하는 순간이 유예되어 오히려 홀가분했다.

*

　잉여로 주어진 모스크바의 마지막 봄, 통역 아르바이트가 들어왔다. 베데엔하역, 중소기업 박람회장은 표도로프 교수의 아파트 쪽과는 사뭇 다른 분위기였다. 매일 아침 화려한 조각의 웅장한 문, 어수선한 전자상가, 우뚝 솟은 로켓과 우주선 옆을 지나며 몰락한 제국의 폐허를 조망했다. 그리고 하루 종일 천막 같은 부스 안에서 옷감 파는 일을 도왔다. 다른 부스에서는 알루미늄판, 폴리에틸렌 파이프, 정수기, 화장품 등을 팔았다. 그다음에 떨어진 일감은 국내 한 대기업의 자동차 판매 현황을 조사하는 일이었다. 꼬박 일주일 동안 한국에서 출장 온 직원 두 명, 현지 지사의 직원과 함께 차량 판매처를 돌고 고객 인터뷰를 통역했다.

　싱겁고 밍밍한 시간이었지만 민과 함께하는 일상은 다보록했다. 잠은 802호와 605호에서 따로 잤지만 깨어 있는 시간은 항상 함께였다. 봄날처럼 가벼워진 옷차림으로 '아르바트' 거리나 '트베르' 거리를 산책하기도 하고 근처 시장을 돌며 시디 가게에서 흘러나오는 음악을 듣기도 했다. 이삼일에 한 번은 민이 만들어주는 요리를 맛보았다. 산 채로 소금과 양파에 절였다가 간장에 조린 잉어, 베트남 양념이 들어간 닭고기 쌀국수, 당면과 채소를 말아 넣은 롤 튀김, 비트와 소고기를 가득 넣고 딜과 파슬리를 뿌린 보르시 등. 어느 날 저녁 메뉴는 토마토수프였다. 베트남에서 일할 때 블라디보스토크로 출장을 간 적이 있는데, 고기며 채소 건더기가 가득 들어간 빨간 국을 주문했다가 혼쭐이 난 이야기가 덧붙었다.

"토마토수프인 줄 알았는데 매워 죽는 줄 알았어. 한국 사람들은 그 매운 걸 어떻게 먹어, 은영?"

연애 없는 연애의 연속, 민은 이제 나에게 완전히 반말을 쓰고 있었다. 더 큰 변화는 리첸첸에게 일어났다.

리첸첸의 얼굴에 바보 같은 미소가 떠오르는 일이 잦아졌다. 한 날은 모스크바 국영 백화점 '굼'에 가서 한 달 치 생활비에 맞먹는 정장과 구두를 사 왔다. 양치와 세안도 잘 하지 않던 아이가 연일 욕실을 물바다로 만들었다. 역시나 사랑이었다. 몽골 소녀 '게를레'는 리첸첸보다 두 살이 어렸다. 볼에 통통한 젖살이 탐스럽게 오르고 도톰한 눈두덩에 쌍꺼풀 없이 길고 가는 반달눈이 매력적인 아이였다. 여린 몸매에 젖가슴이 봉긋 솟기 시작하면서 이제 막 소녀에서 처녀로 넘어가는 빛나는 한순간을 보여주었다. "여기는 너무 좁고 시끄러워요. 우리 집은 되게 넓고 좋은데." "학교 수업을 하나도 못 알아듣겠어요. 몽골에서는 나 러시아어 되게 잘하는 편이었거든요?" 기숙사 현관이나 복도에서 마주칠 일이 있으면 정확한 러시아어로 조곤조곤, 섬세한 표정을 담아 이런 말을 하곤 했다.

저녁 시간, 리첸첸과 게를레가 육층과 팔층 사이 어딘가 층계참에 나란히 앉아 있는 장면이 목격되었다. 게를레의 수업이 끝날 무렵이면 리첸첸은 학교 주변을 서성였고 둘이 함께 '베르낫츠키' 거리의 횡단보도를 건너 자작나무 사이 좁다란 오솔길을 걸어오곤 했다. 리첸첸은 연일 흑장미 다발이며 값비싼 머리핀이며 판 초콜릿 등 선물 공세를 펼쳤다. 조만간 여름으로 넘어갈 찰나적인 봄, 몽실몽실 피어오르는 아지랑이와 같은 첫사랑이었다. 하지만 그들에게는 넘을 수 없는 크나큰 벽이 하나 있었다.

　게를레의 어머니 '엔헤'는 이르쿠츠크 대학에서 유학 생활을 한 뒤 울란바토르의 한 학교에 재직 중인 특수교사였다. 그녀가 이번 연수 기회를 놓치지 않고 모스크바행을 택한 것은 오직 딸의 조기교육 때문이었다. 의욕은 넘쳤지만 막상 중년의 나이에 딸과 함께하는 이국의 기숙사 생활은 너무 고달팠다. 게다가 몽골에서는 발랄한 영재였던 딸이 러시아 '슈콜라'에서는 소아 우울증 내지는 조용한 AD 환자 취급을 받았다. 한편, 엔헤는 대몽골제국, 칭기즈칸의 후예로서 자부심이 강했기 때문에 다른 동양인 학생들도 별로 좋아하지 않았다. 한국이나 일본은 경원시했으며, 베트남 같은 약소국은 은근히 무시했고, 중국은 대놓고 싫어했다. 첫눈에도 머리가 모자라 보이는 리첸첸에 대해서는 아주 사람 취급을 하지 않았다.

　더 큰 문제는 음식이었다. 몽골인도 고기라면 사족을 못 썼지만 조리 방식이 너무 달랐다. 그들은 정녕 고기만 먹는 반면 중국인은 감자, 당근, 양파 같은 채소도 즐겼고 향신료와 양념도 듬뿍 사용했다. 가령 리첸첸의 오향장육은 돼지고기를 고온의 기름에 살짝 튀기듯 볶은 다음 물에 푹 삶아내기 때문에 육질이 연하고 고기 속까지 밴 달고 걸쭉한 간장이 입맛을 돋웠다. 하지만 게를레는 예의상 포크 한 번 찍어주는 수고도 하지 못했다. 그 정도로 리첸첸의 음식이 싫었던 것이다. 날이 갈수록 게를레의 얼굴에는 꺼림칙함보다 더 고약한 것, 즉 따분함이 역력히 드러났다. 따분함을 견디는 일도 따분해지자 802호에 발을 끊어버렸다. 이후 리첸첸은 한동안 요리에 손을 대지 않았다.

리첸첸의 음식을 거부한 게를레는 이내 그의 사랑도 거부해버렸다. 그리고 5월이 끝나기가 무섭게 어머니의 손에 이끌려 울란바토르로 돌아가버렸다.

리첸첸의 얼굴에도 수심이 나타났다. 조이 일당의 횡포에도 냉소적이었고 밥도 잘 먹지 않고 밤낮 침대 위에서 그냥 뒹굴기만 했다. 그러던 어느 날 갑자기 벌떡 일어나 한국인이 경영하는 근처 호텔의 카지노를 드나들기 시작했다. 급기야 올 것이 왔다. 제명 선고였다. 최후통첩을 받은 날 리첸첸은 혼자 훌쩍거리는 것도 같더니 이내 멈추고 꾸역꾸역 짐을 챙겼다. 떠나는 날에는 두 룸메이트에게 살뜰히 감사를 표했는데, 틀린 문법의 틈새로 리첸첸의 진심이 배어 나왔다.

"어, 어, 어…… you good, very good…… I very thank you. Goodbye!"

리첸첸을 보낸 다음 홍과 민은 하루 종일 대청소를 했다. 하지만 다음 날 아침이 되어도 어떤 악취가 방 안에서 사라지질 않았다. 그때 조이의 샴 고양이가 열린 문으로 당당히 들어오더니 제 주인처럼 802호를 활보하며 침대 밑으로 잽싸게 들어갔다. 여느 때 같으면 한동안 그곳에 웅크리고 있을 녀석이 갑자기 다시금 쏜살같이 기어 나오더니 눈 깜짝할 새에 802호를 나가버렸다. 아니나 다를까, 침대 밑에는 큼직한 냄비 하나가 놓여 있었다. 코를 틀어막고 뚜껑을 열어보니 새파란 곰팡이가 벨벳처럼, 에델바이스처럼 소복하게 피어 있고 그 밑에는 삶은 마카로니가 문드러진 떡처럼 엉겨 붙어 있었다. 냄비는 통째로 복도 한구석의 쓰레기통에 던져졌고 이쪽저쪽 통로 벽에 쿵쿵 부딪히며 지하 쓰레기장까지 고독한 낙하 운동을 이어갔다. 저 밑 깊은 곳에서 저 익숙한 "어, 어, 어" 소리도 같이 들려오는 것 같았다.

하지만 그건 환청이 아니었다. 몸을 돌린 우리 눈앞에는 어제 오전 802호를 떠난 리첸첸의 그림자가 큼직하니 시커멓게 드리워져 있었다. 사정인즉 이랬다.

리첸첸은 셰레메티예보 공항 국제선까지는 갔으나 출국 절차를 밟을 줄 몰라 한참을 죽치고 있었다. 그러는 사이 비행기는 떠났고 그 사실도 한참 뒤에야 알게 되었다. 어느덧 해가 졌으나 기숙사로 돌아오는 방법을 알지 못해 햄버거 세 개를 연거푸 먹어대며 공항의 그 자리에서 밤을 꼴딱 새웠다. 거의 천우신조로 마침 모스크바에 도착한 어느 중국인의 도움을 받지 않았다면 어떻게 됐을지 모를 일이다. 이러나저러나 그는 어제 러시아 땅을 떠나지 못할 운명이었다. 출국 비자를 받아두지 않았고 그 사실도 지금에야 알게 된 것이다. 보름 남짓 후에야 비로소 리첸첸은 러시아를 떠날 수 있었다. 과연 중국에 제대로 도착하긴 했을까.

나 역시 떠날 참이었다. 출국일은 6월 *일, 비행기는 아에로플로트였다. 김포공항에서 떠나왔지만 인천공항으로 들어가게 된다는 사실에 조금 달떴다. 민 역시 같은 날 인천공항을 경유하여 하노이로 들어갈 예정이었다. 모스크바를 떠나는 날 아침, 우리는 러시아식 바게트에 '라마' 버터와 '비올라' 크림치즈를 한 겹씩 바르고 '돈키호테' 살라미 소시지 한 장을 얹어 먹었다. 후식으로 레몬과 설탕을 넣은 진한 홍차를 마시며 '루스키 스틸'을 피웠다. 그리고 함께 예약한 택시를 타고 셰레메티예보에 갔다.

민이 탄 비행기가 먼저 이륙했다. 네다섯 시간 뒤 나는 민이 날아간 자리를 톺아갔다. 어린 시절 '주말의 명화'에서 본 「닥터 지바고」 속 하얀 설원과 자작나무 숲이 점점 더 넓게 펼쳐지는가 싶더니 어느새 푸른 하늘과 하얀 구름에 묻혔다. 기내식으로는 치킨 볶음밥을 골랐다. 애매한 간장 맛이 나는 닭고기 조각을 씹으면서 지금쯤 민은 인천공항 어디선가에서 또다시 육개장을 한국식 토마토수프로 착각하지나 않을까 생각해보았다. 커피 한 모금을 넘기자 그와 함께 피워댄 '러시아 스타일'의 독한 담배가 너무 아쉬워져 눈물이 핑 돌았다. 나의 이십대에 고하는 작별 인사이기도 했다. 19세기 러시아 문학 산책의 마지막 페이지, 아니, 부록은 그렇게 끝났고 나는 서른 살이 되었다.

도스토옙스키와 선짓국

노태훈(문학평론가)

우리는 소설이 얼마나 '현실적'인지에 관해 자주 말하곤 한다. 다른 문학 장르와는 달리 소설은 우리를 닮은 누군가가 등장해서, 있을 법한 시공간에서 이런저런 일들을 겪고, 그럴듯한 결말에 다다르게 되는데 이때의 '리얼함'이 훌륭한 소설을 평가하는 중요한 잣대가 되기 때문이다. 동시에 우리는 소설이 얼마나 '문학적'인지에 관해서도 자주 말한다. 당연하지만 소설은 '문학'이기 때문에 문학 작품이 가지는 미학적, 예술적 가치와 밀접한 관계가 있다. 훌륭한 소설은 예외 없이 아름답고 매혹적인 언어로 이루어져 있고, 물론 플롯과 구성도 치밀하다. 김연경의 『명왕성은 왜』는 바로 그 사이에 서 있는 작품이다. 현실적이면서도 문학적이고, 문학적이면서도 아주 현실적인 이야기들이 이 속에 담겨 있다.

여기 실린 다섯 편의 소설은 뻔한 이야기이면서 뻔하지 않다. 비루한 현실을 살아가는 인간 군상들이 저마다의 사연을 갖고 등장하고, 속물적이고 통속적인 이야기들이 넘쳐나지만 그 삶의 무게를 견디면서도 끝내 이들은 나름의 품위를 잃지 않는다. 다소 빠르게 절망하고 손쉽게 우울해져서 몰락과 실패의 서사를 그려내는 거개의 문학과 달리 이 소설은 담담하게 자신의 삶을 이어나가는 사람들을 따라가고 있다.

작가의 시선이 각자의 삶에서 낙오하고 때로는 배제된 인물들에 닿아 있다는 점은 '명왕성'이라는 소재를 통해 금세 짐작할 수 있다. 태양계에서 행성의 지위를 잃고 퇴출된 "왜소 행성(dwarf planet)"(19쪽)처럼 삶의 희망과 가능성, 기대 같은 것들을 조금씩 상실하다가 끝내 주류로부터 멀어진 사람들이, 그럼에도 불구하고 서로가 서로를 알아보고 보듬으면서 나름의 생을 이어나가는 이야기가 이 소설을 이루고 있다.

실제 지진의 흔들림을 경험한 이후에 어지럼증을 느끼기 시작하는 '김광석' 씨를 우선 따라가보자. 간호조무사로 이십 년 가까이 일해오다가 우연히 만나게 된 환자 '윤미영'과 사랑에 빠지게 되는, 그러나 그 유일한 여자와 파혼을 겪고 마을버스 기사를 잠깐 하다가 결국 운전면허 학원 기능 강사가 된, 그리하여 쉰을 훌쩍 넘긴 나이에 홀로 삶을 영위하고 있는 '김광석' 씨는 이제 고독사를 걱정하기 시작한다. 어찌 되었든 아이를 낳고 엄마의 '잔혹한' 삶을 택한 누나와 달리, 또 세상을 향해 막 펄떡이기 시작한 조카 '연암'과 달리 '김광석' 씨의 삶은 미래가 없어 보인다. 지나가버린 사랑을 되뇌고 매 끼니를 겨우 연명해가면서 집안의 늙은 천덕꾸러기 신세를 면하지 못하는 '김광석' 씨는 어딘지 모르게 익숙하다. 하지만 작가는 그를 흔한 중년 남성의 감상적 레퍼토리로 귀결시키지 않는다. 유품정리사들이 싹 정리한 방을 보면서 삶의 허무함과 죽음의 무서움을 동시에 느끼지만 그는 "사람이 혼자 살다 혼자 죽는 것이 그렇게 불쌍한가"(46쪽) 하고 곱씹기도 하는 것이다. 다시 말해 설령 이름이 붙은 태양계의 빛나는 존재가 되지는 못할지라도 '김광석' 씨는 분명하게 탄생하고 또 소멸하는 '우주적 존재'인 것이다. 밀려나고 밀려나서 이제는 이름조차 빼앗겼지만 명왕성은 "다섯 개의 위성과 함께 유유자적, 태양의 저 먼 바깥에서 공전을 거듭"(47쪽)하는데, 그 역시 그렇게 자신의 삶을 살아가다가 누군가를 또 만나게 된다.

첫사랑의 고향인 거창으로 내려간 판사 '김지훈'과 조금은 특이한 새 사랑을 시작한 의사 '김여운'은 부부이다. 이들의 딸 '김흔재'의 눈에 비친 부모들의 모습은 무척 흥미로운 관찰의 대상이다. 의학 스릴러를 써보겠다는 소설가의 꿈을 갖고 '김흔재'는 아빠와 엄마의 일탈을 지켜보는데, 시골 촌부를 향한 욕정과 정사 없는 불륜 모두 '김흔재'에게는 "사생활"(132쪽)일 뿐이다. 흔한 말이기는 하지만 사생활이라고 간단히 치부해버리는 '김흔재'의 태도에는 가족이라는 혈연, 끈끈한 유대감, 온갖 부채감과 죄의식, 기대와 배반 같은 구시대적 사고방식이 드러나지 않는다. 그런데 이 산뜻함은 새로운 세대가 획득한 전위적인 포즈가 아니라 이미 중년의 고민을 끝낸 시(세)대의 산물이라는 점에서 흥미롭다. 비장하게 판사라는 직업의 고충에 대해 토로하며 유서를 써놓은 오십대의 아빠 '김지훈'에게 이십대의 딸 '김흔재'는 당신만 힘든 게 아니라는 사실을 왜 모르냐고, 세상 이치가 다 그런 것이라고 '조언'한다. 이 뒤바뀐 구도 속에서 자못 심각해 보였던 기성세대의 일탈은 마치 청춘의 방황인 것처럼 취급되고, 촌극에 가깝기는 해도 삶은 한 편의 '연극'이 된다. 그런데 '연극'이라니. 프로포즈 삼아 자신이 써온 시집을 선물하고, "시간 날 때마다 두툼한 고전을 즐겨 읽는"(99쪽) 이십대의 '김지훈', '김여운'과 소설가를 꿈꾸는 '김흔재'는 이렇게 문학으로 만난다. 차라리 픽션이라고 불러야 좋을 달뜬 '허구의 현실'에서 이들은 온갖 문학적 수사, 언어와 함께 삶이라는 춤을 춘다.

이제 2010년대의 문청, '안톤'이자 '피남흔'의 삶으로 이동해보자. 예술에 미친 룸펜도 아니고 삐딱한 힙스터도 아닌 노문과 재학생에게 문학은 '콘텐츠'이다. 사진을 찍기 위해 여기저기 뛰어다니다 이제야 지하 작업실의 생활에 익숙해진

69년생 사진작가 A와도, A4 한 장의 만화를 자꾸만 벗어나게 되는 79년생 만화작가 B와도, 스타 작가가 되었다가 졸지에 몰락해버린 89년생 작가 C와도 93년생의 '안톤'은 달랐다. 채널 '문과를 위한 도시는 없다'를 운영하면서 '안톤'은 인문학의 세계를 부유한다. 러시아와 영국의 위대한 문학, 주류와 정상(正常)을 벗어난 소수자들의 언어, 화려한 프로필의 셀럽들 사이에서 '안톤'은 러시아 문학박사가 『파우스트』 강의를 해야 하는 암울한 상황임에도 불구하고 자신은 "명색이 크리에이터, 엄연히 창조적인 작업"(167쪽)을 하고 있음을 강조한다. 인문대의 수두룩한 "저런 박사들"(167쪽)이 되지 않기 위해 대륙별로 안배해가며 "제일 핫한 작가"(168쪽)를 다루고, '정치적 올바름'을 따져가며 영상을 찍는 '안톤'은 '피남흔'을 지우기 위해 애쓴다. 선짓국과 소주를 마시며 '김흔재'에게 원초적인 욕망을 느끼는 '피남흔'이 아니라 문학과 예술을 논하며 더 아름답고 고귀한 것을 추구하는 '안톤'이 결국 다다르는 곳은 "음란이나 외설이라는 이름으로 세간을 놀라게 한 소설"로서의 "성애소설"(176쪽)이다. "안톤과 마리의 도토리 창고"(176쪽)는 '안톤'과 '피남흔'의 합일일 수도, '안톤'이 찾은 또 하나의 도피처일 수도 있을 것이다. 분명한 것은 "부모가 집을 비운 틈에 몰래 방 안에서 사랑을 나누는 젊은 연인들의 부스럭거림과 깔깔거림"(176쪽)이야말로 '문학적'이라는 점이다. 여기에서 작가는 교양의 허위와 가식을 걷어내고 모두 솔직해지자고 말하고 있지 않다. 위대한 고전이야말로 진정한 문학이고 유튜브 콘텐츠는 그렇지 않다는 식의 이분법적 가름이 아니라 오히려 우리가 알고 있던 그 고상함의 정체가 바로 속물적 욕망이었음을, 그리고 그것이 바로 문학이라는 행위를 통해 이루어져왔음을 작가는 보여주려고 한다.

이 소설집에서 몇 차례 반복되는 서술 중에 "소설 쓰는 사람과 안 쓰는 사람"(179쪽)이라는 구분에 주목해보자. 청년기의 인간을 이렇게 두 부류로 단숨에 나눌 수 있는 근거는 무엇일까. 그것은 세계를 바라보는 언어라는 '눈'에 기인한다. (역시나 소설 속에서 몇 차례 반복되는) '아줌마' 혹은 '아저씨'라는 단어가 그대로 연상된다고 언급하는 외양 묘사나 "'런던'이라는 두 음절에 절로 연상되는 잿빛 날씨였다"(186쪽) 같은 문장을 참고하면 세계에 대한 인식과 재현은 소설의 언어와 분리되지 않는다. '아줌마'라는 단어를 통해 떠올릴 수 있는 이미지와 감각은 소설 쓰는 사람의 경우 즉각적으로 알 수 있으나 반대는 그렇지 않다. 이때 '못 쓰는 사람'이 아니라 '안 쓰는 사람'이라고 굳이 명명한 이유도 짐작해볼 수 있다. 소설을 쓸 수 있는 사람과 쓰지 못하는 사람이 있는 것이 아니라 모두가 소설을 쓸 수 있음에도 불구하고 쓰는 사람과 쓰지 않는 사람이 있다는 말은 삶이 곧 문학이라는 인식과 동일하다. 문학은 능력이나 의지의 문제가 아니라 취향이자 선택의 문제임을, 그러므로 '문학하는 삶'이 그 자체로 우월하다거나 긍정되어야 할 이유는 없다고 이 소설은 여러 차례 말하고 있다.

런던에서 인연을 맺게 된 출판 편집자 출신 '안정민'과 제 3세계에 관심을 갖고 있는 영국인 '앤디'를 들여다보자. 아프리카에서 태어났고 아버지는 평양에서 근무하는 '앤디'의 글로벌한 삶의 궤적과, 러시아 문학을 편집하고 세계 각국으로 문학 기행을 떠나는 '안정민'의 삶은 얼마나 다를까. 작가는 이들의 여정이 다르지 않다고 다시 한번 강조하는 듯하다. 문학하는 삶과 삶을 사는 문학은 생의 매 국면에서 연결되고 끝내는 구분되지 않는다. 여기에 '김광석'이 끼어드는 순간 마흔 살의 '안정민' 혹은 'J-Min'은 무엇도 결정하지 못한 채 담배 한 대에 자신을 내맡기게 된다. "매일 아침 커피와 크루아상을 먹고 곧잘 열정과 관능의 세계를 맛보"(218쪽)는 삶과 "여편네의 체면치레용 잔소리를 해가며 늙어가는 불모의 연인들 특유의 비루한 달관을 쓸쓸히 만끽"(218쪽)하는 삶은 또 얼마나 다를까. 물론 다르기는 하겠지만 끝내 자신이 "건물 틈새에 쪼그려 앉아 담배 연기를 뿜어내는" "영락없이 시궁쥐 신세"(219쪽)로 남게 될 것임은 '안정민'에게 어렴풋이 감지되고 있는 것 같다. 삶은, 문학은 어떤 것을 선택해서 그 결과를 향유하는 것이 아니라 그 선택에도 불구하고 결국 남아 있는 자신을 감당하는 일이다. 그것은 대체로 실패하거나 몰락하지만 때때로 아름답고 처연하기도 하다.

소설의 마지막은 러시아 문학 연구자 '고은영'이 박사학위 논문 심사를 받던 모스크바의 풍경으로 향한다. 중국인 유학생들과 부대끼면서, 괴팍한 학과의 논문 심사 위원들과 부딪혀가면서 신산한 러시아를 견딘 '고은영'에게 남은 것은 자신이 혼자라는 사실과 인생의 한 페이지가 끝났다는 감각이었다. 그렇게 맞이한 서른번째 페이지 이후 '고은영'은 결혼을 했고 아이를 낳았다. 십여 년의 세월이 흘렀고 장애 진단을 받은 아이를 돌보며 도스토옙스키의 『백치』를 번역하고 있는 '고은영'은 『고은영』이라는 책을 어떻게 써왔던 것일까. 삶은 결말을 모른 채 계속해서 쓰이고 있는 소설과 같다. 도대체 어떤 삶을 살고 있을지 종잡을 수조차 없는 '리첸첸'처럼, 베트남으로 돌아간 '민'이 아내와 딸과 함께 잘 지내고 있는지 역시 알 수 없는 것처럼 삶은 공백으로 가득 차 있다. 그 공백을 소설로 메울 수는 없지만 소설은 그 공백이 당연한 것이라고, 완벽한 결말은 없다고 말하는 장르라는 점에서 의미가 있다. 그러므로 소설을 쓰는 행위는 죽음이 예비된 생을 살아가는 것과 동일하고, 삶을 받아들이고 인간이라는 존재를 이해할 수 있게 한다. 문학이 삶에 대한 대단한 통찰력을 제시한다거나 세상을 뒤바꿀 수 있는 변혁의 가능성을 지녔다고 믿는 '신비화'에서 벗어나 문학이 곧 삶이자 그 자체로 현실이라는 것을 자각할 때 비로소 그 비의(秘義)가 드러날 것이라고 작가는 말하고 있다.

이 소설집 자체가 거대한 문학 기행이라는 점을 언급하지 않을 수 없다. 서울시 관악구 N동에서 시작해 러시아 모스크바까지 가닿는 소설의 시선은 매우 다채로운 시공간을 재현한다. 단순히 공간의 변화를 넘어 이를테면 '안톤' 같은 인물을 통해 19세기식 풍경도 언급되는데 그것이 가능한 것은 이 소설이 상호 텍스트성을 풍부하게 활용하고 있기 때문이다. 소설에 등장하는 인물만큼이나, 소설 속의 다양한 공간만큼이나 이 소설에는 '다른 소설'들이 무수히 언급된다. 디테일이나 레퍼런스의 차원이 아니라 마치 등장인물처럼 소설 텍스트는 기능한다. 그러므로 누군가의 책장을 들여다보는 일이나 어떤 인물이 읽었다고 언급되는 작품들은 그들이 만나고 관계하는 '사람'과 다르지 않다. 다시 말해 문학과 삶이 다르지 않으므로 '문학 기행'이라는 말은 사실 동어 반복이기도 하다. 문학이야말로 기행이며, 기행은 그 자체로 문학이기 때문이다. 따라서 운전 연수를 받으며 자신의 이야기를 마구 쏟아내는 소설의 서두는 상징적이다. '이동하면서 이야기하는 것'이야말로 소설의 본질일지 모르기 때문이다.

문학＝삶이라는 등식 속에서 유일하게 예외로 제시되는 사례가 바로 신체의 '통증'이다. 소설 속의 많은 인물들은 정신과를 찾고 우울증을 앓는다. 이 병적 호소 앞에서 분명해서 차라리 유쾌하게까지 느껴지는 감각은 육체의 고통이다. 무한한 시간성 앞에서 유한한 주체를 자각하게 되는 가장 분명한 순간은 '늙음'이다. 문학은 영원히 청춘일 수 있지만 인간은 그 누구도 그럴 수 없다는 자명한 사실이 소설과 삶을 가른다. 지금은 찾을 수 없는 첫사랑의 흔적은 그때 내가 썼던 시에 겨우 남아 있고, 죽은 작가들의 집은 언제나 살아 있다(生家). 문학을 앞에 둔 인간이 곤란해지는 지점은 늘 텍스트의 증상에 실체가 없다는 것에 있다. 이야기 속에서 고통스럽게 앓는 사람들은 진단받고, 치료하고, 회복하지 않는다. 정체불명의 이유로 괴로워하기도 하고 복합적인 원인으로 슬퍼하기도 하며 때때로 이유 없이 우울해하기도 하는데, 그것은 그 페이지를 펼칠 때마다 반복된다. 그 영원한 반복은 소설이 우리에게 주는 위무이기도 하지만 그때마다 달라지는 자신을 보며 문학과 삶 사이의 차이를 자각하게 되는 고약한 악무한이기도 하다. 『명왕성은 왜』는 문학의 언저리를 헤매며 각자의 이유로 병적 증세를 겪는 인물들이 결국 소설을 쓰게 되는 이야기라고 할 수 있을 것이다.

소설에 그저 몸을 맡기고 끝까지 따라가다 보면 작가가 어떤 인물도 허투루 두지 않았음을 어렵지 않게 느낄 수 있다. 그것이 연작소설의 중요한 조건이자 매력임은 자명하지만 김연경이라는 작가가 가진 완숙함에서 기인한다는 점도 분명하다. 능숙한 소설 주행 강사가 이끄는 대로 도로 주행을 마치면 어느새 나의 이야기도 주절주절 늘어놓고 싶어질지도 모른다. 특히 이 소설은 전대미문의 코로나 시대를 목전에 두고 있는 풍경처럼 보이는데, 그래서 조금 애틋하고 아련하게 느껴지기도 한다.

  소설집 『파우스트의 박사의 오류』(2016) 이후 육 년 동안 장편을 두 권 냈다. 「모르핀의 법칙」 역시 처음에는 장편으로 구상했다. 출발점은 자살한 어느 판사의 유서였다. 많은 말을 썼지만 이야기 크기에 맞추다 보니 지금처럼 중편이 되었다. 김지훈·김여운 부부의 집은 이촌역과 서울대입구역의 K 아파트를 합친 모습이다. 좀처럼 관악구를 벗어나지 않는 내가 세 학기 동안 경희대에 출강했고 그때마다 경의중앙선을 탔다. 여의도의 한 아카데미에서도 계절이 바뀌도록 강의를 했다. 그렇게 고생한 보람으로 소설의 공간을 얻었다. 그들의 딸인 김흔재는 그곳에서 피남흔과 함께 자기만의 서사(「안톤의 平凡 해장국」)를 만든다.

'김여운 신경정신과'에서 스친 운전 기능 강사 김광석과 편집자 안정민은 각각 「명왕성은 왜」, 「앤디와 나, 그리고 김광석」의 주인공이다. 사당의 운전면허 학원을 나는 2017년 여름부터 일 년 정도 다녔다. 간신히 면허는 땄으나 무서워서 혼자 운전대를 잡아본 적이 없고, 대신 소설 두 편을 썼다. 작업실처럼, 연구실처럼 다닌 커피숍에서 항상 내 앞자리에 앉았던 영국 청년 L 덕분에 앤디가 생겼다. '사십대 아줌마'로서 맛보는 달뜸과 설렘의 감각이 참 좋았다. '로쟈'와 함께 세계문학 기행, 런던 체류, 일본어 공부 등 나의 소소한 꿈을 편집자 안정민(J-Min)을 통해 실현해보았다. 그녀의 근황이 궁금하다. 세상 무서울 것 없이 골초로 살던 고은영의 유학 시절(「19세기 러시아 문학 산책」)도 조금은 그립다.

『명왕성은 왜』에 실린 소설들은, 함께 탈고한 『우주보다 낯설고 먼』이 자전적 성장소설이듯, 연애소설이다. 모든 소설에 '느낌'이라는 낱말이 너무 많이 나와서 놀랐다. 또 뜻밖에도, '연애 없는 연애소설'인 「명왕성은 왜」가 제일 좋다. 아이의 유치원 시절이 슬픈 양화가 아니라 기쁜 음화처럼 아로새겨진 까닭인 것 같다. '가위 밑 그림의 음화와 양화' 속 '서준-연암'도 어느덧 5학년이다. 우리가 서로의 곁에 조금이라도 더 오래 머물길 바란다. 왜냐면.

*

    2010년대에 내가 이 세상에 있었고 그 나는 소설을 썼다. 대놓고 엄살을 부리자면 연이은 가족 참사 때문에 지난 삼 년 동안 새 소설을 단 한 편도 쓰지 못했다. 소설이 쓰이지 못하는 정황의 고통이 분명히 있었지만, 몸(들)의 고통에 비할 바 아니었다. 유감스럽게도, 여전히 최악은 아니다. 이 '최악'을 '고도'라고 불러야 할까. 좋은 일이 있길 바라지 않고 그저 나쁜 일이 없길 바란다. 이판사판이다. 모든 것이, 여전히 점과 굿의 효험을 믿고 싶어 하는 칠순 노모의 말대로 내 복이자 업이다. 타인에 대한 원한이든 과거의 나에 대한 원한이든 모두 버리고 나의 운명으로 도피하자. 아모르 파티.

2022년 8월
김연경

수록 작품 발표 지면

명왕성은 왜 _『학산문학』 2018년 여름호(「명왕성은 왜 태양계에서 퇴출되었을까」)

모르핀의 법칙 _『문학사상』 2021년 9월, 10월, 11월호

안톤의 平凡 해장국 _『문학무크 소설』 2021년 10호

앤디와 나, 그리고 김광석 _『문학무크 소설』 2017년 2호(「인간 분류법」)

19세기 러시아 문학 산책 _『문학나무』 2015년 여름호(「러시아 문학 산책」)

명왕성은 왜

ⓒ 김연경

1판 1쇄 발행 | 2022년 8월 29일

지은이 | 김연경
펴낸이 | 정홍수
편집 | 김현숙 이명주
펴낸곳 | (주)도서출판 강
출판등록 | 2000년 8월 9일(제2000-185호)

주소 | 서울시 마포구 동교로17안길 21 (우 04002)
전화 | 02-325-9566
팩시밀리 | 02-325-8486
전자우편 | gangpub@hanmail.net

값 14,000원
ISBN 978-89-8218-304-1   03810